纸上王国

邓安庆 著

人民文学出版社
PEOPLE'S LITERATURE PUBLISHING HOUSE

图书在版编目(CIP)数据

纸上王国/邓安庆著.—北京：人民文学出版社，
2017
ISBN 978-7-02-013162-4

Ⅰ. ①纸…　Ⅱ. ①邓…　Ⅲ. ①散文集-中国-当代
Ⅳ. ①I267

中国版本图书馆 CIP 数据核字(2017)第 192425 号

责任编辑　**朱卫净　张玉贞**
封面设计　**汪佳诗**

出版发行　**人民文学出版社**
社　　址　**北京市朝内大街 166 号**
邮政编码　**100705**
网　　址　**http://www.rw-cn.com**

印　　刷　**上海利丰雅高印刷有限公司**
经　　销　**全国新华书店等**

字　　数　**168 千字**
开　　本　**890 毫米×1240 毫米　1/32**
印　　张　**9.375**
版　　次　**2018 年 6 月北京第 1 版**
印　　次　**2018 年 6 月第 1 次印刷**

书　　号　**978-7-02-013162-4**
定　　价　**49.00 元**

目录

纸上亲人

与父同床

过年接大姑来家住几天，妈妈说今晚爸爸只能跟你一起挤一下了。爸爸呼噜声大，隔墙都能听得到，排山倒海的气势足够可以赶跑睡意。因此每逢亲戚住家，我都头皮发麻一阵，恨不得耳聋一晚才好。我的床小，两个人睡够挤，我让爸爸睡床里头，自家打的棉被厚墩墩的，爸爸一睡下去，床的一大半都给吃了去，留给我的只有床沿的一小条地方。跟爸爸无甚话可多说，他自一头弓身睡了去；我借着床沿的节能灯看书。不一会儿，爸爸的腿露了出来，我赶紧把小棉被垫在他脚上，而我自己的棉被被爸爸挤得快掉地上了。

一刹那间，觉得爸爸真像个孩子，真是长不大。打开橱柜拿衣服，橱柜门肯定是不关的；脱了鞋子上床，鞋子肯定是东一只西一只的；就像现在睡在床上，也是怎么舒坦怎么睡，不会考虑我睡的地方快挤没了的问题的……而我习惯在后面关上他开的门，放齐他脱的鞋，尽可能缩着身子，让他睡得舒坦些。好多年，真的习惯了。

一出门，乡人不认得我的，不用介绍，看我一眼都知道我是谁的小儿子，说我跟爸爸简直是一个模子里刻出来的。这让我心里多少有些踏实，因为曾经问过妈妈我是从哪里来的，妈妈说是从长江边拣来的，看来是个假话。再大一点，问她我怎么生出来的，妈妈跟一众大婶，有的说是打个喷嚏打出来的，有的人说是从耳朵里冒出来的，最恶心的说是拉屎拉出来的，把我恶心得够呛。然而还好，我是爸爸的儿子，因为我们长得像，谁也骗不了我了。妈妈说不仅是长得像，连毛病都像，走路喜欢拖着鞋走路，好丢东西，做事邋遢，喜欢说不着边的话，一到家四处翻东西找吃的，像从饿牢里出来似的。

我想倘若爸爸读了书，写作该是不错。我乡昔日一下雨，泥路坑洼，人车难行。乡人筹钱修了一条穿乡而过的水泥路。水泥路到我家门口，正好是个拐角。电话中，爸爸好兴奋地告诉我修路的事情，说天天车子来往多多，马上要装个红绿灯了。我一下子有些发蒙，一个小村子里面，装个哪门子的红绿灯？爸爸的想象力真丰富。在山里种地的时候，乡人来访，爸爸就与他相互吹牛，乡人说自己菜园的黄瓜大得像瓠子，爸爸就道自家山墙头后的南瓜大得像东风车的车轮，吹得我和妈妈都不好意思听下去了，而爸爸做得到脸不红心不跳。同时我也学会了听爸爸的话，要打个折。譬如他说在外打小工，一个月能挣个两三千块钱，我就知道是一千多，打个五六折不会错的。

然而好长一段时间，我不能接受这样的爸爸。外界给我的爸爸形象是伟岸、稳重、沉着，遇到困难时该是一座不怕风雨的山。而我爸爸却不是的。小时候吃饭，妈妈炒了一盘土豆，我夹了一块没夹稳，一下子掉在了胸口，烫得我叫起来。爸爸就坐在我边上，他只是在哈哈笑，直到妈妈闻声赶来为我擦拭时，他还在笑。多少次，我总在回想这一幕，耿耿于怀。我在想：这是我爸爸啊！怎么看见自己儿子烫了也不上来管一下呢？或许他只是觉得儿子好玩，或许儿子太多事让他已经麻木了。妈妈近年来手上得了湿疹，皮肤坏得没有一块是好的。说起得病的原因来，那是因为生我的时候没有做好月子。生我的前两天，妈妈还在地里拣棉花，那时候正是采摘棉花的关键时期。生下我后，妈妈在床上躺了两天，爸爸走进来，说："还躺着做什么？"于是，妈妈又下床跟着爸爸去地里了，棉花壳尖锐的角划在手上，给二十年后妈妈的手落下了病根子——说到底还是爸爸的错。

孩子或许都是活在自己的世界里，从不考虑他人的感受。吃饭的时候，一盘菠菜汤上来，他上来一筷子，然后盘里只有汤没有菜了；吃苹果的时候，挑着好看个大的就吃，也不会想着让着孩子或他人——爸爸真是个孩子。

是孩子，也是个任性的孩子。跟爸爸去亲戚家拜年，表姐专门冲了奶茶给我们喝。我喝罢一口吓一跳，突然想起奶茶是甜的，而爸爸有糖尿病，是不能喝的。等到去阻止的时候，他早已呼呼喝到了底，我只能徒呼奈何了。他刚知道自己得了糖尿病那会儿，又碰到中风住进了医院，我在医院陪在床边，他总在问："我会不会死啊？"我说："瞎说，我爷爷都活到了八十多岁，你起码也要活到孙子结婚吧。"他笑着摇头。从医院回来，以前起码两大碗的饭量现在锐减成半碗，每天坐在屋前晒太阳也是毫无精神，妈妈从他面前走过，见他颓唐的样子，说："你死不了的，也不能死，你小儿子还在读书啊！"他也不说什么，整个表情是木木的。一日，他从村里的诊所挂完水回来，走到家门口，赶来探望的大姑刚叫了声弟弟，爸爸笑了一下，突然嘴角一垮，眼泪扑簌簌落下，好像受了好大辛苦的孩子碰到了久违的母亲一般。

患了糖尿病，是要禁嘴的。可是渐渐地妈妈会发现桌子上的可乐一夜之间被喝光了，买给小侄子的苹果、橘子也莫名被吃完，满罐子的白糖也逐日减少，追查过去，都是爸爸做的。一次，我走进房间，见爸爸正在削梨子吃，我冲上去夺下来，喝道："爷，这是甜的，不能吃！”爸爸要从我手上抢，我吃惊地望着他，一边躲一边叫：“你怎么能吃甜的！”爸爸一连说没事没事，我莫名的眼泪涌上来——他破罐子破摔了。开始，像打游击似的，他只是背着我们偷偷吃，后来直接不管不顾阻拦劝告，当着我们的面吃。妈妈总是说：“你想多活几年，就好好的，好不好？”此时，爸爸已经吃完一个橘子，开始剥下一个了。

妈妈常说：“人家过年都胖了，只有你爷反倒是瘦了。”没有一个人见了爸爸不说他脸色差的。脸说是瘦，不如说是枯，颧骨高耸，眼睛深凹，嘴唇苍白。整个过年在家，爸爸就像是个客人一样，一天到黑，只有吃饭的时候才能见到他。回来不管饭菜冷热，埋头就吃，吃完就走。也不知到哪个地方去打牌，甚至一晚上都不回来，零度以下的天气也通宵玩。第二天，他就咳嗽，嗓子嘶哑，妈妈冷冷地看着他，说：“你这样是干吗？人家正常人像你这样玩都受不了，更何况你还是个病人？”爸爸不说话，如果说，那也是：“反正我是个快要死的人，不要管我。”

他现在睡在我的身边，连呼噜也没有了，静悄悄地一动也不动。他把脸埋在被子里，只露出头顶，头发染了又染，终究还是花白，触目地浮在我的眼前。我想起小时候，爸爸出外种地，隔了好久才回家，见了我，粗鲁而温暖地搂着我，吻我，粗硬的胡须扎我的脸；有一天赌气，一个人晚上跑出门，躲在巷子里，只听见爸爸一声声地喊着我名字，在荒漠的黑暗中，这声音让我好踏实——我是个有人在乎的孩子。而今，我在外多年，每次电话回去，少有爸爸来接，妈妈说他在棉花厂打小工，即便碰巧接了，也只是寒暄几句——身体怎样？还好。庄稼怎样？还行。然而，我却时常想起，在病床上，他屡次问我："我会死吗？"——是的，会死，而且会很快死去，所以要抓紧最后的时间去玩，哪怕是一天劳累，也可以在玩中暂时忘却死亡的惘惘威胁。可是，可是爸爸怎么能死呢？他怎么能在我二十多年来的让我爱让我怨让我想让我烦的生活中消失呢？他怎么能撇下我在深夜的小巷子里独自面对漠漠的黑暗呢？他睡熟了，偶尔还是忍不住咳嗽几声。他知道儿子在看他吗？他知道儿子回忆起自己四岁的时候被他从床上抱起那灿烂的微笑吗——爸爸？

十年太短

爷爷去世后的第三天，久病在床的三爷爷又一次昏死过去。刚忙完爷爷的丧事，我们又聚集在老屋里，给没了任何生命征兆的三爷爷穿好寿衣，姑姑也开腔哭得嘶哑起来。一个时辰过去，还在给三爷爷擦拭身体的婶婶突然听到哼的一声，三爷爷又睁开了双眼——他又活过来了！三爷爷缓过气来，说自己迷迷糊糊走在路上，突然看到老大（我爷爷）站在他面前，生气地对他吼道："么人叫你过来的，给我滚回去！"说完，老大举起拐杖打过来，三爷爷一吓就醒了过来。大家听了哄地一笑，都说是老大在阴间救了老三一命。

爷爷去世后的第七天，三爷爷去世。在死生界限泯灭的时空，爷爷还活着，他一次次驱逐欲随他而去的三弟回到尘世间，而我们再也不曾见他一面，哪怕是在梦中。我重回老屋，爷爷住的地方仿佛被时光之虫蛀空的牙齿，空寂阴冷。堂屋未铺水泥，光滑如一个个和尚头的泥地上，处处有爷爷拐杖戳过的痕迹。去世前的一个月，他在昏迷中，我愣愣地坐在床边。爸爸说你快叫他啊，我乖乖地叫了几声。爷爷的肉全给时间吃尽了，我能看到爷爷头骨的大致轮廓。他睁开眼睛，眼珠灰白混沌。他终于醒了，见是我，筋脉盘错凸显的手往桌子上指，我随着他的手望去，桌上放了亲戚探望时带来的蜂蜜。站在门口的二婶酸酸地说："你看看，还是疼你这个孙子，我家的几个来他都不给！"

爷爷生的子女，能扛过飞机轰炸、瘟疫、饥荒活下来的唯有三个儿子、两个女儿，然后有了六个孙子、四个孙女。孙子辈中能主动叫他爷爷的，只有我一人。的确，这不是一个可爱的爷爷。他从来不会给孙子孙女买好吃的，也不会带我们去玩，更不会给我们钱。他的凶也是出了名的。妈妈曾说她刚嫁过来的时候，有一次刚进门，就看见爷爷拿着镰刀钩住奶奶的脖子，威胁奶奶立马告诉他藏钱的地方（奶奶早年因为日本飞机轰炸，一条腿被炸瘸，抱在手上的大伯被炸死，晚年眼睛得了白内障，几近于盲人）。爷爷见我妈妈进来，扔了镰刀就出了后门。九岁的时候，父母逃到长江对岸去种地，把我托给七十多岁的爷爷照顾。爷爷一大早把我赶起床，让我洗米做饭。我踮着脚一边刷锅，一边听着爷爷在边上说父母的不是。洗到一半，水溅到锅外面，爷爷一时气恼，举起手就要打，我赶紧跑到外面的豆场，吓得不敢回去。我依旧叫他，在父母离去的岁月里，在空荡荡的大屋子里，我一个人睡在床上，听到对过的厢房里爷爷震天响的呼噜声，我的心是踏实的。

在他七十多岁的时候，爷爷还种着几亩地。逢着卖了棉花挣了钱，起兴买半斤肉，就挨家挨户告知，让我们这些孙辈去吃肉。这是爷爷极为难得的慷慨。我和堂弟去他住的老屋，只见灶房的木桌上搁了一个坛子，坛子里白生生的肉浮在清亮亮的水里，一看又是爷爷舍不得放油，我们马上倒了胃口。爷爷的油是攒着的。在照顾我的日子里，每回炒菜，爷爷能不放油就不放油，好像多放一点就会损失一块肉似的。长江大洪水来的时候，一听说要破坝，全村庄的人都挑着东西往大堤上跑。爷爷挑着两个大篓，篓里是两大坛平时舍不得吃的菜油。刚出村口，一不小心，油坛子摔到了水沟里，菜油全泼在了泥水里。爷爷把泥水和油一起舀到另外一个坛子里。

有时，婶婶们凑在一起，就估摸爷爷究竟攒了多少钱，因为想要爷爷拿出一毛钱也是难的。父母不在家，学校经常要缴纳各种费用。爷爷被我闹得不行，给我五元钱让我交去。等我爸爸一回家，爷爷立马上前去要爸爸把五元钱还给他。而妈妈每回遍寻她藏在枕头下面不见了的零钱、清凉油、小盒子，必能在爷爷的房间找到。每每被逮着时，爷爷总是哼哼着说那是自己的东西，拒不承认是偷拿的。

阳光充足的春日里，我坐在门口的凳子上做作业，晒太阳的爷爷会凑过来，看着看着突然点着书上的一个字说这是“好”字。我很惊讶爷爷还能认字。他说起小时上过私塾。我突然想起爷爷也有这样年轻的时候。在我的印象中，爷爷永远是这样的老，无论是七十岁还是八十岁，对他来说都没有任何变化。作为一个种了七十年地的农民来说，爷爷没有留下一张照片。这个我最亲的长者，当我回首去追溯他的一生时，我发现他对于我是极其陌生的。我只知道他出生的年份，这八十多年来的人生，他究竟经历了什么呢？我只能在老人的回忆中抓寻他的极小片段。某一年，他挑着茶叶徒步从家乡走到江西樟树；某一年，他的爸爸仅四十多岁，就坐在椅子上死掉了；某一年，他的第一个儿子被飞机炸死……他的一生就这样云遮雾罩地消失在老人的回忆中。

当我又一次回到他的老屋，他睡的床已经拆掉，床板被搁在墙角。我上前一点点抚摸，那床沿有一条被烧黑的痕迹。我忆起妈妈说起有一天晚上蚊香点燃了蚊帐，把床都给烧了。盲眼的奶奶先他走了七年，他孤身住在这个老屋里，用自己的钱买蜂蜜，买枣子，买排骨，自己做自己吃。每到月末，他在门口望着两个姑姑送衣服和好吃的过来，这次要馒头，下次要包子。倘若不来，他又要开骂了。就这样好像永远不会再老下去的爷爷，终于在时光的缓慢啃噬中走向了衰老，走向了死亡。而我再也忍不住，蹲在爷爷的房间门槛上放声大哭。我知道，爷爷从来不会牵我的手，从来不会舍得把姑姑送他的馒头给我吃，可是我不知道为什么我依旧不能自已。

我习惯把一切烦难交付给时间，我相信时间能冲淡所有当年的爱恨纠葛，然而爷爷去世后十年的今天，突然想起是爷爷离去之日，往日奔涌的伤痛依旧难以抚平，我明白十年真的太短。

与母同行

没有亲眼见过妈妈湿疹发作的样子，甚至一度我都不知道她患有湿疹。我只看到经过湿疹劫难后的手，从手掌到手指，黝黑的皮肤和皮剥落后露出的新肉交错，新旧肤色对比十分醒目。妈妈从我的眼前迅速收回，带上胶皮手套，拎着一家子的衣服去池塘洗。往年寒冬乍到，妈妈的手就会像面一样发酵肿胀，皲裂流血，到晚上在焐热的被子里奇痒难耐，又不敢抓，只得用冷水镇。为此我从外地带回了暖手宝和护肤甘油，想的就是赶在手肿胀之前，让妈妈逃过一劫。我错了，妈妈的手不再是普通的肿胀了，而是严重的湿疹。隔壁的婶娘在我家门口晒太阳，说起我不在的几个月里，妈妈的手上长水疱、生红疹，痒得不行就抓，一抓就流脓，到最后手上都没得一块好皮。我真想象不出这几个月妈妈是怎么熬的，她还要煮饭、洗衣服、带孙子、侍弄庄稼，而我只在每周例行的电话中，说我挺好的，妈妈说家里也挺好的。

湿疹经常复发，陪着妈妈过江去复查。妈妈坐不得车子，一坐即吐。读高中时闹非典，学校整整一个月不放我们回家。妈妈因为坐不得车子，只好踩着三轮车，骑了三十公里的路来学校给我带上现做好的肉和菜。而今，我陪着妈妈走在陌生的城市。医院里的人多，经常要排上好几个小时的队。妈妈怕赶不上，一路疾行。我边赶边喊："姨，莫走车道上，有车子啊！"妈妈赶紧回到人行道上来，走着走着，又走到了车道上，边走边往两边建筑的招牌看。我上去拉妈妈："姨，你跟我走好了。"妈妈说要是医院走过了怎么办？时间来不及怎么办？我忽然想起妈妈说过，在南昌帮哥哥带孩子，小侄子拉着她要去超市买东西吃，左拐右绕，东行西走，买完东西出来，伫立在街头，望着庞大的城市，不知道该往哪里走。不认识字，看不懂红绿灯，也不知道哪是人行道，哪是车行道，身上没有钱，手机更不会用——妈妈对城市是惶恐的。

我挽着妈妈的手，就像妈妈小时候拉着我一样。妈妈并未因为儿子在身旁就会安心些，她依然不放心地看身边的建筑，担心走过了。一来到城市，她就好像是孤身一人陷入无数未知的威胁之中。夜晚来临，妈妈烧好饭，泡洗了小侄子的衣服，来到门口。嫂子在给孩子喂奶，哥哥在给客户打电话，只有她一个人不知道把手往哪里放。窗外灯火茫茫，庞大的城市没有一个人是她认识的，没有一个地方是她熟悉的，没有一句话是她听得懂的，她就像从乡村的泥土里连根拔起，被扔到这个城市住宅区的六楼。妈妈说，那一刻，她真想哭。小时候，爸爸带着我去走亲戚，到了黄昏，妈妈一个人坐在屋门口等，也会哭的。可那是家，那里有她的土灶，有她的三只母鸡，有她的棉花、麦子、花生、大豆，有她的方言、泥路、柴垛。

我又在看妈妈的手，她的新旧杂错的皮肤，可以拉起，没有一点弹性，和我年轻红润的手对比分明。我的手曾经挠她的脸，指甲划得她脸上血淋淋的，她也不躲，她不知道躲。妈妈烧菜的时候，我去堂屋条台拿水瓶，条台不稳，一下子倒下来，磕到我头顶上。我当即大哭起来。妈妈用衣服裹着我，沿着长江大堤一路往卫生所里跑。没有麻醉药，医生直接用针线给我缝补被磕破的伤口。妈妈把我往死按住，针从我的皮里穿过，我只晓得抓，只晓得哭叫。妈妈不躲，只说马上就会好的，马上就会好的。

我的手还推打过妈妈，从梦里哭醒过来，妈妈把我抱起，问我怎么了，我就一腔恨意地边推打边质问：为么子不带我上街？为么子不给我买东西？我总梦见翻过长江大堤，就是一条繁华的大街，上面店铺林立，人流熙攘，然而醒来时总是恨妈妈不带我去。不带我走亲戚，不带我吃酒席，不带我拜菩萨，难得带上我，我人小腿短，撵不上妈妈，才嚷嚷累，妈妈就回头说：“么人叫你跟着来？”我就不敢叫了，觉得自己理亏，不让来还黏着要来，来了就别说累。这个时候，就别期望妈妈的手来牵着自己了。

当年计划生育，我算是超生。村里组织妈妈去医院引产。前面几位孕妇进去了，而妈妈坐在医院的长椅上，越来越害怕，爸爸赶紧拉着妈妈逃了出去。我开玩笑地说，要是当年不生我，也就不会让她多了一个“结怨”。我身子弱，一出生就住院，一有点不舒服，就对她说这不好那不好；我脾气娇，一不见妈妈就哭，哭得奶奶外婆都不愿意带，妈妈只得一边带我一边洗衣服。我吃饭挑食，婶娘说不肯吃就打，妈妈说打坏了怎么办？在地里拣棉花，我拣了两趟，太阳晒不过，妈妈就让我回去煮粥算了，爸爸就恨恨地说：“看你惯的！”刚去山里种地的时候，爸爸妈妈在山上的小屋吃饭，从山下传来孩子叫妈妈的声音，妈妈当即放下碗哭起来，爸爸跑到山下去找，真以为是我来了。是的，好长时间我觉得自己是妈妈的“赘”，觉得自己来到这个世界就是对妈妈的折磨，在学校每吃一口饭我都觉得是一种浪费，我不打菜吃白饭，不买任何东西，觉得妈妈可以少花一分力气，而我也少一分内疚。我不怕别人笑，妈妈病在床上，我在池塘边洗衣服，在乡村大婶们还从没看过男孩子洗的；肾结石严重的时候，妈妈在床上起不来，捂着腰疼得辗转反侧，我偷偷拿锄头跑到地里去锄草。我目睹妈妈从年轻到衰老，从肾结石到湿疹，病痛从未间歇。

很多时候，我在想，这个世界上如果没有妈妈，我该怎么办？我拎起妈妈洗毕的衣服到阳台上晒，妈妈煮饭时我添柴吹火，打水时我跑出门帮妈妈抬水，乡人都说妈妈把我当成了闺女养。而如果突然有一天，妈妈不在了呢？每当心中浮起这个问题，我就觉得很恐惧。外婆七十八岁时，从池塘洗完三大桶衣服，又收拾完三层楼的屋子，突发脑溢血，当天晚上就去世了。我第一次意识到一个人一旦离开，你就再也不能触碰到她了，再也闻不到她的气息了，任是如何想念，都止于空蒙。妈妈也会是这样操劳到最后一刻撒手而去吗？看着她端着碗从前房到后房，就是忘了找什么东西；看着她从楼上到楼下，腿脚上楼梯都颤巍巍的；看着她在人际的交往中担惊受怕，一个人默默流泪。一个人这样衰老了，这样在无数琐碎的日子里丧失了时间的精确感，一个早晨接着一个黄昏，孩子生下又长大，长大后离开，然后是下一代，尽头都可以看得到了。外婆这样的一生，不也是妈妈的一生吗？

一日，放学回来，在家门口等到太阳落山，妈妈都没有回来，几只母鸡在豆场饿得乱转。我起身沿着垸里的大路往田地方向走，黄昏灰蒙的光泽笼着整个垸子。我要去找妈妈，我饿，我要吃饭，我要买转笔刀，我要喝米汤……走到村口，迎面走来一个扛锄头的人，光线昏暗看不清，我就继续往前走，走着走着觉得眼熟，赶紧转头看，那人也恰在此时扭头看我。我看到了妈妈，妈妈看到了我。我们真的差一点错过，各自走向没有对方的时空中。然而还好，妈妈现在在我身边，紧张地赶着，赶着赶着又撇到了车道上，车子嗖地从身边掠过，妈妈身子一下子紧绷，我赶紧拉着妈妈的手说，没事的，没事的，有我在呢。

哥哥的七年

一出世我就面临着参差不齐的时间断面，哥哥的七岁，妈妈的三十一岁，爸爸的三十二岁。如果以爸爸和妈妈结合组建家庭算，他们与我的哥哥，在我不存在的时间里，共同生活了七年。这种感觉很古怪，同样是在这个二层楼的红砖小屋里，同样是粗粝的水泥地面，同样是晒着棉花和小麦的大阳台，不会因为没有我的存在，他们就停滞了他们的生活。他们在一起吃饭、说话，在各个房间走动，妈妈催着哥哥起床上学，爸爸从屋后的井里抛下绳索拎出一桶冰凉的井水，乳猪在厨房外面的猪圈里哼哼地嚷着，时间对于他们是肉身性的存在，而于我却是理论性的推测。

没有我，他们从未感觉有什么缺憾。这七年的时间，哥哥独享爸爸妈妈给予他所有的关注和爱护，天然到无边界，直至我的出生，一下子把这种关爱分割，他才开始意识到弟弟的出现是共享的开始。我久久着迷于这七年的时间里，哥哥的童年是如何开展的，他从有意识的那一刻到我出生的那一刻，他所经历的所有事情，都如一座他本人从未着意的宝藏。而我只能依据时间推移到我存在的那一刻，家庭展现在我眼前的景象，用了三十年而现在废弃在竹楼的油纸伞，哥哥上小学用的语文课本，从未见妈妈穿过的高跟鞋，靠在充满农药气味的楼梯下面的锄头，来还原模拟哥哥的七年。

能直观性地看到那七年的哥哥，只有一张圆齿边角的黑白小照片。年轻的爸爸与妈妈抱着露点的哥哥与另外一位抱着孩子的年轻母亲，共同坐在公园的大象雕塑上。哥哥站在爸爸妈妈中间，手指着前方。照片中的他瘦弱好动，而年轻的爸爸俊朗帅气，年轻的妈妈扎着我从未再见过的辫子。他们都在，只有我不在，在我还在宇宙成粒子状的虚无状态中，他们沐浴着阳光，走在公园里，哥哥不停地哭闹，爸爸妈妈跟那位年轻母亲用方言吃力地交谈。摄影师是谁？拿着什么牌子的相机？那大象的雕塑在哪个公园？什么事情让哥哥突然手伸向前方？时间就灌注在一层一层的细节中，只有捕捉这些细节，我才能触摸到我不存在之时的时间肌肤。

上个世纪五十年代，我爸爸出生，一年后我妈妈出生。十几年后，爸爸认识妈妈。再过几年，爸爸与妈妈结婚。结婚过后第三年，哥哥出生。这个连哥哥都不存在的二十多年，在爸爸妈妈的记忆中早已经漫漶遗失。我只见到了快到中年的爸爸妈妈，无缘得见他们的青春年少。再放眼往回看，爷爷在我出生时已经是一位七十多岁的老人，从我记事起看到他，他就已经很老了，到他去世，他永远那么老，时间仿佛是停滞的。当我拿起我们的族谱，从东汉年间新野迁徙，千年血脉流转至今，时间浩浩荡荡，一路奔涌至今，包括我父母的二十多年，爷爷的七十年，对于我都只是时间的遥远前史。却偏偏是这七年，与我最休戚相关。我们共同拥有的最大财富是爸爸妈妈给予我们的生命与爱。而哥哥先独自拥有了七年。促使我追寻哥哥独有的七年，莫非源于我的嫉妒？

如果我能看到我出生前一天的录像，那会是秋雨将至的十月，乌云低压，爸爸赶着在地里捡棉花，房间里坐着奶奶和接生婆，床上躺着怀着我肉身的妈妈，哥哥正跟着一帮玩伴在泥路上玩耍，我在母亲的子宫中，时间对于我是不存在却快要存在，那种从物理时间马上要转换成肉体时间的临界点，所有那刻存在的人都可以见证，唯有我不可以。我只能被观看，被接生，被沐浴，被包在暖和的小棉被里，像小老鼠一般。我看不见，听不见，我虽然存在，却不会感知哥哥兴奋地跑到地里去叫爸爸回家，说弟弟出生了，然后跑回来放鞭炮。这些对于他们是轮廓鲜明的回忆，对于我只是故事。我终结了哥哥独有的七年，我的哭声宣告了哥哥不再是家庭的唯一中心。哥哥与爸爸妈妈共同构建的童年前半段，悄悄结束。我依稀的早期印象中留存这样的场面：我与爸爸妈妈在床上，只有哥哥抱着棉被站在地上，妈妈要让哥哥自己一个人睡另外一间房，哥哥极不情愿地离开。我从未看过哥哥与爸爸妈妈在一张床上睡过，那将是我的特权。

我参与了哥哥童年后半段的生活。他逗着坐在木轿里的我，他抱着我坐在面前的石墩上等着到天黑还没有回来的爸爸妈妈，他教我走路和说话。其实这些我都是一点记忆都没有。我虽然存在，却没有明确的意识。等我真正意识到一位哥哥存在时，他已经是读初中的少年了。我不存在的七年，只能猜测。我存在的早期，也只能猜测。当我长大后，屡屡丢失东西，哥哥突然说起我怎么不如小时候那么记忆力好，那时候家里只要找不到东西，问我我就会告诉他们东西在橱柜上面第三层，一找就找到了。这个细节刹那间击中了我，对，是有这样的事情，而我如不经人提起是再也不会想起的。我与哥哥各自成人之后，一次聊天时我告诉他关于他的很多细节，例如他不喜欢喝糖浆啦，打完球后不回家吃饭啦，喜欢打牌啦，他都非常吃惊我能记得他如此多的细节，而他一点都没有留意过。他经历了我的从无到有，而我一直面对的是他的有，我真的非常好奇他在适应这个弟弟的过程中，有没有觉得爸爸妈妈不再爱他了，有没有觉得这个弟弟是从哪里冒出来挤占他的空间，有没有想过要把这个弟弟消灭掉，这些我只能止于猜测了。

我看人有一个习惯，即把所有我要观察的人拉到和我一样大的时间截口，如果我二十岁，我会想眼前七岁的孩子到了二十岁是什么模样，会经历什么，而五十岁的叔叔我则想当他二十岁的时候在做什么，是什么样的经历导致他现在五十岁的存在样态。对于我的哥哥，当我七岁时，他十四岁，那时候他成天捣鼓着电器。家里的熊猫牌电视机被他拆开又重新装上，收音机也被他拧开螺丝看里面的构件，我看到他对于物理世界的着迷，对于机械的运行机制，对于电路板、显示器、电阻这些人造无机部件的着迷。我推想当他七岁的时候，正是世界刚在他头脑中形成初步意义的世界，他对于拖拉机发动机嗡嗡震动时的兴奋，对于槐树上喇叭声响的好奇，渐渐培养出他对于世界的感知模式。因此我看到了少年哥哥沉迷在电器的世界。我从这着迷中找到了回溯那七年的线索。

当我七岁时，他去镇里读初中；当我读初中时，他去地级市读中专。当我读高中时，他早已去了很遥远的地方开拓他自己的天地。我跟哥哥共同生活在家里的时间重叠不过五年，而这五年我基本上是没有什么回忆的。在我的整个童年时代，哥哥只是一个名词。我楼上楼下，左厢房右厢房，到处可以见到哥哥留下的痕迹。有他读书的课本，有他在墙上用蜡笔画的草图，有他拆卸之后却怎么也还原不了的收音机，甚至有他写的日记，在我空旷的童年，这些东西给了我一种对于哥哥的遐想。我看见婶婶家的兄弟俩经常打架，非常羡慕。我知道哥哥永远在外面，读书、工作、交女朋友，偶尔回来对我只是微微一笑。我远远地看着他，他跟他一帮子哥们打牌，或者到湖里钓鱼，或者在球场上骁勇无比地打球。当我有一次在邻居家里丢沙包，哥哥来叫我，我跑过去，他递给我一块那时候才兴起的方便面。我跟着他回家，看着他把面块放进碗里，用开水泡，过一会儿，面块松软膨胀。我如见证奇迹一般。这是我记忆中仅有的一次哥哥主动来和我做一件事情。我对于这样遥远的哥哥，只有敬畏感，没有亲切感。

他不在我童年的现场。当我也是十四岁的少年时，从教室里被叫出，一个高个子的年轻男子站在我面前。我不认得这个人，只是觉得面熟。当他叫我弟弟的时候，我才想起这是我哥哥。他客客气气地跟我说话，我客客气气地回答。我不知道他这些年在外面过的是怎样的生活，他也不知道我这些年是怎么成长的。虽是兄弟，我们其实很陌生。然而我内心在意我有哥哥这件事情，我翻阅了他所有留存在家的日记本，尝试去理解他；我穿的衣服，用的书包，书写的钢笔，都是他用过不要的；我保存了他从全国各地寄回来的相片和信件。每当我增进一岁的时候，我总在想哥哥和我这么大的时候，在什么地方，经历过什么事情，有过怎样的情感经历。每回他生日来临，哇，他二十五了，他二十八了，他三十二了，而我一路撵着他的岁数奔来，却永远在时间的截口处少他七年。这是我们之间永远不可改变的时差。

有一天，他在网上看到我的近照，一向内向木讷的他留言：不经意间，你已长大！人生如梦，短暂的一生只为一个“安”字，平安就是福！你在外面好好珍惜自己，我不知道你在外面有多大压力，感情的，物质的……这些并不重要，因为我只期望你平安！而我想起那个对着镜头伸出手的一岁小孩在我年轻的妈妈怀里，他知道有一个弟弟会在他七岁的时间截口诞生吗？

十三叔

十三叔的儿子好出息，考上的重点大学正好在我工作的城市。十三叔借着送儿子上学的东风，跑来看我。逛大街，游园林，买特产，大包小包拎着，路过一个戏园子，眼睛放光，嚷着好多年没得戏听了，抬脚就跑进去。十三叔是戏迷，想我们家里看戏，戏早八点就开始了，一直唱到第二天鸡叫。露天用笔直的杉木撑起四个柱子，就着垒砌的墙基，搭上幕布，戏就可以开演了。各村的人老早就自家带着条凳占位置，唱戏的村里家家提前就把自己的亲戚请过来。台上锣鼓哐哐响，台下的人打情骂俏的、呼儿唤女的、聊东谈西的，闹个不行。十三叔是这些人中最能闹的，他一会儿摸了春花的屁股，一会儿抢了东明家小孩的烤红薯，一会儿蹭到戏台后面看演员化妆，一会儿爬到草垛上跟着台上的角儿一起唱：“叫一声二叔叔，细听我开怀，自古道真君子鲜花谁人不采？”

我是十三叔的跟屁虫，十三叔是戏班子的跟屁虫。戏班子今天这个村，明天那个村，十三叔带着我一路跟过去。那时候还没有自行车，天蒙蒙亮，十三叔就跑过来敲我的窗户。我一骨碌爬起来，偷偷打开门跟着他往唱戏的村子赶。我走不动了，十三叔边骂我是个拖累，边背着我一路小跑。天一点点地亮，村庄外的草垛上，金黄的南瓜花灼灼地绽开了。清晨的薄雾刚在花瓣上裹成露珠，即被江风轻轻地拂落。满天的麻雀，叽叽喳喳一忽儿全落到黑瓦屋顶上。乳白的炊烟依依，衬得屋角的天空越发瓦蓝。往往还没到那村子，我就趴在他肩头睡着了。晚上戏终于唱完，十三叔又带着我往回赶。在他的肩头往回看，一路上，回家的村民个个打开手电筒，就如一条发着光的银河一般。慢慢走到僻静的田野，前后左右没有一个人，我紧紧抱着他的脖子，他喊了一声鬼来了，我吓得快哭出来。他又拍拍我的头说我是个没用的胆小鬼，我要他唱，他就唱——“月亮走，我也走，我对月亮提花篓。一提提到姐门口，姐姐倒碗茶，我喝了就走。”

十三叔在整个家族同辈中最小，是三爷爷唯一幸存的儿子。三爷爷生了三个儿子，一个日本飞机来了给炸死，一个大饥荒的时候给饿死。三爷爷到了四十多岁，才生了十三叔。三爷爷、三奶奶、四个姐姐全都是十三叔的臣民。“文革”的时候，三爷爷上街给十三叔买包子，路上红卫兵各派打得正酣。三爷爷不知情，拎着一袋肉包刚走出巷口，当头中了一枪死掉了。三奶奶得到信儿，和四个女儿背着三爷爷的尸体一路哭回来。十三叔那时候四岁，三奶奶去拖三爷爷尸体的时候不忘再买一笼肉包带回来。十三叔嚷嚷着好多天了，不买要哭死的。

十三叔是所有上过的学校里老师的噩梦，打架、偷东西、上房揭瓦的事儿少不了他。校长把他吊起来打，第二天三奶奶带着四个女儿一起冲进校长办公室，吵着要跟校长拼了。好不容易读完了小学，初中没考上，就天天在家里玩。三奶奶经常半天披头散发地敲某家的门："东海哥，你家还有没吃完的鸡肉不？我家十三儿今天看到你家吃鸡，现在闹得不行了。"有时候，矮矮个子的三奶奶眼泡红肿，背着好大个子的十三叔往村里卫生所冲。后面四个姐姐哭哭啼啼地跟着跑。十三儿昨晚咳嗽了一晚上，是不是病得好厉害？所里医生白眼一翻，就伤风感冒而已嘛。

等我出生时，十三叔也才二十岁左右。我刚出生那段时日，十三叔就跑过来天天抱我。他告诉我别人抱我都哭，只有他一抱，一哼哼戏，我就笑了，"美貌娇容桃花脸，十指尖尖咿呀洋得儿哟十指尖尖……"十三叔相亲的那天，穿着整洁的中山装，手上还拎着送女方的礼物，路过我家门口，见我正跟小伙伴吵着要上树掏鸟窝，他也不怕把衣服弄脏，噌噌噌地爬到树上，把鸟窝的蛋掏出来扔给我。他那时候是我们的“孩子王”，三奶奶和四个姐姐去田里摘棉花，他就留在家里剥棉花。剥得烦了，让我去把那一帮子小伙伴全叫过来，说要给我们讲故事。大家一听讲故事，乌拉拉全跑过去了。听故事可以，条件是把这些棉花剥完。大家好听话地坐下来剥，十三叔从房间里冲出来，头上戴着个装饼干的空盒子，手上拿着蒲扇，身上系着床单，宣称自己是诸葛亮，今天要从水淹七军讲起。

十三叔把十三婶娶回家就扔着不管了，跟着一帮子朋友跑到深圳去发财。一年后回来，十三叔变得洋气了，戴个大墨镜，头发光溜溜，吸得一手好烟。回来不忘给三奶奶和四个姐姐一人带了一个假发套，红黄蓝绿紫。三奶奶成日顶着一头红色波浪卷假发，走在田间地头。人家一问，三奶奶立马神采飞扬：“这是我十三儿从香港带回来的，好看吧！”偏偏是自家媳妇，十三叔不仅什么都没带，还一分钱也没有赚回来。十三婶不干了，跟着十三叔吵，吵着吵着互相打了起来。三奶奶顶着假发从地里冲回来，一把揪住十三婶要拼命。十三婶气不过，往长江大堤跑，看热闹的人喊道：“不好了，翠梅要去跳江了！”十三叔回道：“让她跳！让她跳！”三奶奶喊了声：“孽畜，孙子还没给我生呢。”说完一路撵过去了。

那天吵完架，十三叔在家里被闹得不消停，跑到我家里来要跟我睡。我们躺在阳台的竹床上，淡蓝色的薄雾在远处的田野盈盈升起。对岸隐隐的山影，在莹莹的月光下如同剪纸。十三叔给我带了一份中国地图，打开手电筒，指着花花绿绿的色块，告诉我这是什么省，那是什么山，这里流着什么河，那里产什么矿。沿着铁路线走，他看到了好高好高的山，好长好长的隧道，好吃得不得了的芒果，好玩得不得了的公园。楼下传来三奶奶的叫唤："十三儿，十三儿……"十三叔带着我从阳台后面偷偷溜了出去，一路跑到长江边。萤火虫从浓密的河草丛中飞起，我拎着竹笼，十三叔拿着网罩。我们赤着双脚，在湿润的沙上行走，小心翼翼地寻找蛔蛔。回到村子里，天已发白，老远就听到三奶奶尖厉的叫声："十三儿，十三儿……"

十三婶生完了我堂弟，十三叔又跑出去闯江湖了。十三婶为着怎样养孩子，天天跟三奶奶在家里吵。一个觉得该给孩子穿多点，一个觉得该给孩子穿少点。吵凶了，三奶奶披头散发地哭，把四个嫁出去的女儿统统叫回来，合起来跟着媳妇对骂。十三婶几次要去跳江没人追，自己哭着走回来把东西一收拾，回娘家去了。这些十三叔不管，孩子也不用管。三奶奶成日带着孙子在村里转，请刚生完孩子的妈妈帮帮忙给她孙子喂奶。一边看着孙子吃奶，一边骂："一只鸡呃一只鹅，年年为的婊子婆。"孙子长到六岁的时候，三奶奶走了一里地，到了隔壁村接到十三叔打来的电话，说是马上要回来了。三奶奶高兴，把楼上楼下统统打扫一遍，又洗了几桶衣服。晾好衣服后，从楼梯口一头栽了下去，医生说是脑溢血，没救了。十三叔回来时，三奶奶已经被放进棺材里。我站在门口，看见拎着大包的十三叔。我立马迎了过去，他笑眯眯地摸我的头。我指指他家的门口。所有的人都从门口拥出，看着他。他很迟疑地看看大家，四个姐姐跑出来，围着他号啕大哭。他推开人群，撞进去，一下子坐在了地上。四个姐姐又围过来，拍他的肩。他望望棺材，又看看四周的人，好像始终没有闹明白发生了什么。好长时间，我跪下来，推推十三叔："十三叔，三奶奶……"他望望我，嘴巴往两边撇了撇，鼻翼呼哧呼哧耸动，一下子站起来，在堂屋里转来转去地寻找，"妈！妈！妈！"转到第三圈，一头昏倒在地。

十三叔在二姐夫厂里当上了副厂长，其实什么事情都不用做，他天天就跑去打牌。我天天带着堂弟去上学，平时十三叔不大问堂弟的事情。有时候，看见堂弟考砸了，跳起脚来骂，随手拿起一根棍子就撵着打。堂弟一路哭一路跑，跑到我这里。我往十三叔面前一站："十三叔，够了！"十三叔抓抓头皮，对着我讪讪地笑，好似一个做错事的大男生，扔了五十块钱给我，让我买好吃的。随后他又去村里打牌去了。我把五十块钱给堂弟，让他去交了学杂费。

堂弟终于在大学安顿下来了。我和堂弟一起送十三叔去火车站。一路上，十三叔对着堂弟说："你要好好念书，不要尽顾着玩。你要是敢瞎胡闹，我打断你的腿！你看看，你看看，我为了你头发都白了！”我忍不住扑哧一笑，十三叔顿住了，望望我，抓抓花白的头发，自己都不好意思地笑起来。堂弟刚要笑，他突然沉下脸：“你敢瞎胡闹，看我不打断你的腿！”临进站的时候，十三叔把我拉到一边，捏捏我的胳膊：“你看你怎么这么瘦，我么样回去跟你爸妈说？”我还没有反应过来，十三叔把伍佰元往我手上一塞，就跑进站了。看着他淹没在人群中，我眼睛忽然一阵潮湿。

奶奶的弹片

奶奶既是个瘸子又是个瞎子。她始终坐在老屋的石墩上晒太阳。自从老屋前面堂叔的三层大屋建起来后，奶奶就认定是那大屋子遮挡了自己的目光，直至最后几乎完全失明。但是当有人从她前面走过，她会问我：“是不是有狗经过？”这是我与奶奶相处的短短几年中记得的唯一一句鲜明的话语。

坐在她的棺材之前时，我只有九岁。老屋点着马灯，灯影与人影幢幢跳闪，亲人们各自头上缠着戴孝的白布，唯有我愣愣地坐在黑沉沉的棺材前面，不知道是该哭还是该笑。我还不能体会一个亲人离去时的撕心裂肺的痛楚（这个要等到几年后另外一位亲人离去我才体会得到），我只是觉得惘然。眼见着众人为奶奶清洗身体后穿上寿衣，裹上白布，小心翼翼放进狭窄的棺材内腔，再在奶奶肉身上面铺上石灰，钉上棺材盖子。然后三天三夜为之守灵。棺材盖上置放了一大钵米饭，米饭上插上一把筷子。我眼看着米饭从弥漫暖甜的香气到冷成干米粒，上面铺上了一层香灰，这是给我已经不再呼吸的奶奶吃的吗？她吃不动这么多，她的牙腔里只有败红色的牙床可以勉强抿碎一些米粒。而当年爷爷打长工时，在家里的奶奶是无权上桌吃饭的，她只能看着爷爷吃，吃剩下的才是她的。

她是一点点逐渐死去的。老屋外面行人只听得屋内孩子哭声震天以为是没人管，待进去一看奶奶木讷地坐在阴暗的堂屋里，摇着轿子。苍蝇在还是婴儿的我的脸上跳来跳去，奶奶也不太管。她在无光无声的世界里，外面的光影声响对于她来说是极为渺茫的。待我稍微懂事起，我和堂弟们在老屋的泥地上打闹，奶奶依旧坐在角落，满头花白头发梳到后面绾成一个小小发髻，穿着缀有盘扣的棉布青黑斜襟上衣，早年包过的小脚穿着皂色锥形小鞋。她肉身一动不动地存在于老屋，可是任是我们怎样哭闹，她都毫无反应，仿佛她的魂魄已经悠然飘散。到了她彻底老了，躺在床上，大小便失禁，也是从来听不见她一句话来呻吟久久不离去的病痛。爸爸拉我的手走到她的床前，让我叫奶奶“回家”。床上罩着灰黑色蚊帐，被子上躺着枯瘦干瘪的老人家，她头发散乱，颧骨下的肉全给削去了。我叫：“嬷，嬷，嬷……”她仿佛从深睡的梦中被吵醒，小小地答应了一声“哎”。然后我去上学，放学回家她已经在棺材里了。

清晨我被叫醒，老屋挤满了人。两个叔叔和爸爸穿着白色孝衣跪在棺材前，奠拜仪式结束后，棺材被众壮汉抬起，出屋沿着村庄外面的田野走去。棺材后头跟着所有的亲人们。我杂在戴孝的人群中，这是我第一次参与这样的死亡游行。奶奶死了，我内心中没有悲痛，没有难过，只是好惆怅地走在寒冷的冬日田野中。遥想当日我、堂弟和奶奶坐在板车上被哥哥推着回家，奶奶到了三岔路口要下来走。我们在车上展眼见她拄着拐杖，一步一瘸地往村庄里挪去。她从来不会告诉我们她腿的事情。我只听到邻家婶娘告诉我那是日本飞机轰炸时候的事情，奶奶抱着刚出生的大伯躲避炸弹，却不料一个炸弹就在不远处炸响，强大的气浪轰到了奶奶，在奶奶的腿上留下了终生伴随的弹片，也带走了大伯年幼的生命。婶娘形容那炸坏的烂腿没有钱去医治，只能让它腐烂生蛆，散发阵阵恶臭。奶奶什么都不说，她只是悄悄地死去了，在战争、灾荒、饥饿、病痛中默默死去，然后我们看到沿路站满看热闹的人们，我们听到鞭炮一路清脆的响声，我们闻到田野清冽的泥土气息，就这样她永远离开了。

所有知晓奶奶早年事情的人都离去了，我唯有借助那一次灾难性的日机轰炸来确认奶奶的生命转折点。“1938 年 6 月 24 日，海军威宁号炮艇，正在马当附近执行任务，敌机九架，突然顺江飞来，轮番轰炸。江水掀起数丈之高，满江浓烟滚滚，不辨南北。艇体多处中弹，烈焰腾空。艇长李孟元以下所有官兵，在烈火中挣扎，直至与炮艇一起沉没于江水之中……”史料明白地写道。“敌机九架”投下无数炸弹的其中一颗落在长江边的村庄，我想象在那一片恐慌的逃离中，奶奶是如何抱起尚是幼儿的大伯往村庄外跑，可以听到长江江面上炮声隆隆，可以看到村庄茅屋着火，每个人都叫着自己的孩子，每个人都往隐蔽处奔跑。此时，我奶奶的小脚是如何艰难地跑动，奔到村外竹林，一股强烈的气浪扫来，她由不得自己地摔倒在地，腿上一阵猛烈的疼痛……我难以想象她的丧子之痛，我只知道后面还有几个孩子因为疾病、灾荒而死，存活下来的只有现在的几个伯伯姑姑和爸爸。丧失了孩子，丧失了腿，丧失了眼睛，她是如何在这样漫长的人生中一步步忍耐下来的？

我遥想坟墓中经过二十年，奶奶早已成为枯骨，跟随她一生的弹片此刻也该是脱落沉埋于泥土中。她现在该是轻盈如云，漂浮在耕种了六十年的土地上。而这片土地上还有无数的弹片，无数被炸死、被饿死、被打死的魂魄们。奶奶在尘世间辗转了几十年后，与他们一起汇合，如生前一般静悄悄地离开了。

在她的时间里

那个时候如果我能转过走廊，拐到去后门的过道该多好。我只是来拿丢的一本书，走过大门口的时候我听到她叫邻居家的名字，声音清亮有力。想着她有事情，就没有过去跟她打个招呼。我骑车一路飞奔去学校，不会想到这将是她留存在我心中最后的声音。那该是下午阳光正好的时刻，我在上学，她赶着去洗衣服。一日过后又是一日，我们以为会是永不会改变的生命节奏。几天后的清晨我从宿舍起床去教学楼上早自习，远远地就看到爸爸站在教学楼的水泥柱子边上，静静等我过去，停顿了半晌，他轻轻地告诉我：“你外婆昨天晚上走了，你上完早自习就过去吧。”

其实我还有机会看她最后一面对不对？身处她的丧事现场，众亲人各自忙乱地准备各种事宜，准备好下午吊唁的鞭炮、饭食、桌椅，舅妈在厨房切菜，妈妈蹲在池塘洗碗。我上完早自习后刚赶过来，就被爸爸拉去磕头。我怎么会知道莫名地让我跪下来磕头的前方那个水晶棺里躺着的是她呢，我糊里糊涂磕下去，事后才想起眼睛看到水晶棺里露出的花白头发就是她，我没有想到。我是否可以不慌着磕下去，而是上前去好好俯下身看看水晶棺，她最后的容貌，她穿着的衣服，哪怕是一眼也好，这样在多少年后的今天我还能有一点回忆拿来追念。

就算没能见她最后一面，我还有机会凭借她身边的物件来追寻她最后的遗迹对不对？我可以趁着舅妈还没有走入她做饭的小厨房收拾时，进去打开墙壁上的橱柜，里面肯定还有她前天炒的茄子、煎的鸡蛋，甚至还可能有一条鱼。我甚至可以去看看土灶，那里面还有她烧饭时候未烧完的柴禾。灶台沿儿上搁着的小油罐、小盐罐，还有半包未用完的朝天辣。还有，对，三楼晾晒的衣服，那时候还未有人注意到。我可以上去看到晾晒的衣服，搁在阳台中央的红色塑料桶。她一桶一桶从池塘洗完后，然后爬上三楼逐件晾晒的衣服在风中吹干，散发着洗衣皂的香气。那块姜黄色的洗衣皂我可以偷偷留下来不是吗？

可那时候我任凭着这再也不会有的机会丧失，只顾着尽着晚辈的礼数，磕头，磕头，再磕头。然后父亲要我去上学，我就站在乡村中学的三楼上，眼见着殡仪馆的中巴一路从她的村子大路上开到中学前的公路上，如果我能不那么乖顺地呆滞地站在楼上，而是迅速冲下楼，跑上车子，我能在把她送入焚尸炉的等待时刻好好看她。然而我没有，上课铃一响，我就乖乖地进教室了。

很多年后，我去迁居到外省的小舅舅家里做客。小舅舅的一对儿女，都是跟我一般大，他们都已成家，各自都有了孩子。阳光从窗户洒进，孩子们骑着小车，踢着小球，叫着跳着笑着。表弟表妹跟我闲谈这些年相互再未重逢的岁月各自的生活。我一会儿看看他们，一会儿看看他们的孩子。恍惚间我又看到外婆从堂屋出来，颤颤的手端着刚炒好的豆芽，一边走一边叫表妹去买盐，又招呼着表弟出来吃饭。她的皂色斜襟盘扣外套衣摆后头沾着柴禾的碎叶。这个时候，外公该是坐在后厢房的阳光底下看命理书，表弟和我在写作业，表妹跟着隔壁的姐妹在跳橡皮筋。她端正地坐在灶台前头，锅里的水分蒸发干净，发白发烫，可以放菜油了，南瓜早刨好切成片，水缸里也早放好水了。芦花鸡在她脚下咕咕咕地叫嚷，柴房里的鸡窝该是有新鸡蛋，可以煎鸡蛋饼了。

在父母远走他乡去种地只剩我一个人在家时，我常常出村庄，沿着田间的小路盘绕到她的村庄。她拎起枣红描花铁皮开水瓶，倒上一盆子热腾腾的开水，给我洗脏兮兮的手和脸。日头正好时候，烧上一锅热水，给我洗澡洗头。那时我蹲在洗澡盆里，裸着身子，她拿着毛巾沾满水给我搓背。一边搓一边歉然地说着自己这边有表弟表妹还有外公要照顾，我要是过来住，精力上不够。又叹息着妈妈跟着爸爸在山里头种十几亩的山地之辛苦，让我要好好听话。晚上，她的床上，表弟、表妹、我都要爬上去跟着她一起睡。宽大的床上铺着自家棉花打的厚墩墩的棉被。表妹说我踩鸡屎，有一股臭气。我不服气，回嘴否认。我们在她的床上打闹。或是暑天在三楼大阳台架起大板床，铺着席子，支起蚊帐，她拿着像是诸葛亮常用的鹅毛扇，一会儿给睡在左边的表弟扇风，一会儿又给睡在右边的我扇风。

那鹅毛扇在她不在这个世界很多年的时光里，依然在我的记忆中扇动。扇柄上绞着黄铜丝，握上去凉沁沁的。当做飞行员的二舅当班的那家航空公司有飞机坠毁在山里时，她日夜不停地握着这柄扇子扇着；当小舅妈去小舅做生意的城市路上莫名地失踪后，她握着这柄扇子扇着；当长江大洪水马上要冲破堤坝的时候，她也这样扇着。她不吃饭，不喝水，不走动，她就坐在门口，倭着身子，小小圆脸上皮肤松弛地下坠，老年斑在两边太阳穴呈深褐色，眼袋沉重，眼珠子泛白混沌。该做饭的时候，她依旧会起身颤巍巍地走下台阶，进入厨房烧火，给孙子孙女准备好饭菜。

仿佛我们都忘记了她的年龄。我们都习惯了她蹲在池塘边洗衣服，在灶台沿边剥大蒜，在豆腐房里磨豆子，在柴房里捡鸡蛋。她丢丢丢地洒米，立马母鸡从各路小巷奔回来；她拎着菜篮子，在菜园割上几颗冬青菜；她从左厢房颤颤地走向右厢房，叠好被子，收拾好表弟表妹的书本。我们忘了她有多大——是六十岁，还是七十岁？她呈现给我们的是不停地忙来忙去，从楼上忙到楼下，从前厢房忙到后厢房，催这个吃饭叫那个洗澡，扫完地后又去门口倒垃圾。我们只记得自己洗澡衣服还没有准备好，上课用的本子不知道放在哪里，前一天穿的裤子破了一个洞。我们谁也没有真正注意到她。终于有一天她起身从池塘拎起一大桶衣服，青石板滑溜，一不留神害她跌入池塘，她才拖着扭伤浮肿的腿歇息在床上。直到很多年后我仔细推算，才突然发现那时候她已经是七十好几的老人了。

我从众人的叙述中拼贴她的最后一天。小舅舅要从外地回家，说好的日子却未见回家。她一边等待，一边清扫大屋子，从一楼扫到三楼，然后把三大桶脏衣物拎到池塘去洗。洗完衣服去上了个厕所。诸事忙毕，坐在椅子上休息。片刻，她忽然喊表妹说自己头晕……小舅舅在她离开后的第二天回到了家，他坐的轮船因为长江水位太浅而耽搁了。他完全不知道自己的母亲已经因为突发的脑溢血而去。他只看到在村庄的黑夜里，只有大屋里灯影幢幢。妈妈、阿姨都围上来，而这个时候如果我能不去管抱头痛哭的小舅而转头去看看水晶棺一眼，我能看到她不是吗？我能看到她的手，曾经伸进我的头发为我洗头；我能看到她的嘴，曾经为我吹刚盛出热腾腾的豆浆；我能看到她的腿，曾经颤巍巍地走到灶房给我拿鸡蛋饼。

如果。

自从她去后的十多年，我再也不愿去大屋子了。最近过年前夕，大舅要给大屋子贴对联，让我随同前去。小舅全家早就搬到他乡，大屋子自从外公去世后再未住人。风从长江大堤那边吹来，在空旷的屋场打旋。当年烧饭的厨房已经坍塌成一堆乱砖头。打开多日未启的大门走进去，条凳、提篮、篓子、竹床、靠椅、蛇皮袋，全都在各自的位置，蒙上了一层灰。地面上有好些黑色小粒的老鼠屎。我一路穿过堂屋，走到各个房间看，曾经放着电视机的立柜散了架，外公躺的藤椅一边脚断了，外婆喂小鸡吃食的小碟子扔在了二楼楼梯口上。没有小心翼翼下楼的脚步声和洗衣桶磕托磕托碰在阶沿的声音了，没有剪刀划过的确良布爽利的撕裂声了，一切寂静地沉默在灰尘中。那沿着楼梯下楼凹凸不平的红砖墙面是她曾经摸着下楼的安全凭据，而今我学着她摸下去，下到了站在去后门的过道上。如果那一天她喊邻居家名字的时候，我能够这样拐过堂屋，来到现在站着的位置看她一眼该多好。那时候，我有的是时间。

文姨

文姨打起架来，连男人都怕。其实她才多大的个子呢，一米六不到，瘦瘦巧巧，看样子连换桶装水的力气都不够，一发起狠来，嚯，谁也没想到会这样！胡仁海，我姨爷（那时候是），带着他的情人回家，文姨堵在门口，劈头一个巴掌，胡仁海都给打懵了；这当儿，文姨又转身劈头给了那情人一巴掌。胡仁海这才反应过来，揪住文姨的手：“你怎么打人?!”胡仁海一米八的大个儿，站在文姨面前跟铁塔似的，文姨手动不了，一脚踢了胡仁海裆部，胡仁海疼得捂裆直叫。那情人转身想跑，文姨一把揪住她的头发，一连又是几个耳光啪啪啪扇过去。胡仁海起身要打文姨时，他们的孩子，儿子胡刚，女儿胡雪，一边一个抱住他的大腿。胡仁海动弹不得，气得直骂。文姨瞪着胡仁海，吼了一声：“滚!”

印象中文姨一家一直是模范家庭，生意做得很大，生了一儿一女，都很乖巧可爱。每次回娘家，文姨都是笑呵呵的，挨家挨户串门不说，还时不时送个小礼物，大家都喜欢她。谁也没有料到胡仁海会找“小三”。离了婚，胡仁海关系硬，孩子判给了他。离婚后，文姨一个人搬出去住了。有一天，文姨在家里打麻将，不经意一抬头，就看见窗台上耸着两个人头，见她发觉，赶紧溜了。文姨站起来打开窗子看，原来是胡刚、胡雪两个，已经跑得老远，叫都叫不回来。第二天，文姨就堵在校门口，等两个人放学。胡刚、胡雪见了文姨，赶紧往四周看了看，才小心翼翼地磨过来，低低地叫了两声妈。文姨见他们的小脸瘦了、尖了，大冬天的，胡刚的手上又起冻疮，胡雪的手套还是她那年打的，此时也破了。

文姨心疼坏了，让他们跟自己回家。可他们不敢，怕挨爸爸的打。他们的后妈马上要接他们回家。文姨不管，一手拉一个，往家里走。走一路，眼泪掉了一路。文姨半拉半拽的，拖着他们往家里去。还是胡刚有决心，说我们要到自己妈妈家里去，胡仁海有什么权利禁止我们？说着两人就随文姨回家了。文姨从来没有像那天那么高兴过。窗外白花花的下着雪呢，屋子里却暖融融的。厨房里从来没有这么热闹过。文姨炒菜，胡刚炖汤，胡雪洗米煮饭。丰丰盛盛的一桌菜，全都一扫而光。天晚了，他们挤在一张床上，一边一个，趴在文姨胸口，说着闲话。但他们一直闭口不谈胡仁海。

文姨原来一直帮着胡仁海打点生意，现在自己出来单干，做了点小买卖，也认识了老关，很快他们就生活在一起了。老关在城东开了个店面，专门做广告设计、电脑刻字、灯箱招牌之类的生意。说起来，老关的四个姐姐都佩服文姨。每天从早上六点干到半夜两点，文姨硬是不吭一声；批货拉客，喷绘刻字，没有一项她拿不落地；那十几米高的特型大字，文姨二话不说就爬上去。

老关也有一儿一女，全跟老关分开了住。他们管文姨叫阿姨。老关的女儿到广东去打工，跟一个男人谈恋爱，肚子睡大了跑回来。男人也跟着老关女儿住在家里，赖在这儿几个月，每天吃饭没人叫他，他也自己跑上桌来蹭吃。文姨非常嫌弃那男人，劝老关女儿把胎给做了："跟那男的分手，我们再给你找个可靠的。你要是再找个可靠的，我这个阿姨出几万嫁妆费给你，把你的婚礼办得排排场场的，阿姨又不是没这个闲钱！"起初老关女儿死不同意，听说还要她打胎，更是恨文姨恨得眼睛冒出火来。可后来却渐渐软了，同意去打胎。

文姨开始赶那男的走。他不肯走，还撒泼。文姨直接冲上去指着他的鼻子道："你睡大了人家闺女肚子，又不敢承担责任，你还是不是男人？"他气冲冲地嚷嚷道："我还是个闺男呢，你家女儿硬是要跟我睡觉，我有什么办法？"文姨说："你再敢在这儿撒泼，有你好看的。这里黑社会的，我熟。我随便叫一个人来，给一百断你一根手指头，给两百断你一只手。你要是现在就走，我还给你路费。你自己掂量清楚了！”那男人当天不声不响地溜了。

老关在城北买了一片地基盖房子。房子盖好了，想再在外面加个卫生间。在他后面住着另外一家。他们看见要盖卫生间，不同意了。那家的男人走过来对老关气势汹汹地说：“你在这儿盖卫生间，多臭啊，不许盖了！”老关听了，气得不行：“这可是我家的地基，我要怎么盖就怎么盖，你有什么权利来管我？”老关懒得理他。第二天，老关叫文姨过去帮忙。文姨去的时候，只见那男的拦着老关，哇啦哇啦地骂；文姨这边刚要和泥，那家的女人就堵了过来。文姨一铲子下去，溅了女人一裤子的泥水。女人刚要骂，文姨抬头就说：“对不住，老人家，别挡我的道。我跟那个人没有任何关系，只是他雇来干活的，要闹跟他闹去，少来堵我！”文姨和好了泥，一桶一桶地拎了过去，根本不把他们放在眼里。他们一口气做成了卫生间。他们又叫又闹的，也只好干瞪眼。这回合，他们算是输了。老关也从心里服了文姨。

以后好几天，一大清早就听见那家的女人破口大骂，我 × 你妈，我 × 你奶奶，什么脏话都敢说出口。老关忍不住要去对骂，硬是叫文姨给拉住了。文姨说他们骂你说明他们没有能耐，输到家了。这时候，你要是去对骂，岂不掉了你的价？他也就忍住了。可是那家人并不善罢甘休。有一天，那家的男人拿铲子把他们刚装上去的铝合金砸了。这次老关再也忍不住了，冲出门劈手就去夺了铲子。老关是个老实人，以为把铲子夹住，那男人就不敢动了。谁料到那铲头被老关一夹，后面铲柄往上一戳，就戳到那男人的眼上去了。那男人顿时血流不止。这下子出事了。

老关坐了牢。过年了，他的姐姐轮番堵在那家人的门口骂，文姨拒绝参与，悄悄回了自己的房子里。可是，文姨放不下老关的那个店子。每天，文姨都为店里的生意盘算。这边正忙着，那边女儿胡雪打电话哭着告诉她：胡仁海中风了！文姨忍不住要去看他。在医院里的重病号房，文姨透过门窗，看见了他。胡仁海歪靠在病床上，口角歪斜，口水直流，还打着吊针。同时，她也看见了那个女人。那女人拿着毛巾轻轻擦拭着他的身子，细心梳理着他的头发。文姨没有进去，她悄悄塞给胡雪五千块钱，嘱咐了几句，就默默离开了。回来后，文姨买了几件过冬的衣服，转身去了监狱。当老关从里面走出来时，文姨都有些认不出了。他又瘦又白，整个儿身子脱了形。见了文姨，老关像个孩子似的抓着她的手，忍不住哭了起来。文姨就说："没事儿！你的店我给你开着呢！"

老关出来后，发现文姨把他的店打理得井井有条，还给他拉来不少客户。文姨自己呢，做批发生意，在各大城市之间飞来飞去。胡仁海中风第二年去世了，胡刚成家，胡雪出嫁，都是文姨一手操办的。一个月前，文姨来北京办事，拉我去全聚德吃烤鸭。她一进门，走路生风，虽然都五十多岁了，可一点不显老，头发烫过，化了淡妆，看起来神采奕奕的。我问文姨：“你接下来要做什么？”文姨哈哈一笑：“我要去美国玩一趟！”我说：“可是你一句英文都不会啊。”她眼睛一瞪：“怕什么！我前一段时间去日本，还不是照样回来了。”

现在，我一打开微信，就能看到文姨给我发来她跟老关在纽约时代广场的合影照。接下来，他们还要去夏威夷群岛。跟文姨视频，老关凑过来说：“你文姨在美国跟人打了一架！还是个白人！”文姨把老关推到一边去，笑个不停：“谁叫他占我便宜！不过我打赢了！踢他裤裆，踢完我们就跑啦。”我让他们在国外千万小心，文姨说：“知道了，给你买了礼物，你肯定会喜欢的！”我忙说：“好啊好啊。”她又说了几句便挂了，因为马上就要上去火奴鲁鲁的飞机了。我期盼着文姨早日大包小包英姿飒爽凯旋的那一天。

细姑

早饭做好，母亲还特意煎了一条鱼。我知道这鱼不是给我吃的，虽然我老在灶台边打转。母亲回头说：“你莫晃来晃去的，去你二婶家叫细姑过来吃饭。”我说好，立马从灶屋出来，沿着垸中的小路快步走到二婶家。细姑坐在堂屋剥棉花，我叫她去吃饭，她说好，起身跟我出来。二婶还在灶屋煮饭，细姑站在豆场上大声说：“二姐，我去细姐那边咯。”二婶连忙跑出来：“饭都快好咯。”细姑有点儿为难地看看她，又看看我。我忙拉着细姑的手走：“我屋有鱼吃的！”二婶笑骂道：“有鱼了不起咯？我这边有肉吃！”我不管，拉着细姑就走。

池塘那边王花娘在洗衣裳，见我们过来，挥手喊道：“玉珍哎，回来啦？”细姑回她：“回来三四天咯。”我要停住脚步，细姑拉着我的手一个劲儿往前赶。王花娘还要说什么，我们已经走过去了。细姑穿的是我母亲的衣服，灰色格子外套，到她身上显得非常肥大，的确良裤子也是我母亲的，裤脚太长，扎了起来。她的衣服来的时候已经破了。到了灶屋，桌上已经放好了饭菜，尤其是那盘鱼，煎得金黄，搁在正中间，闻起来好香。细姑叫了一声："细姐。"母亲把饭盛好，放到她面前。细姑说："太麻烦细姐咯，我自家来。"母亲说："有么子麻烦哩。趁热吃。"我也要吃，母亲瞪我："去叫你老儿来。又不晓得冲哪里聊天去咯！"

好容易到山爷那边找到父亲，催他回来吃饭，他说："晓得咯，你催鸡屎！"我当然要催的，鱼都快冷了，也不知道细姑会不会给我留一筷子。等回到家，母亲在楼上晒棉花，让我们先吃。细姑坐在饭桌上等，并没有动筷，我瞅了一眼鱼，也没有动，就放心了。父亲："细妹，么不吃嘞？"细姑笑笑："不饿。"父亲坐到她对面，我坐到另一边。父亲拿起母亲盛好的饭开吃，一边吃一边看细姑："你屋里的棉花，毛伢儿一个忙不过来吧？"细姑也拿起碗筷，没有说话。父亲又吃了两口菜，接着说："明天要下雨咯，不抓把紧，棉花都烂地里咯。"细姑把碗顿在桌子上："我等一下就走！"父亲点点头："要得。夫妻吵架几正常，莫耽误庄稼。"细姑埋着头："我不回那头去。"父亲看她："那你回哪里？"细姑撩撩头发，露出眼角一大块乌青："去广州。"父亲身子一挺："你要做么子?！"细姑摇摇头："做么子，都比回那头强！总不能被打死！"父亲不响。

三天前的晚上，我那时候正在自己房里做作业，听到敲门声，我赶紧去开门。门打开时，我吓得叫起来。我简直没有认出那是细姑。她的额头发青，脸上有耳光扇过的手印，嘴角肿胀流血，上衣扯破了几处。父母亲在楼上收棉花，听到我的尖叫声后，连忙下来。母亲见到细姑，忙搂住她："这是做么子鬼哎！"细姑身子一直在抖。父亲问她："毛伢儿这个孽畜！老子要打死他！"说着要出门，被母亲喝住。母亲把细姑搀扶到房间，给她清洗伤口再上药。父亲当晚气冲冲去了细姑家，又气冲冲地跑回来："娘个 × 的，这个孽畜不在家。"细姑忙问："亮儿嘞？"父亲说："他自在，躲房间看电视，笑得嘎嘎的。"细姑不响。母亲问这次细姑又为何挨打，细姑说："地里捡棉花，回来晚了，那个活贼自家不晓得做饭，还赖我懒。跟他顶了几句，他就火钳打了过来。"

母亲晒好棉花，下来跟我们一起吃饭。她不断往细姑碗里夹菜："玉珍，这鱼儿新鲜。"细姑说好，勉强吃了两口。我站起身来要夹鱼，母亲瞪我，我只好坐了回来。细姑把自己碗里的鱼块夹到我碗里，母亲说："莫惯他！就晓得吃！"我不管，大口吃我的鱼。父亲说："这几天亮儿不晓得么样过的，毛伢儿又不会做饭。"母亲接口说："亮儿自家会做饭。"父亲扫了母亲一眼。细姑说："我要离婚。"父亲顿了一下："你说么子？"细姑声音大了起来："那个孽畜，我一天都不愿意跟他待！”父亲颓了下来：“说么子瞎话。你看俺周边，有么人离婚？夫妻打打闹闹不很正常的？”母亲沉默了一会儿，问：“那亮儿么办？”细姑说：“我带走！”父亲身子凑了过去：“带哪里去？”细姑说：“带出去打工。”父亲又问：“亮儿读书么办？你有钱出去？我们都没钱。”细姑低头不语，她嘴角抽动，手捏成拳头。母亲忙说：“吃饭吃饭。”

吃完饭，父亲和母亲去湖田捡棉花，细姑说她去帮忙，父亲没有理她，母亲说：“你在屋里好好歇歇。”父亲骑着三轮车，带着母亲出门了。细姑从楼上拎了一筐晒好的棉花下来，放在堂屋里剥。因为是星期天，我没有去上课。做完作业，我把左厢房的电视打开，搬了个小板凳过去一起剥。电视在放《海尔兄弟》，我特别爱看。棉花壳真扎手，棉花球上还有碎叶子需要摘掉。我剥剥停停。细姑一直耐心剥她的，也没有说话，像在想什么。《海尔兄弟》放完了，广告时间，回头看细姑，她还在愣神，棉花壳的尖尖一下又一下扎自家的手。我说：“细姑，好疼的！”细姑这才回过神来，把棉花壳扔到地上。

半晌后，细姑忽然抬头说：“庆儿，细姑要是走咯，你会想啵？”动画片正放到紧张处，我随口说：“会啊。”眼睛却盯着电视。细姑又问：“亮儿会想啵？”我看了她一眼，她低头摘碎叶子，我不知道怎么回答。她起身把剥好的棉花带上楼，又端来一筐未剥的下来。剥了一会儿，她说："庆儿哎，要是以后亮儿有难，你要记得帮。"我不解地看了她一眼，她还是没有抬头，继续说："亮儿跟你同岁，你们两个又玩得好。以后要相互帮忙，晓得啵？"我连说晓得晓得。棉花剥完，细姑从口袋掏出五十块钱递给我："你去村里买点肉，中午饭我来做。"其实我有点不太想去，去村里肉铺有点儿远。细姑又说："剩下的钱你自家留着用。"我忙说好。

外头的太阳真晒，好后悔出来。走了半个小时才来到村里，买了几斤肉，剩下来二十块钱，放在兜里好开心。拎着肉，慢慢往家里走。一丝风都没有，汗湿透了前后背。好容易到家，大门却锁了。我没带钥匙，只好敲门："细姑！细姑！你在家啵？"没有人回应。我从前门绕到后门，门都锁住了。扒着窗户往里看，房间里没有人。堂屋里也扫得干干净净的。我的心猛地跳起来，立马高声喊道："细姑！细姑！"没有人答应。我跳下窗台，跑到垸中，桂花娘正好骑车带着两袋棉花回来，我忙叫住她："我细姑！细姑！"一时间我不知怎么说，桂花娘立马跳下车，车子倒在路边也管不上了，跟着我就往家里跑去。

细姑喝的农药药性不强，送到卫生所去后洗了胃，生命危险是没有了。父亲、母亲、二父、二婶都来了，细姑躺在病床上一直紧闭着眼睛。桂花娘跟父亲说："要不是庆儿，玉珍现在都不晓得么样咯。"父亲看了我一眼，又看看细姑："真是个死心眼。"过了几个小时，细姑醒了过来，父亲过来喊了一声：“细妹哎！”还没喊完眼泪下来了：“你是要么样哎！”细姑眼神空空的，盯着天花板。母亲过来把父亲推走：“你搞么子，大男人也哭。玉珍，你想吃点么子？我给你做。”我说：“细姑叫我买了肉。”母亲瞪我一眼：“大人说话，细伢儿莫插嘴！”真是的，我有点儿生气了，靠在墙边抠墙灰。

天一点点黑了下来，有雨点敲打在窗玻璃上。母亲说：“哎哟，楼上的棉花没收！”桂花娘跑到窗台边看了看，拍手说：“我自行车还丢在路边咯，这是搞瞎！不晓得车还在不在？”大家都赶紧起身，父亲走之前说：“细妹，我回去一会儿就过来哈。”细姑不响。父亲又转头对我说：“庆儿，你好好看着细姑，晓得啵？”我说：“晓得咯。”他们都走了，病房一下子空荡荡的，细姑把被子罩到头上。我小声叫，“细姑！细姑！”细姑不说话。细姑是不是生我气了？我又喊：“细姑！细姑！”细姑把被子拿开，看了我一眼，“哎”了一声。我说：“晚上炖肉吃好不好？”细姑问：“你饿了？”我点头说是。细姑说：“等会儿让你妈做。”说着伸手摸我头。我说：“要得要得。”我又高兴起来了——终于可以吃肉啦。

写小说的三姐

三姐决定写小说后，跟我互动得很频繁。事情的起因说来也巧，过年去三姐家拜年。三姐在厨房做饭，让我先在房间看看电视。三姐的三个女儿和小儿子都要看《喜羊羊与灰太狼》，我实在是看不下去动画片，随手在沙发上找杂志看。刚翻开一本《知音》，掉出来一张摊开的香烟盒子，上面写了一段话，一看就知道是三姐的笔迹：

王梦然夜里醒来时，忽然看到窗外的月亮，大，沉，近似于肉红色。她一时间觉得骇然。她想叫文浩起来看，可是文浩的鼾声打得很响。窗户关得紧紧的，但外面一定很冷。她想起明天该去刘武店里一趟，不然事件卡在那里，简直没办法解决。

接下来的一段被三姐都划掉了，她又重起一段再写：

王梦然站在大街上，她想躺在马路上，让无数的车辆从自己的身上碾过去。她恨透了自己。远处的天空，有一只风筝，一动不动，简直是钉在那里了。她想——

再往下看，三姐又划掉了一大段，然后就没有了。看得真是不过瘾！我起身去厨房，三姐正在炖鸡汤。我便问她："三姐，那篇小说你为么子不写咯？"她疑惑地看我："哪个咯？"我把香烟盒子递给她看，她脸一下红了："你么看到咯？几丢人哩。"说着要抢纸盒，我忙护在胸口："写得几好！"三姐一边洗菜一边说："真的啊？我守店守得无聊，就写着玩咯。你三姐夫还笑我，说我想当女秀才！"

三姐是我二婶家的，整个家族我跟她最说得来话。她从小成绩就优异，尤其是作文，写得特别好。上初中时，她的作文还得了满分，被老师用毛笔抄写在大白纸上，贴到公告栏里，让全校的师生看。很可惜上到了初三，二叔没让她读下去，她只好去学了理发，后来又去无锡打工，碰到了同样做理发师的三姐夫。两人结了婚，连生了三个女儿后，前几年生了儿子。现在他们在无锡开了一家杂货店。三姐夫负责盘货，三姐主要负责守店，一守就要守到半夜一点。漫漫长夜，三姐会找一些杂志和书来看，有时候也会随便找一张纸或者盒子写点儿什么。

我跟三姐说，单看这两个片段，就很好，希望她能写完。她笑了一下：“真的假的？我就随便写的！”我说：“真的很好！你相信你弟弟咯。”她的神色严肃起来：“那好，我抽空把它写完。”过完年，她跟三姐夫回无锡，我回北京。时不时我会在QQ上问她写得如何了。她不太会输入法，打字很慢，很久才回复了一句：“我在写，但是写写就断了，不晓得怎么继续下去。”她把她大女儿不用的作业本拿来，一笔一画地写。有时候她说：“忙死咯。琴琴发烧。”有时候又说：“你三姐夫老笑我，说我不务正业，老是写这些没得用的。”我说：“不要理他！你写你的。”三姐就说：“好咯。有俺弟儿支持我，我就厚着脸皮写下去。”

我去过三姐的杂货店，开在沿街，路上行人车辆络绎不绝，对面卖衣服的成天开着大喇叭吆喝，在这样吵闹的环境下写东西，很难静下来。更何况还有一个儿子要带（三个女儿放在老家），还要注意有些顾客会不会顺手牵羊。三姐一直等到晚上十点之后，把儿子哄睡着了，将锅碗瓢盆洗完了，三姐夫去打麻将了，她才拿出作业本来写上一段。此时，街上也安静了。有时候她在QQ上说：

“弟儿，我白天一直在想么样写，现在要写又一个字都写不出来。”我说：“正常，一定要保持写的状态。”她说好，又继续构思。写完了一段，她会发给我看，问我写得如何。以我个人习惯，如果作品未完成，我都是不发表意见的，否则容易干扰到写作的人。所以我只说很好很好，继续写下去。她也就半信半疑地往下写。

有一天，晚上打开视频，三姐哭丧着脸说：“你三姐夫这个死鬼，上厕所没找到纸，把我那个作业本拿去擦屁股了！我今天跟他吵了一架，他说我写的这些东西能当饭吃啵？能赚钱啵？”说着，三姐哭出了声。我忙安慰她，让她不要太放在心上。三姐缓过气来，说：“我就要写！他懂个么子鬼！就是粗人一个。我写东西，就是我喜欢。我才不管他么样想的！”接下来几天，她又再找来一个新本子，重写了一部分。有时候十一点，她 QQ 还在线，我问她还在写吗，她说：“是啊，写到她们要分开的部分。想想真难过，写这些人感觉把自家都写进去咯，写着写着眼泪就忍不住往下落。我想我这些年来经历的一些事，我耽误了好多好多时间，现在想想真是好不甘心。但是没得办法，现在生活就是这个样儿咯。写她们，感觉也是写自家的心事。”

透过视频也能看出她脸色憔悴，我说：“三姐哎，莫这么拼命咯。慢慢写，又不急。”三姐摸摸脸说：“感觉自己要老咯。三个女儿要读书，细儿马上要上幼儿园，店里生意又不好，你三姐夫又不上心。想想这些事儿，心下好烦人。只有写，才会让我有个说话的地方。”她身后那些货架上，放着各色小商品，牙膏牙刷、毛巾、电饭煲、锅铲……这些现在来买的人越来越少，他们都在网上买了。三姐又笑了笑，“说这些做么事咯？不过有一点你说得非常好，就是写作这个事儿啊，无论经历么样的事情，好的坏的，开心的难过的，都可以写。这点儿我很喜欢。我就感觉只要写，我生活中杂七杂八的事情就都有意义咯。”

转眼间三个月过去了，三姐在QQ上跟我说：“写完了。想大哭一场。”我发了一个抱抱的表情。三姐说：“就像是生孩子的感觉，怀着的时候很累也很兴奋，生出来后当然也高兴，可是心里好惆怅。”我让三姐赶紧发我看，三姐把她花了好几天才敲好的文档发给我。小说七千多字，能看得出有些生涩拘谨之处，但全文看完还是觉得好。我把我的感觉告诉她，她一再问：“真的可以吗？”我一再确认，并说帮她投给编辑看看。她说：“不要！你也不要给任何人看。”我有些吃惊，问为什么，她说：“小说里有太多我自己的心事了，我不太想让人看到。你看看就行了。你一定要答应我，我只写给你一个人看。”我答应了她。

那时快半夜一点了，她在视频里冲我笑笑，“弟儿，谢谢你。我又有新的小说想写。写完再给你看。”正说着，她忽然转头听了一下，又回头说：“浩儿醒咯，我去看看他。你也早点儿休息。”我说好。关机前，三姐又补了一句：“我构思好久，这次一定会比第一次的好。你等着看。你姐姐也是能写的。”我哈哈笑了起来：“好哇，我坐等。”三姐这才下了线。我又把三姐这篇小说看了一遍，想想只有我一个人看好可惜，但既然答应人家了，就不能反悔。关机准备睡觉，看看窗外居然有月光，打开窗子，风吹得有点儿凉。我忽然想起三姐写的那一句：“王梦然夜里醒来时，忽然看到窗外的月亮，大，沉，近似于肉红色。”也许就是三姐在睡不着时忽然脑中蹦出这一句来的吧。好期待她的下一部小说，哪怕我只能做她唯一的读者。

花娘

大二暑假，来远叔来找我："我缺个小工，你来不来？"我正闲极无聊，一听有事情做，一天还有十五块工钱，便一口答应了。我们这一片新盖的房子只要搞装修，基本上都会找来远叔。这次我们要去的是王家坃的桂枝家，一大早我吃完早饭，就到来远叔的家门口，他已经在那里等着了。摩托车后座两侧挂着塑料桶，里面装着装修用的各种小工具。来远叔让我坐到车上去，我迟疑了一下："这不是平时花娘坐的么？"来远叔笑道："你花娘骑自行车去，我们先过去开工。"花娘在灶屋洗碗，她向我挥挥手："庆儿哎，你先跟叔过去好咯。我把衣裳晒了再去。"我说好，坐上车就出发了。

来远叔跟花娘生了三个女儿、一个儿子，女儿都出外打工了，儿子在念高中。我跟他们的二女儿以前是小学同学，还做过同桌，不过没怎么说过话。来到桂枝家，来远叔让我先把水泥给拌好，他上楼去抹墙。我这边正拌着，花娘骑车过来了。她身高一米六左右，穿着她儿子初中时的校服，上面斑斑点点都是水泥点子，脚上一双旧解放鞋略显大，可能是来远叔不穿给她的。她下了车，冲着我笑喊：“秀才哎，累人啵？”我说还好。她嗓门大，抬头冲着楼上喊：“来远，你个吃鸡屎的！铲子都没带，忘七忘八的！”来远叔回：“有你不就行咯！”花娘笑骂道：“咿呀，都靠我！给你做饭给你洗衣裳给你生伢儿，你就是个甩手掌柜。”来远叔没回话，花娘笑呵呵地冲我点一下头：“秀才，俺和你叔都是个粗人，说话你恐怕不习惯。”我忙说没有。

水井离桂枝家有五十多米远，远远地我看见花娘挑着两桶水，稳健快速地过来了。到了门口，我说我试试看，花娘笑道：“怕你挑不起哟！”说着把扁担递给我，我试了试，两桶水死沉死沉的，我努力了半天，两桶水硬是没离开地面。花姐笑得拍我肩：“秀才，这都是我们粗人干的活儿，你好好读书就行了。”我不好意思地把扁担还给她。把水归置好，她又去挑黄沙，一担一担地挑过来，一边挑一边说：“秀才哎，你个傻子咯。莫站在太阳底下，到阴凉处站咯。”我说好，她又说：“你大学学么子？”我简单说了说，她说：“我屋东儿，要是有你这么爱学习就好咯，成天打架，我儿不放心。”停顿了一会儿，她又说：“你要是累咯，就歇一会儿，白白嫩嫩的，晒黑了，你娘老儿要骂我咯。”我说没事儿。

做小工的那些天，拌水泥、切瓷砖、抹腻子，都是花娘教我来做的。来远叔在楼上忙，我们在楼下一边做事情一边说话。做了一会儿，花娘会抬头问：“秀才，累不累？你歇一会儿。”我说不累，她笑笑：“莫逞能咯，你看你一头的汗。”我也看她，快五十岁了，脸上皮肤黝黑，眼角有皱纹，牙齿也掉了几颗，说话时眼睛柔柔地看着对方。到了下午两三点，阳光炽烈，蝉鸣声一浪拍一浪，一丝风也没有。花娘起身，拿毛巾擦擦汗说：“你等着。”十来分钟后，她拎着一袋子水回来，一瓶矿泉水给正在砌墙的来远叔，一瓶冰红茶给我，来远叔笑说：“我就白水，人家都是红茶！”花娘撇撇嘴：“滚远点儿咯，人家秀才晒脱一层皮，还不要喝好点儿。你个老皮老脸的，有的喝就不错咯！”来远叔笑笑没说话。我问：“你不喝？”花娘摇摇手：“我带了冷开水来咯。”

做了几天，居然病倒了，头痛恶心，只好躺家里，可能这几天实在太热，中暑了。父母去地里干活了，我躺在竹床上午睡，迷迷糊糊之际，感觉有一只手放在我额头上，我睁眼一看见是花娘，忙坐起来，她说：“你躺下！躺下！”我又躺下了，问她：“你没去桂枝家？”她说：“你来远叔在就行咯。”说着又看我脸色：“你脸白的！都怪我没照顾好你。”我说：“哪里有！”她坐着陪我说了一会儿话，临走前，塞给我三百块钱，我说：“我才做几天，没有这么多的！”她说：“你收咯，我心下才过得去。”看她真的有难过的神情，我就收下了，她走之前又说：“我买了个大西瓜，在你家灶屋的盆子里浸咯。等你舒服点，再吃。”

之后马上就开学了，我没有再跟来远叔做事情。大学生活忙忙碌碌，偶尔跟家里打打电话，说几句就挂了。有一次刚要挂电话，父亲说：“你来远叔从楼上摔下来了。”我啊的一声，第一反应是：“那花娘么办？”父亲说：“还能么办？！天天在家里照顾你来远叔。”春节回家，我到来远叔家里探望。堂屋、厢房打扫得干干净净，来远叔靠在床上，见我来笑笑：“秀才哎，你来了？”我说是啊。他下半身瘫痪了，但并没有那种病人气。头发剪得短短的，胡子也刮了，看起来清清爽爽的。花娘给我端来一盒子糖果，招待我吃。她看起来也没有愁苦的神情，大红色羽绒服，大女儿给买的，脚上是崭新的运动鞋，二女儿买的，三女儿给家里换了个大彩电，方便来远叔看。花娘细细地看我。“还是瘦咯！读书费脑子，瘦得跟猴子似的，”又抓了一把糖塞我手上，“多吃点儿。中午在我家吃饭，我炖了肉。”我忙说不了，家里饭已经做好了。花娘眼睛一瞪：“瞎说，一年到头看不到你，我去跟你老娘说。”

听母亲说，装潢的事情并没有停。花娘接下了来远叔的活儿，自己开着摩托十里八乡地跑，来远叔由她婆婆照顾。母亲说到一半，啧啧嘴：“你花娘嚯，跟个男人似的，不要命咯。水泥重得要死，她一口气扛到四楼，不歇肩！”又说起来远叔治病花钱不少，现在也欠了不少债，但这瘫痪是终生的了。不过，现在三个女儿都已经出嫁了，经济上也能帮衬，儿子也上了大学，自己在学校勤工俭学。花娘没有装潢的活儿时，就去棉花厂里打打小工。我这次来她家，见墙壁都粉刷了一遍，灶屋也翻盖了，厢房还铺了地板。这些都是花娘一手操办的。

花娘一再让我留下来吃饭，我就不好意思再推脱了。饭桌搁在来远叔的床边，花娘三个女儿忙着摆桌，她们的丈夫坐在沙发上跟我一起看电视，花娘儿子出去拜年还没回来。花娘坐在床上，我们也坐好了。我们说说笑笑，花娘夹了一块鱼，把鱼刺拔掉，喂给来远叔吃；又盛了一碗鸡汤，试了试，不烫，又喂来远叔喝。来远叔微笑地看我们，又看花娘。花娘瞪他一眼：“看么子看？有么子好看的？”来远叔笑笑，不好意思了，又转头看我们。

吃完饭，花娘的女婿们都去打牌了，花娘的三个女儿都坐到了花娘身边，我坐在旁边的椅子上。她大女儿英子摸摸她的脸说：“妈，你看你这一年都瘦了好多咯。”说着，声音忽然有些哽咽。花娘拍了她手一下：“人老咯，不都是这样。”她把三个女儿搂一块：“你们都好好的，我就好好的。事儿来了莫怕，有么子怕哩！我是没得文化的，说不出来么子高深话儿。”她说时冲我笑笑：“让你见笑咯。”我忙摇头，她接着说：“俺自家莫垮下来，叫人家看不起。

我没得么子本事，你们都尽管外面好好发展，秀才你也是，好好读书进学，我一把老骨头在老家做好我自家的，有么子好辛苦的！”一直沉默的来远叔突然说：“英子，你买的衣裳你老娘儿爱哩。”花娘拍拍衣服：“何止嘞，裤儿我也爱，鞋我也爱，你们买的我都爱。”话音刚落，大家都笑了起来。

天色渐晚，我也起身告辞回家。花娘送我出来，我说不用，她一定要送。走到大门口，她忽然让我等等，转身回去，拎了一个袋子出来，里面装满了各种吃食，我忙说：“花娘，我都好大咯。这些东西留给小孩子吃了。”她笑道：“你再大在我眼里也是细伢儿，你这么大的时候，”她手往下比比，“还没得我腰高，就来拜年要东西吃，都忘咯？”说着她把袋子塞我手里。“好好念书，读博士留洋当大官。到时候莫忘了你花娘就行咯。”我说：“好。”往家里走时，袋子拎在手上沉甸甸的。回头看花娘的家，楼上楼下都亮着灯，她们肯定还在聊天看电视。花娘说等我明年回来，肯定能看到她家盖的新房子，我相信一定会的——花娘说到，就一定能做得到。

拐子妈妈

春雨落下，远远近近，都是水花。空旷的学校操场，一只浑身淋湿的土狗跑过，蔡老师打着伞急急匆匆跑到升旗台把国旗给收了……再也没什么可以看的，我只能转过头看王老师在黑板上吱吱嘎嘎写字。很快校门口出现了一个人，吸引了我的注意力：是个女人走过来，也不好说是走，更准确地说是拐，右腿膝盖往内撇，小腿外八字，整个身体往左斜蹲地一点点靠近操场。我碰了碰我同桌夏亮："喏，你看。"他转头往外看了一眼，像被烫了一下，脸腾地红了。我说："是个瘸子。"他"嗯"了一声，继续在书本上埋头写字。我又小声说："她摔了一跤！"那个女人在操场上跌倒在水坑里了，挣扎了半天才爬起来，又继续一点点往我们教学楼这边拐。我又碰了碰夏亮："她往我们这边来咯。"夏亮有点儿恼了："莫碰我!”

现在，那女人站在我们教室外面的柱子边，小个子，团团脸，头发往后盘了个小发髻，不过现在滴着水，身上穿着我哥哥中学的那种宽大的蓝色校服，因为刚才跌倒，左半身都是泥水。她收了自己那把伞，手上还拿着一把黑色收缩式的小伞，靠在柱子边看溅落在台阶上的雨花。陆陆续续又来了几位送伞的家长，他们站在柱子边小声说话，那女人也跟他们一起说说笑笑。下课铃响起，同学们都跑出去了，找给自己送伞的爸妈。我因为父母不在老家，就坐在自己座位上发呆，夏亮也发呆。我问他去不去上厕所，他说不去，继续埋头写字。

“亮亮!”抬头一看，那女人进来了。也不止我一个人看到，在教室里的同学都抬头看她。夏亮忽然站起来，不等那女人靠近，就上前拉她往门外走，低声吼道：“走！走!”那女人趔趄地跟着他，身体一挫一挫的，有同学笑了起来。到了门外，那女人站在走廊上，举着伞：“伞拿着哎!”夏亮高那女人一个头，他没接伞，生气地质问：“不是叫你莫过来？你过来做么事?”那女人点点头：“好好好，我下回不过来。”夏亮说：“你现在赶紧走!”有家长往这边打招呼：“丽蓉哎，你儿长这么大咯!”那女人笑笑：“是的啊!”说着伸手去拍夏亮手，夏亮躲开了：“走!”那女人把伞搁在窗台上，打开自己的伞，一步一瘸地下台阶。雨点噼噼啪啪砸在伞面上。那女人转头要说什么，夏亮跺脚喊：“莫啰里吧嗦的。”女人又咽下了自己的话，点点头，转身离开了。

我现在终于知道夏亮为什么从来不让我去他家玩了。夏亮在班上只有我一个朋友，他孤僻沉默，跟别的人几乎不说话，也很少见他笑。他常常坐在座位上写写画画，可是成绩并不见好，有时候排名都到后十名了。老师让我们建立学习互助小组，自然我们成了一组。前几次都是在我家，反正我爸妈不在家，我们做完作业，就边看电视边吃炒蚕豆。有一次我说：“我也要到你家去。”他抿着嘴不说话，我又追着说：“我不介意你妈妈的事情啊。”他抠着墙缝，沉默了半晌，说：“那你莫后悔。”我忙点头：“不会的！”

第二天，我们去了他家。他妈妈正在堂屋扫地，见到我们忙丢了扫把，说：“有同学来了啊?!”她冲我笑了笑，又对夏亮说：“么不早说？我都没一点儿准备哩。”夏亮淡淡地道：“要准备么子？我跟他就是做作业。”她一边说好，一边往门外去：“亮亮，你招呼好你同学。”夏亮没有理她，让我跟他一样把书包搁在堂屋正中的大桌上。堂屋前后门都敞开了，从池塘那边吹来暖风，傍晚的阳光从屋顶中间的几块玻璃瓦上透下来，有一只蜜蜂在光柱中飞舞。夏亮妈妈忽然从门口那边一瘸一拐地过来，手中两杯红糖水却是稳稳地放在我们面前。我按照辈分该叫她“丽蓉娘”，但一时间不知道跟她说什么好，只好笑笑。夏亮说：“我们在做作业，莫搞来搞去的！”丽蓉娘看看夏亮，笑一笑，没说话，又冲我笑笑，转身离开。

做完作业，我们躲在夏亮房间看电视。可以看出，这房间应该是整个屋子里最好的。衣柜上贴着全家福，夏亮爸妈坐在前面，夏亮跟他哥哥夏刚站在后面，四个人对着镜头，都是发愣的表情。夏亮爸爸跟夏刚都在武汉做装潢工，丽蓉娘在家里种地，空闲时去榨油厂帮工。我跟夏亮说：“你对妈妈几凶哩。”夏亮说：“我也不晓得为么子，看见她就来气。”我想了想，又说：“你是嫌弃你妈吧？”他眼睛一下就红了：“我不晓得。”我没有再说下去。丽蓉娘站在房门口，轻声细语地说：“亮亮，叫你同学来灶屋吃饭。”夏亮没说话，眼睛仍定定地看着电视机，我推了他一下，站起身来：“丽蓉娘，我不消的。我回去吃。”丽蓉娘瞅了一眼夏亮，跟我说：“那么行哩。这还是亮亮第一次带同学来屋里玩。再说饭都做好咯。”

酸菜炖鱼、青椒炒肉丝、煎鸡蛋、粉蒸肉……一大桌菜，简直是过年才会有的，我有点儿吃惊，夏亮也说：“你搞么鬼，就我们三个人。”丽蓉娘说：“你们先吃，我锅里还有煎豆腐。”我忙说：“太多咯，真是难为情哩。”丽蓉娘连饭都给我们盛好了。坐下来吃饭时，丽蓉娘一边往灶台里添柴火，一边说：“亮亮到你们家，也麻烦你屋里大人咯。”我说：“我娘老儿都去江西种地去咯，不在家。”她“噢”了一声，又说：“你自家做饭啊？”我说是。她又说：

“你娘老儿也放心啊？你才多大咯。你没事就过来玩，吃个饭没得问题。”我偷眼看夏亮，他面无表情地吃鱼。丽蓉娘又把一盘热腾腾的煎豆腐端上了桌。我让她也吃，她看看夏亮，又对我笑笑：“我不饿。你们吃。”她端了小板凳，坐在灶屋门口剥豆子。灶屋边上的池塘，一点点收了光，几只鸭子上了岸，嘎嘎地往垸里走。

吃完饭，夏亮说他去上个厕所。我留在灶屋，帮丽蓉娘收拾饭桌，虽然她一再说不用，我说我喜欢做这个，她也就没再坚持。我把碗筷摞在一起，搬到灶台上，丽蓉娘擦桌子。她看看我，摸摸我的衣服说：“衣裳太单薄咯，这个天儿容易感冒哩，要多穿点。”我把洗好的碗放在灶台边，她接过来：“莫怪你娘老儿。现在种地几不值钱的，不出去没得活路。”我说晓得。她又问：“亮亮在学校跟人说话啵？”我迟疑了一下：“还是说的。”她叹了口气：“我晓得他是个孤僻人，怪我不好。”我不知怎么回她，她接着说：“我是个废人，给他出丑。”我忽然脱口而出：“亮亮不该对你这么凶！”她微微一愣，笑道：“他对我蛮好。你莫看他在外人面前凶巴巴的，在家时帮我挑水、剥棉花、晒衣裳，都是他做的。他心善，就是不爱说而已。”这点我还真没想到。

收拾完，我也该回家了。天已经黑透了，丽蓉娘说：“这么晚了，你就跟亮亮一起睡好咯。”我说反正是隔壁垸，走走就到了。丽蓉娘又坚持让夏亮送我。沿着池塘边的大路走，能听到青蛙聒噪的叫声。绵软的微风吹来，塘边人家的电视声零零落落。忽然听到丽蓉娘的叫声，我转身看去，一束电筒发出的光一上一下地靠近，渐渐能看见她一瘸一拐的身影。见到我们，她喘了一口气，把一个包好的袋子递给我：“这是晚上没吃完的鱼和肉菜，你带回家，清早起来热热就可以吃咯。”我正要推辞，夏亮说：“你就拿咯。”我只好接了过来。我们继续往前走，那束光一直照亮我们前面的路。我转头说：“不用照咯，我们看得见。”她远远地说：“没得事。路上小心。”那束光，一直到我们拐上去我坑的岔道上才消失。

老杨是我兄弟

老杨是我兄弟。

那时候我们隔壁宿舍。每到晚上九点钟，老杨的寝室就坐满了从隔壁几个班窜来的同学，喝茶、嗑瓜子、侃大山。每只凳子上都坐了人，连桌子上也倚了好些。政治、军事，当然还有女人，话题丰富，争论不休。老杨是喧闹中的一点静，狂风中的一棵松，屁股紧紧地揪在椅子上，一动也不动。台灯亮了，茶水泡了，就在角落里捧着一本厚厚的《论语注释》又看又画的。白刺刺的灯光全被他一身黑衣吸了去，只有眼睛的镜片上聚成两团光芒，冷冷的，像两只白嘴鸥，见人就要啄似的，让想找他闲聊的人未开口就打退堂鼓了。

同学们有时会聊得特起劲，特别是谈起女人，各个像打了鸡血似的。老杨眉头松开，笑容灿烂，转头朝着正滔滔不绝如江河流泻如万马奔腾的人问道：“有表吗？……几点了？”话说得客气又得体。被问的人倘若是明白人，这时咿呀几句，自会拿着水杯走人。老杨笑得更灿烂了：“别这样嘛，再聊一会儿噻！”“不啦，不啦，我去睡觉了。”那人讪讪的，红着脸，不敢多留片刻。倘若是没悟过来的，老老实实告诉他十点了。他就恍然大悟了似的，惊讶得不行：“十点了?！……谢谢了哈！没事儿了，继续聊。”此时，他却不坐了，拿起洗脸盆，旁若无人地哇哇甩起调子来，径直去了洗手间。砰砰，哗哗，哐当哐当，一叠儿声音抛了过来。一会儿，他返回端起一盆满满的水，搭条毛巾，泼泼洒洒地杀了过来，道上的人避之不及，正埋怨的当儿，他才像发觉了似的，羞赧地笑道：“对不起了啊！”接着坐下来洗脚，边洗边埋着头看书，当高谈阔论又掀起了新高潮的当口，他猛地抬头叫道：“好啊！好啊！”吓人一跳，众目睽睽之下，他又收住不说了，转身拿毛巾擦脚。洗完脚，又拿牙刷，又拿饭盒，又拿晒干的衣服，从座位到洗手间，来了又去，去了又来。聊天的同学都坐不住了，纷纷散去，门子呀呀响起。老杨倒是站住了，笑眯眯的：“走了干啥？再聊一会儿嘛。”

老杨的年龄是个谜。

他会一会儿告诉你他是这一年生的，一会儿又告诉你他是那一年生的。不管怎么说，他都比我们大上几岁；不管怎么说，他给人的感觉是一个字——老。首先是着装，肥大的土灰色夹克衫，宽松的纯黑色西装裤，脚上永远是擦得亮亮的宽头黑皮鞋，鸭蛋式眼镜框也镀上一层黑光。其次是脸，扁宽脸型，酱黄底子，皮肤紧绷，在颧骨处猛地一收，两颊就有了暗暗的凹影。脸上的表情只收不放，神秘难测，难得看他开怀大笑，更别说哭了。

初进大学，我们都只是一些懵懂青涩的愣小子，而他往那里一坐，你就知道他跟我们不一样。至于不一样在哪里，谁也说不清楚。比如说他也笑，两嘴角也翘起，还露出白净的牙齿，照说与他人无异，可就是给人的感觉怪怪的。他会笑吟吟地问你："你睡午觉了没？"看着他一径浅浅的微笑，你就会踟蹰起来：他是嫌我吵了他睡午觉呢，还是只是简单地问问？因为他是老杨，这一切就说不准了。

相互熟了后，他告诉我们他小学留了一级，高三复读了两年。最开始，我们都不信。他那么浮浮地笑着，谁知道是真是假呢。当我们还在争辩时，他爆的一声道："我 ×！——我真有二十五岁了！"这才一锤定音。其实二十五岁又能说明什么呢？我们有些不以为然。

"老杨，怎么从来都没有看见你跟女生说过话呢？"

"哇，我都二十五了！"

“老杨，换套年轻的衣服嘛，天天穿一样的，搞得像个黑社会老大似的！”

“哇，这么不要脸，我都二十五了！”

“二十五岁又怎么啦？又不是八十五，搞得那么老气横秋的，干啥呢？”

“你放心，虽然我老了，心可是年轻的。”

老杨小时候是个远近闻名的“三少爷”，谁家的倭瓜被偷了，谁家的玻璃碎了，谁家的水缸砸了，找杨家的三少爷准没错。胆子大到了天，没有什么害怕的。虽然他是家里的老三，老大、老二也大了他不少，可是好多玩的都还是他教老大、老二的。读初中时，他喜欢班上一个女孩，天天为她干这干那的，有一次，看见女孩跟别的男孩打闹，立马上前兜头给了女孩一巴掌。

说这些谁相信呢？眼前的老杨是这样斯文老实，不爱说话，还会脸红。见我们不信，他指着自己说，别看我现在是这样，那个时候真的皮得不得了。读初中的时候，他被一群人狠狠捶了一顿，后来人一下子就变了。

变成什么了呢？

填表格了，非得拉着我在身边看着，他才敢写自己的名字，然后再三让我确认他有没有填错；明明是十元钱，非得我确定了，他才放心地收下；发短信，你收了一条后，会接着收到他第二条，两条的内容一模一样。见我不耐烦了，他抱歉地说：“我有强迫症。”

还变了什么呢？

他有一个本子，上面全是这样的语句：我考不考国学研究生呢？考吧，我都二十五了，学出来，二十八了，不好找工作；不考吧，工作也不好找，我不想牺牲自己的爱好。考呢，又要花钱，父母同意吗？我能考过吗？不考，我又该选择怎么走下去呢？……

论证是他的口头禅。每当要做决定，他一定花很长时间论证。是去，还是不去？去了会怎样？不去又怎样？去该怎么去？不去又该怎么面对？去的意义是什么？我为什么要去？……

他有好几个这样的本子。

饶了我吧。这是我跟老杨说得最多的口头禅。

为了确认银行卡号，他会找我看几次。为了做一个决定，他会一次又一次找我问：“我最相信你了，你说这样做行不行啊？”我这个时候就会哭着脸，饶了我吧饶了我吧地叫，我都快被整成强迫症了。最终被逼不过，我还是表达了我的看法。他点头说有道理。然后下一次，在他不知情的情况下，见他就同样的问题问另外一个哥们儿，“××（说出我名字）说得不行，我还是相信你，你说这样行不行啊？”再下一回，他对我说：“×××（那哥们名字）说得不行，我还是相信你，你说这样行不行啊？”幸好我手边没斧头。

跟老杨的相识很色情。

那个时候认为中文系的人肯定个个是才子才女，进来才发现好多人压根儿连十二金钗是哪些都不知道，有些甚至都没有填这个系就被调进来了。心里好生失望。每回上课，教室里闹哄哄的，唯独见老杨总坐在角落静静地埋头看书。几次走过去，眼睛斜瞟，有时候他在看《庄子》，有时候见他看《论语》，总之很学术，我顿生好感。一次上完自习回寝室，正好走在了一起。我跟他搭讪，他也不多说话，客气地应付了几句。沉默了半晌，他突然问我：“你有没有看过黄片？”

每当我提起这一段，未来的钱钟书，未来的陈寅恪，未来著名的国学大师，一脸愤慨，一脸无辜，“你栽赃！你栽赃！”

是的，老杨是我们的国学大师。经史子集，我们虽是中文系的，却翻也不要翻的，更别说看。可是老杨不一样，他是穿着现代衣服的古代书生，一举一动，自有礼仪。

一起撮饭，大家一窝蜂地轰到小饭馆里去，老杨不声不响地端好椅子给女生，碗筷用开水刷完一遍才放到桌上，还不时去厨房看菜炒到哪一步了。他也不忙着去吃饭，而是看着大家有没有少什么，他好赶紧去添。

过马路的时候，只要没有车子往来，行人管他是红灯还是绿灯走过去再说，老杨不，一定要等到绿灯亮才走。

公交车来了，站台上人都往车门口拥过去。老杨在人群后头看着，等人都上了车，他才上去。我一路勇猛地拼上车，终于抢到了一个座位，看着他慢悠悠地上来，倒是来气了：“你别这么迂好不好啊？”他倒严肃了：“我们是君子，我们是文化人……”

老杨考了两年研究生，没有考上。那时他研究生考试刚考完，而我也还没有离开这座城市。一场罕见的大雪埋了整个地面，我从公交车站去接他，互相搀扶着走在滑溜溜的广场上，嘴里哈着热气。他一大袋衣物和一大袋书，我们一人一袋。走在广场上，四周白茫茫的微光，风簌簌地打在脸上。

老杨的大哥、二哥开公司的开公司，做买卖的做买卖，有钱有车有房有媳妇儿有孩子。老杨的家在当地是望族，人脉广，能人多。老杨要通过关系找个好工作，不成问题。但老杨不肯，要自己闯。他觉得靠着关系进，总是灰溜溜地不自在，不是靠自己的真本事，心里不舒服。可是自己找工作，一份都没有找到。结果他还是靠着大哥的关系，进了一个私立高中教书。高中安排给他的课少，工资一个月六百，吃喝不敢放肆。

我和老杨大学最大的遗憾是都没有轰轰烈烈地恋爱一场，只会暗恋。老杨几乎不跟女生说话。几乎所有女生都知道老杨暗恋班上的某某某。老杨在后来的日子频频跟我提起那一幕：那一天他坐在教室的第四排，快要上课了，同学陆陆续续走进来。这个时候，某某某在前面一排坐下来。当他抬起头时，某某某飘飘长发往后轻轻一甩，露出了半边脸——哇，真是美极了！每当说到这个关口，他都顿一顿，摇头感慨。

大学毕业，天下着淅淅沥沥的细雨，男生站在女生楼下高喊0312班女生的名字。女生住在六楼，此时都站在窗前，一起往下投斑斓多彩的气球，每一个气球上都写着男生的名字。晚上吃散伙饭，男生女生哭成一团。吃完饭，男生送女生到宿舍门口，一个哥们儿对一直暗恋的女孩说我能不能抱抱你，女生同意了。男生把女生紧紧抱在怀里。老杨日后很恨自己，他没有这个男生的勇气，他只能发着长长的短信给某某某，问能不能请她吃饭。某某某回短信说：我在回家的火车上。

老杨知道某某某的生日、爱好、闺蜜，还有恋爱史。

老杨知道某某某的脸上长着一种斑。

老杨知道某某某爱过一个男生，男生把她甩了。

老杨知道某某某。

某某某也知道老杨从不表白的喜爱。

你很好，可是我……

老杨毕业的那一天没有抱抱某某某，他没有去吃散伙饭。

老杨大学的梦想是做个学者，在大学研究国学。

老杨现在的梦想是做个有钱人，炕上有个大奶子女人。

老杨没钱。

老杨没女人。

最后，老杨总结：因为没钱，所以没女人。

老杨二十八岁的时候，决定去相亲。女方来头大，是某政协主席的女儿。我从来没有相过亲，却跟他说了一套套相亲的理论，要注意这个，要晓得那个，如何开门，如何着衣，如何埋单，老杨好乖好乖地听着记着。送他去搭车的路上，我又不放心地嘱咐他不要害羞，不要太木，像个老婆子似的嘴碎。上车的时候，拍拍他的肩，要他赶紧给我把嫂子搞定。车来车往，我站在广场上，见他的车子离去，心里捏把汗。

“那个女人是跛子，还一脸麻子。陪她逛商场，就见她走路一高一低，我当时心里就凉了。我说大官的女儿都快三十了还没有对象呢，原来如此。那女人在商场挑来挑去，就是等着我掏钱买嘛。我 ×，哪一件衣服都一千多，顶我两个月工资。吃饭也是，点个菜，一点就是个一百多的，看得我心惊肉跳……”

老杨的第一次相亲，唉。

老杨爱用的形容词是白花花。

白花花的米饭。

白花花的票子。

白花花的奶子。

每一个异性恋的男人电脑都储存着 N 部 A 片。老杨喜欢大奶子，手感好，想象起来□□□（此处删除三百二十字）。

电影每到男女亲热处，我就点暂停，向他眨眼睛，老杨哇啊哇啊哇啊地看了一遍，还要求回放。

“你是钱钟书第二啊，你是陈寅恪第二啊，你怎么能品位如此下流呢？”

“钱钟书也造爱啊。”

老杨不要做钱钟书第二了，老杨要做巴菲特第二。

老杨的书单如下：

《证券市场基础知识》

《证券交易》

《巴菲特股票投资策略》

《彼得·林奇的股票投资策略》

……

老杨研究证券和股票，也像做学问。

委比、量比、多头市场、买空卖空、本益比、回档、支撑线……

老杨没有一分钱炒股票，却熟悉股海的每一个名词。

老杨毕业三年，考研一年，无收入。

教书两年，工资六百，无积蓄。

我说你来苏州吧，照你那么点工资，别说娶媳妇，连吃饭都成问题。

老杨经过充分论证后，同意来苏州。

路费没有，我打了两百过去。

老杨来苏州，在我这里一口气吃了四碗饭。

来苏州前，他跟着一个原来公司的老总到武汉做了一个月。老总没有钱，他跟着老总吃了一个月的方便面。我说他傻，知道跟着他没有钱赚，为什么还要跟着？这不跟以前一样吗，为一个产蜂蜜的老板辛辛苦苦忙了一个月，结果人家一分钱都没有给。

“他们对我有恩。”

“他们只不过在利用你啊。”

“人要讲一个‘义’字。”

“那你饿死算球了。”

老杨不吃早饭，可以省三块。

老杨走路到很远的一站搭公交车，可以省一元。

老杨晚上白水下面条，只放盐，不放油，可以省两元。

老杨的脸现在很尖，脸颊之下全都削了下去。

我跟老杨吵。

我买的面包、饼干堆满了橱柜，他不吃，宁愿早上饿着。

他生病了，发烧咳嗽，还看书，实在不行，在桌子上趴一会儿，又接着看证券方面的教材。拉着他去诊所看病，他不肯。

“你倔什么倔，早饭也不吃，病也不去看，干吗？”

“哇，要花好多钱吧，这么多钱可以买好多斤白米饭吧。”

“钱我有，你瞎操什么心。”

“哇，我吃你的，喝你的，睡你的，还穿你的……”

“我们是兄弟，你在乎这个干什么？明天早上一定要吃饭，药我也买好了。”

“你的恩情我一辈子都记得。但是你不要拿你的方式来强迫我，我有我的方式。”

“你看你都瘦成什么样子了，还方式不方式的。”

“这个你不用管。我现在已经借你八百四十元，等我证券分析师考过了，我马上会还你的。”

“我不在乎那个钱，我们是兄弟嘛。”

“亲兄弟明算账。”

“我不需要你还什么钱，你好好把日子过好就行了。”

他脸色一沉：“你这是侮辱我。”

见他就想吵，不知为什么。

因为发烧在诊所挂水，护士是新手，针扎了几次都没有扎好，虽然有些小疼，我还是让早就不好意思的护士姐姐别着急，慢慢来。边上的阿嬷说你这小伙子脾气真是好啊。阿嬷会很后悔说这句话的。老杨刚从证券公司下班，打电话问我去诊所的路怎么走，我说了一大通，他还是搞不明白，我一下子火大了，觉得他怎么这么死脑筋呢，啪的挂了电话。

左转右绕，老杨终于找到了我在的地方。我见了他没给他好脸色，怨他怎么来这么晚，我都饿死了。老杨又下去买了一碗面上来，我手上扎着针，不好拿。他就把面拌好来喂我。当时，诊所的人都看着一个男人给另外一个男人喂饭。

那面真好吃。

老杨也骂人。

因为一段所谓的三角恋爱，我接到“情敌”的警告电话。我气得直哆嗦。

“老杨，你帮我骂，我实在不会骂人。”

老杨接过电话：“妈的，你再打！你再打！你是个什么东西啊？……（此处省略五十三字）。”

老杨的骂功配上逼人的气势，对方被迫歇火了。

我惴惴不安：“你这么骂起来，对方要是拿个斧头来砍我咋办？”

老杨立马回答：“我 × 他妈！”

老杨在证券公司上班，天天打电话拉人炒股票，必须完成一百万的业务量才有基本工资。老杨待了半年，始终没有完成业务量。

老杨的账单：

大哥：1000

二哥：800

老苏：150

……

总计：5850 元

过年了，老杨不想回去。来苏州半年，告诉家里说自己找了份好工作，实际情况是一分钱都没有挣到。回去来回路费800元，想想肉疼。还有不敢回，几个侄子压岁钱要给，父母催着他相亲也要花钱。打死老杨，他也不会说自己身无分文、负债累累。

我是老杨的银行。

他大哥也是老杨的银行。

只有他大哥知道他的真实情况，可是大哥已经嫌弃他，老杨感觉得到。

开始开口向大哥借钱，大哥很痛快地汇过来。

后来再借，大哥会埋怨他怎么不好好找个有工资的工作。

老杨跟二嫂的关系很僵。

二嫂经常跟老杨的妈妈吵，老杨看不惯，跟二嫂吵。

父母是长辈，跟长辈吵嘴，是大不孝。

老杨最痛恨的就是不孝。

老杨最不喜欢脏。

我炒菜之前，他一定要检查我锅有没有刷干净，菜有没有洗仔细。实在看不过，他就来洗、切、剁，我来做饭。

老杨老说我脏。喝水的杯子口上，穿的鞋子上，盖的棉被上，我看挺好，挺干净，他一下子就能挑出来不洁之处，不说话，只给我看，啧啧地叹气。

“好啦好啦，我知道了。”

“我们是君子，我们是文化人。”

“我是小人行了不？”

“无耻啊无耻……”

老杨视我为无耻之徒。

我视老杨为老朽。

我赞同他反对的，我反对他赞同的。

我每天都要跟他斗嘴。

跟老杨斗嘴，其乐无穷。

我们共用一台电脑，晚上九点前我用，九点后他用。

我上网就看电影，老杨就在边上叫：“堕落啊堕落！你看看一个月看了几本书？”

“闭上你的狗嘴，我的时间我爱干吗干吗，你管得着吗？”

他又叫，我发飙了，瞪他吼他，把鞋子甩到桌子上。

快到九点了，老杨在我面前故意看手机，隔一分钟看一次，然后阴阴地对我笑：“你的王朝即将灭亡啦，哈哈！”

一场电影没看完，或者正在QQ上聊得带劲，一不小心过了九点，我就可怜巴巴地望着他：“杨杨，杨杨，再让我上个十五分钟嘛。”

“君子要言而有信。”

“我是小人行不？”

“下回不准了。”

“杨杨，你是好人，你会长命百岁的！”

老杨上网最可怜。

“老杨，帮我查一下这个名字的出处。”

“老杨，我接收个邮件。”

“老杨……”

老杨上网的口头禅是“干啥”，我立马联想起他无奈恼怒的表情。

十点半，我靠在床上眼皮打架，丢开书，躺下准备睡觉。我睡觉毛病多，不喜欢有光，不喜欢有声音。老杨知道得一清二楚。他开始要关机。

“没事的，你上嘛。不影响我睡觉的。”

老杨拿棉被把自己和电脑罩起来，光线从棉被缝隙里漏出来。

“你咋不上了，不影响我睡觉的。”

“你在床上翻来覆去的，我能上得安心吗？”

“你管我翻不翻，那是我的事情，你管我干吗啊，真是的！”

老杨上班的口头禅是——身价上千万。

哇，今天来我公司开户的老总身价上千万。

哇，我同事比我还小一岁，婚也结了，房子也有了，手上客户不少。

哇，别看一个普通的老头子，搞不好是个百万富翁。

老杨给自己的学生打电话。

“要好好复习，都高三了，你们还瞎胡闹。转告其他同学，就说是杨老师说的。”

老杨是学校里最受欢迎的语文老师。

老杨只给女生打电话，不给男生打。

女生愿意听杨老师的话。

男生不敢说，男生会用拳头回应。

高考完，学生电话来问老杨如何选专业。

反正不要学中文。老杨说。

老杨告诉我外婆死了，他的脸上淡淡的，看不出表情。

我坐在自己的床上，号啕大哭。

“干啥？干啥？”老杨皱着眉头。

老杨不哭，从来不哭，我跟他相识七年，从来没有见他哭过。

我看了他一眼，他依然淡淡的，我莫名地哭得更厉害。

有一次，老杨跟我说起死亡。

“我几岁时，就在想死亡是怎么回事。那时候，我就坐在屋后的山上，想啊想啊，突然我心里涌出一种幻想：我觉得人死后一定是轻飘飘的，它飞啊飞啊，飞到对面的高山，快到了山顶，却怎么也飞不过去……”老杨证券分析师的证件考过了，他要去浙江一家证券公司工作，他大哥介绍的。听说收入会非常丰厚。

“我非常后悔你来。”

“……”

“我非常非常后悔你来。”

“干啥？”

我不说话，我其实想说：“你走了，我怎么办？”

这话好肉麻。

老杨的清单：

来 ××（我名字）四个月零十一天。

借款：832 元。

吃饭：30 斤大米（每斤按 1.8 块算）。

水电费：130 元。

老杨的口头禅：亲兄弟，明算账。

老杨晚上十一点的火车。

一个旅行包，两个大袋，一捆书，老杨的所有行李。

我站在行李边上，看着他不放心地清点了又清点。白炽灯明晃晃的。他把一小袋证件递给我，要我保管。我冷冷地接过来，依旧看着他。他拎起大包的一刻，我的心口好像被狠狠地击了一下，眼眶很湿。

在尘土飞扬的车站牌下，老杨静静地看着暮色苍茫的远方。我不要去送他，我要回去。他一个人去火车站好了，我不要送。我看也不要看他一眼。我只想一个人在我的房间。

到火车站，时间还早。

“老杨，你没有四个轮，就不要来见我。”

“老杨，火车上别睡得太沉，小心坐过站了。”

“老杨，到了那里给我打个电话。”

……

“老杨，我们抱一抱吧。”

我伸开双臂，老杨往后一退：“哇，人家还以为我们是同性恋呢。”

老杨评价朋友的最高等级词汇：临终托孤。

我知道老杨可以向我托孤。

我知道我可以向老杨托孤。

我们很少联系，连短信也是简单几个字。

好不容易他打电话过来，他又是拿不定主意问我怎么办。

我是他不拿咨询费的军师。

我是他不收手续费的银行。

我等着他四个轮杀回苏州，他欠我一个满汉全席。

纸上人物

出租车女司机

出租车停在我面前了，打开车门一看，稍感意外——是位女司机。女司机侧头看我："走不走？"我说走，就上车了。告诉她我要去的地方，她"嗯"了一声，直奔三环而去。车窗外的北京城浸泡在抹布水一般颜色的雾霾里，空旷的马路上路灯吐出一蓬蓬长毛的光团，车里我们沉默不语。其实我是一个很愿意跟司机师傅聊天的人，可以从叙利亚的局势聊到南太平洋的岛国，从北京的道路改造谈到美国白宫的八卦秘闻，但他们都是男人，这位女司机没有说话，只有广播的声音在说今天的雾霾 PM2.5 值爆表。

我忍不住看了她一眼，她大概四十岁上下，随便扎了一个马尾，脸看起来胖软松弛，眼袋沉重，穿着男式的灰黑色带帽羽绒服，握住方向盘的手指发黄，应该是经常抽烟的结果。车过安华桥时，放在吸盘式支架上的手机响起了铃声，我一听是很耳熟的旋律，一时间又没想起来是哪首。她伸手划了一下接听键，是一个小男孩的声音：“妈妈，你怎么还不回来啊？”她说：“洋洋，妈妈在开车呢。姥姥不在家啊？”小男孩说：“姥姥看电视睡着了。”她“唔”了一声：“那你把姥姥叫醒，让她去睡觉，你也要好好睡觉好不好？”小男孩答应着：“妈妈，我想等你回来。”她说：“妈妈可能会回来晚一些，你先睡觉。”

她又嘱咐孩子要睡前刷牙，上完厕所要冲马桶，睡觉要关灯，不准看电视……小男孩一连“嗯嗯嗯”，顿了一下，又说：“妈妈，亲我一下，我就睡。”她这时看了我一眼，我忙装作没事看窗外，“洋洋，妈妈在开车呢。”小男孩说：“好的，我亲妈妈一下。”那边响起“mua”的声音，“妈妈，我去睡了。”她说：“睡吧。注意关灯。”那边说了一声“好”，电话挂了。车里又一次沉默了。我听到她深深地呼吸了几下，用一只手搓了搓脸。我冒昧地问了一句：“你孩子啊？”她“嗯”了一下，转头看我一眼，才反应过来：“呵，是。六岁了，淘气得很。”我“噢”了一声，她接着说：“非要等我回去。”那时已经晚上十一点半了，我说：“你回去都会好晚了吧。”她说：“没办法，生活嘛。”

等红绿灯时，车子停下了。她从口袋里掏出一袋面包：“不好意思，我吃点儿东西，你不介意吧？”我摇头说不介意：“怎么晚饭还没吃?”她扭开保温杯盖子，喝了几口：“忙忘了。”红灯亮起，她忙把保温杯搁在一旁，开动车子。我说：“以前坐出租车，很少碰到女司机。”她笑了笑：“是少。我也没想到自己会开出租。以前我老公是开出租的。”我等了一下，她没继续说下去，我便问：“那他现在不开了?”她摇摇头：“不开了。他到另外一个世界享福去了。所以，我接着他开。”她说话时语气非常平静，我一时间不知道如何接话。她接着说：“人在的时候啊，天天吵。人一不在啊，又觉得吵吵挺好。”说完又笑了笑：“不好意思，说这些有的没的。”我说：“没有没有，只是觉得你真不容易。”

她的手机铃声又一次响起，是她妈妈打来的电话。“我还得好一会儿。洋洋睡了没有?”她妈妈说睡了，然后打了一个呵欠：“我也睡了。炖了排骨汤，你回来记得喝了。”她“嗯”了一声，电话也挂了。我问她：“是不是张玮玮的《米店》?”她疑惑地看了我一眼：“嗯?”我指了指她手机：“你那个手机的铃声。”她说：“我不知道是什么歌。这手机是我老公以前用的，歌也是他选的。”她顿了一下问：“是叫张什么?”我说：“张玮玮。”她“噢”了一下。“今天才知道是这个人唱的，就觉得还蛮好听的。我老公以前也喜欢唱歌的，他唱得不比这个张玮玮差。他啊，”她笑了笑，“也算是个文艺青年，喜欢唱歌，还去崔健的演唱会，拉我去，真是吵得要死，所有人都在吼——吼得我头疼。我当时要走，他不肯走，他大着嗓门跟着唱……”她默想了一下，“就是那个什么‘我在雪地上撒点儿野’，反正也记不得了。演唱会结束回家，那时候我们还没洋洋呢。我跟他吵了一架，说忍了一晚上。他就说我不懂。我们吵啊吵……”

我看到她脸部表情柔和了很多，话也逐渐多了起来。她又随手拿起面包，啃了几口：“你说这事情也是，吵架的时候恨死他了，现在一想起来就觉得有点儿对不住他。说老实话，他也不是什么好老公，爱吹牛，瞎折腾，又自私，又小气，还动不动说自己受到伤害。”她一只手拍了拍心口，模仿她老公的口吻，“你们女人懂什么？懂什么？”说着她撇撇嘴，“就这德行，我也不知道怎么跟他过一块儿了。他这人，对家不管不顾的，晚上开完车，也不回，跟他几个哥们儿去撸串儿吃涮肉，打电话给他吧，他就说马上回马上回，几个小时后回去了，倒头就睡，不洗澡也不洗脚。”

她手指叩着方向盘，顿了半晌又说：“我们吵得多凶啊，所有东西都砸。”她砸巴了一下嘴。“有一次吵累了，他说：‘这个家我待不下去了，我走了。’‘走就走，谁也不拦你。’我抱着我家孩子坐在沙发上，他走到鞋架边上换鞋，低头系鞋带的时候，我觉得我那个心一下软了，你知道那个感觉吧？”她瞥了我一眼继续说，“就觉得这个男人啊，真可怜。一出门，谁要他啊？又没什么本事，长得又矮又胖的，脾气又不好，谁要他呢？我也不知道自己为什么心疼他了，就叫他别出门了，睡觉吧。他就立在鞋柜那头，不说话。我抱着孩子就走到卧室里去了，他呢，不声不响地也换了睡衣进来睡了。”她说到这里，笑了一声。“后来我跟他说这个事情，他打死都不承认自己可怜。他就是个死要面子的人。”

车子到了我住处的附近，但我没说话，她继续说：“现在我也清静了，也没人跟我吵。他走就走了，人迟早不都是这样么。早走晚走，都是个走。他车子我现在开着，手机也是他的，我这身上的，”她拍了拍羽绒服，“也是他的。挺好，就跟他这个人还在似的。”她把车子拐上岔道，停到我小区门口。“是不是这里？”我说是的，准备掏钱给她，她摇摇手说，“不用给了。今天晚上让你听了这么多废话，真是抱歉。”我忙说没有，一定要把钱给她，她不得已接了，说了声：“谢谢。”我站在那里，看着她的车子消失在路的拐角处。走在回家的路上，我小声哼起了那首《米店》：“三月的烟雨飘摇的南方，你坐在你空空的米店。你一手拿着苹果一手拿着命运，在寻找你自己的香。窗外的人们匆匆忙忙，把眼光丢在潮湿的路上……”我想她会不会有时候也会哼起这首歌。小区的楼群多是黑的，在这样的深夜里，大家都睡熟了。

走走

大四时学校安排我们去各个学校实习，我跟我们中文系几个同学被分配到一所高中。一起到这所高中来实习的，还有外语系、化学系、体育系等几个系的同学，我们在学校相互并不认识。高中又安排我们到高一年级组不同的班级，随着任课老师实习。忙忙碌碌几天，我们实习的一帮人在一起办公、玩耍，处着处着就都熟悉了。那高中学生宿舍后面是一处山坡，学校用心地利用这个地势，从山下修建亭廊一直延伸到山顶，正好盖了一座亭台。一路走去，竹林萧萧，阳光碎碎地在廊上闪跳，风挟着校园外面田野清新的空气拂面而来，让人在闲暇时候总忍不住过来转转。

我跟隔壁班的女生是极好的朋友，时不时上完课，我们就相约到这山坡来转悠，边走边谈如何上好课，如何跟学生处好关系，如何写教课大纲。有时候，她又会拉上跟她住一个宿舍的女生。那女生是外语系的，剪着齐齐的刘海，浓密的黑发在脑后束成马尾辫，眼睛好似汪着水一般乌黑，穿着月白色雪纺衫，深蓝色牛仔裤。她给人的感觉是一个内秀安静的女孩。我跟朋友在谈着《红楼梦》，她挽着朋友的手，静静地听着。为了不至于冷落了她，我说话的时候，会去看看她，让她也一起来谈论。在我们的鼓励下，她也开始谈她喜欢林黛玉，说她读了几遍红楼梦。余下的时间我们就开始各自说起喜欢的红楼人物了。

她的办公桌在我和朋友的对面，时不时她会窜过来说话。原本那个娴静的印象竟是个错的。相反她是个非常活泼的女孩，整个办公室她笑声最多。我们聚在一起，也说起教课的时候出现的各种笑话。她每每听着就靠在朋友的肩头笑个没完。朋友轻轻拍她的脸："哎呀，你不要这样子好不好？你今天都笑了八百回了！"刚说完，她又咯咯地笑倒在朋友怀里。我们一上完课，就相约着去山坡聊天去，有时候带着书去后山朗诵，我特别喜欢读那首穆旦的《赞美》，每每念之，她们都说朗诵得很有感情；她们呢，喜欢合唱《红楼梦》中的《枉凝眉》《抛红豆》，唱到最后我也加入进来。我粗哑的嗓子一开腔，她就唱不下去，又笑个没完。

我说你就叫"走走"吧，因为她的名字中有"婷婷"二字，反而叫之，也贴合她爱闹的个性。这个绰号，没几天就被大家传开了。走走，我们去打水！走走，你的手机借我！走走这个，走走那个，她也答应个不亦乐乎。来实习的人都很喜欢她。开始有男生约她课余的时候去市区玩。她从外面跑到办公室，那时我正在批改学生的作文，她说："有人要我去市区玩，我要不要去啊？"我很奇怪她为什么跑过来问我这个，就说："你去啊！"她哦了一声，又说："那是个男生啊！"我觉得她说得莫名其妙。"男生就男生啊，去玩玩又能怎样？"她一声"好吧"，然后慢慢地走出了办公室。

晚上她们玩完回来，一起吃饭的时候，我随口问她玩得开不开心。她抬头看我，眼睛睁得大大的，摇摇头。我就没问下去，继续吃我的饭。朋友谈论起下午上课时的情形，她也是恹恹的不说话，只在一边盘弄手中的勺子。问起她什么，她也是有一句没一句地答着。想着她有心事，我也不好过问什么。第二天晚上，我们在办公室办公的时候，她又过来，拿着手机给我看。我一看，原来是上次邀请她去市区玩的男生，这次邀请她去溜冰。我哈哈一笑，说这男生肯定喜欢你哦。她把手机拿过来说："我不去！""那你既然不去，就回绝他呗！""怎么回绝？"我又给她出谋划策，如何既能回绝那个男生又能达到不伤害他的效果。

到了我们自己逛街，陪着朋友和她两个女生，到百货市场去淘货。走到女生装饰品小店，耳坠、耳环、手镯、项链、十字绣，五彩斑斓，一时间让人还真难以选择要买哪个。我本来是对这些毫无兴趣，就站在门口等着。过了一会儿，她过来拉我。我说：“这是你们女生待的地方，我进来干吗啊？”她拿起两粒耳坠，一粒是翡翠绿的，一粒是珍珠粉的，问哪个好看。我其实也分辨不出好歹，随便指着翡翠绿的说这个还可以。她立马放下另外一粒，把翡翠绿的拿在手中。她又拿起丝巾，一块是桃花红，一块是海天蓝，我说红的好看，她就拿了红的。一路下来，都是我说哪个好，她就定下哪个。我开始有些不安：“我其实是乱说的，我根本不懂这些的！”她抬头笑吟吟地看我：“你看这两个，哪个好看？”买完东西，我们准备去另外一条街道吃久负盛名的小笼包。沿着马路走去，一辆专为婚礼用的老爷车开了过去。她雀跃地跳起：“我要和你坐那辆车！”我笑了起来：“你疯了！那是结婚用的好不好！”她跟朋友做了个鬼脸，我们又往前走。

我们实习老师常常约着去校门外面的小餐馆吃饭。男生好些很懒，就让我们去吃饭的给他们带饭。结果只剩下我一个男生，跟着一帮女生坐在餐馆里。那个时刻还真有点像是贾府中的宝玉，被一帮姐姐妹妹们围着。吃饭呢，不能剩下，菜吃不完，她们要我负责全部消灭掉。她夹在中间，问我咸不咸，要不要喝米汤。我跟她们说，我九岁的时候拿着凳子站在灶台沿儿炒菜的光景，还有冬天去结了冰的池塘洗菜，手冻得跟现在吃的胡萝卜似的。

第二天上午去办公室，朋友过来悄悄跟我说：“走走昨晚哭得很凶！”“为什么？”“因为她梦见你小时候做饭被你爷爷追着打，就哭醒了。”说完后，我不知道该怎么说。朋友别有意味地看着我，我哗啦哗啦拿着教科书看。到了中午，在天天去吃的那家饭店，我见到了走走。我们坐在那里等着饭菜，她果然是哭过的样子，眼袋都有了，脸色也很憔悴。问她话，她就抬起头，眼睛大大地看着我。想着她心情不好，我就乱七乱八地讲了好些笑话。她突然看着我说：“我好喜欢你！”当时朋友去盛饭了，只剩下我一个人对着她卡壳，愣在那里不知道说什么好。她又大声地说：“我喜欢你！”我啊了一声，慌乱地答道：“你喜欢我的课啊，那你常来听啊。”她的眼睛幽幽地看了一眼，朋友把饭一端过来，她就埋头吃饭了。

这太意外了！吃完饭，我一边上楼回宿舍，一边内心里翻腾着各种想法。像一场梦一样，这是真的吗？她真的喜欢我吗？她为什么要喜欢我啊？我这么普通，有什么值得她喜欢的啊？那我喜欢她吗？这些想法缠绕在一起，我理不出一个头绪来。那时候我没有恋爱过，根本不懂如何去面对这样的情形。我把朋友悄悄地拉出来，情况跟她一说，她咳了一声：“她喜欢你，是个人都看得出来！偏偏你倒像是个木头一样。你想想啊，她要是不喜欢你，会在挑东西的时候让你帮忙挑？她要是不喜欢你，会跟你说要和你一起坐那个老爷车？你傻不傻啊？”我听她这么一说，还真是这么一回事，我还真没有往这方面想过。她又说起：“走走跟我在一起时，总是在说你呀。你想一个女孩子家能随便跟人家说我喜欢你吗，你还那么敷衍人家！”

再次当我上课的时候，我站在讲台上，看见教室的后门悄悄地开了，走走和朋友各自拿着凳子进来坐定，看我上课。我竟有些慌乱，只顾埋头上课，不敢抬眼看她们。可是在眼睛的余光里，我能感受到那一双眼睛始终跟着我走。下了课，我们又按照惯例去吃饭。这一次饭吃得好尴尬，大家都讪讪的，不知道要说什么。朋友指出我上课时几个讲错的地方，而走走只是筷子夹起米粒又放下又再夹起。

办公室又有走走的笑声，她的学生们都喜欢找她来玩。而一直邀请她出去玩的男生，频繁地发短信、打电话给她，她也不理会。一切如旧，我怀疑那天的事情只是我的一场幻梦。我有时候真想跑过去问问她，有没有这回事情，终究还是罢了。阳光正好时，山坡上的灌木丛、亭台、走廊，晒满了学生花花绿绿的被子。我们站在山顶，放眼望去，远处的市区在微茫的金光中。走走和朋友坐在草地上，而我知道我们再也不会一起到这里了，因为我们的实习要结束了。

实习结束那晚的告别宴会后，我早早回到宿舍去收拾去了。等宿舍的人都回来了，才听说宴会后出了状况，那个一直追走走的男生突然在醉酒后号啕大哭。第二天清晨，天蒙蒙亮，我们就拿着行李悄悄上车出发了。走走坐在我边上，她显然是睡眠不足的模样，气色不是很好。车子开动，她拿着手机一条一条删着短信，都是那个男生发的。我唐突地问她是不是身体不舒服，她转头深深地看了我一眼，我立马闭嘴。她又侧身歪倒在窗户边睡去了。

回校后，我们少有联系。我们的校区也不在一处，见面更是没有了。毕业的那天，我去她的校区拿证书，远远地看见她站在一棵玉兰树下，就走了过去。她笑得很灿烂："好久不见，你怎么样？"我说还好啊，就是得赶紧找个工作了。她点头，祝我好运。我们就此别过。后来，我们再也没有见过面，只是从朋友那里听说她去了南方。再后来，朋友结了婚，生了孩子，跟走走也没有了联系。

很多年过去了。走走，你还好吗？

夏丽红

她有着一副让人想跟她吵架的嗓子。她也不想跟人家吵，可是人家总能跟她吵起来。开学第一天就开吵，为的是床铺的事情。她想睡上铺，可是上铺已经被其他早来的室友占满了，只有靠门的那个下铺是空的。她不愿意。她把行李放在寝室中间，低头沉默了半晌，其他室友都在忙着铺床，支起蚊帐，堆好书本，她突然抬起头说：“这不公平。”其他室友愣了愣，各自瞟了她了一眼，见她没说话，又开始了手头的收拾。沉默了一分钟，她忽然转身出门，把门哐的一声摔上，过了十来分钟，门哐的一声开了，她把宿管员带了过来。“阿姨，我想睡上铺。我一来，她们都把上铺给占了。”阿姨对那些停住手看过来的女孩们点头微笑，转头对她说：“夏丽红，这个没办法的呀。他们先来的嘛。”她的眼睛中露出不可置信的神情："阿姨，这不公平！"阿姨摊手说："我觉得这没什么不公平的。要不你找你们的辅导员去。"她定定地看阿姨，眼眶里开始红起来，眼泪一点点满了出来。阿姨摇摇头出门了。

当时我们坐在学校东门那片草地上，夏丽红抱着一堆书在图书馆的台阶上从我们面前走过，她没有向我们打招呼，也许是没看到，也许是不想，总之她走过去后，黄虹露出了嫌恶的神情，并给我讲了床铺的事情。黄虹把额头上的刘海往耳根撩了撩，接着说："她还真去找了辅导员，辅导员说这个没办法换的，她还在办公室里哭了一场。辅导员没办法，把我们几个人叫了过去，问我们谁愿意跟她换一下铺位。我们才不要嘞！夏丽红像是跟我们有八辈子深仇大恨似的瞪着我们，越是这样我们越不松口。人家葛兰也睡下铺，怎么就好好的？单就你闹大小姐脾气，谁欠着你呢！"我点点头，关于夏丽红，我已经听黄虹说过很多事情。黄虹是我的高中同学，我们又一起考上同一所大学，我一直想追她做我的女朋友。我跟她宿舍其他几位，单晓宁、葛兰，都相处得不错，唯独夏丽红，我没有跟她说过话。

我们男生给夏丽红取了个绰号，叫"黑玫瑰"，说的是她的黑，还有冷艳的那股子范儿。黑是真黑，像是东南亚那边的人，高颧骨，小眼睛，眉毛单单的一条线，眉梢往上抛。黄虹说她喜欢化妆，她在寝室里的那张桌上放满了各种化妆品和香水。这我相信。

怎么不信呢？她坐在教室里，离我很远，我也能闻到那细细的淡淡的香水味。她上课没有跟黄虹她们坐在一起，她就愿意一个人坐在靠窗的那个位置，谁也不找，谁也不搭理，书本摊在桌上也不去看，老师讲她也不怎么听。她低头玩弄自己的手机，脖颈上挂着银白的项链。手机那时候我们都还不大有，她已经有了。一下课，她的手机总是会贴在她的耳边，总有人给她打电话。她不会跟我们男生说话，看都不会看我们一眼。她游离于我们班级之外，偶尔班长组织我们去春游，她也不会去的。

黄虹说她肯定是当了人家的二奶了。证据就是那些化妆品和香水，都是进口的，一个学生哪里买得起？“她现在上课还有辆电动车，你没看到吧？”黄虹忽然问我，我说没看到。黄虹点点头：“就这么几步路，她还骑个电动车。”那时候电动车，对我们来说也是奢侈品。“要不是学校不允许学生出去住的话，她恐怕早就租出去了。”我不以为然地说：“也许是人家家里有钱呢。”黄虹噗嗤一声笑了：“她家里哪里有钱？上次她生病，她妈妈来过，就是一个农民嘛，穿得也土，说话也土，她妈妈还给我们几个人带了土特产，让我们多多照应她女儿。那个夏丽红躺在床上叫她少说话。她妈妈其实挺好的，帮我们把宿舍擦得干干净净的，连窗帘都帮我们洗了。夏丽红不让她洗，她妈妈非要洗，两个人吵，她们方言听不大懂，呜呜哇哇的。最后，她妈妈给气走了。夏丽红就在寝室哭，哭了一晚上，害得我们一晚上都没法睡觉。”

夏丽红那场病，持续了很久。她在寝室里熬中药，宿舍其他女生受不了，叫宿管阿姨来看，阿姨把熬中药的罐子没收了。那时候我等在女生的宿舍楼下，跟黄虹约好的，去学校南门外吃麻辣烫。靠在女生宿舍大门处，门外的小黑板写着“女生宿舍　男生禁止入内”的字样。忽然从楼梯口传来杂沓的脚步声和喧哗声，宿管阿姨一边手上拿着酒精炉和黑色陶罐，一边说：“不行不行！你不能害我丢了工作！寝室是不准这样的呀！”后面跟着夏丽红，好久没见她来上课了，她看起来瘦多了，长发胡乱地搭在肩头，身上穿着粉红色碎花睡衣，她的声音尖促急迫，话语中是哀求的，听起来却像是在嚷嚷：“求你了！求你了！”她细瘦的手臂去拉阿姨的胳膊，阿姨赶紧避开：“你好好说话！嚷嚷什么啊？”她立定，站在最后两级台阶上，摊开手说：“我没有嚷嚷！我哪里嚷嚷了？”阿姨把酒精炉和陶罐放在值班室的桌子上：“你一个大学生，冲我嚷，你还懂不懂礼貌？”夏丽红气得眼睛里红红的，楼梯上上上下下不断有女生经过，她依旧不动，她向值班室瞪着，阿姨不管她。

黄虹下来了，她穿了那件我给她买的波点连衣裙，看起来美极了。我招呼黄虹时，夏丽红注意到了我。她眉头锁了锁，转身上楼，此时黄虹跟她擦肩而过。夏丽红忽然一把拉住黄虹的手臂：“是不是你们告的状？”黄虹愣了愣，白净的脸上立马红了起来，她甩掉夏丽红的手，往下走："神经病。"夏丽红猛地冲下来，扇了黄虹一耳光。宿管阿姨和我都见到了这一幕，我们分别从自己的位置冲了过去。黄虹被那一耳光给打蒙了，我把她抱过来的时候，她都还没反应过来。宿管阿姨跑过去拉住夏丽红："你怎么随便打人呐？"夏丽红一边挣脱一边喊："告状的贱 ×！都给我他妈的去死！"阿姨死扣住她的手腕不放："是我自己发现的，跟她有什么关系？你这个大学生，怎么这么没素质？"黄虹的眼泪落了我一手，她的胸在我的怀里一起一伏，她的嘴唇直哆嗦，一句话都说不出来。是安慰黄虹还是去责骂夏丽红，我一时间手足无措。夏丽红甩掉阿姨的手，往楼上走，阿姨跟上去说："夏丽红，你要给人家道歉。你这样做太不对了。"夏丽红几乎是跺着脚上楼梯的："我就不！我就不！她们一直想害我！你都不管！"

事情闹到了辅导员那里。知道黄虹被打的事情，单晓宁、葛兰都气不过，她们拉着黄虹去辅导员那里，我也跟了过去。黄虹坐在办公室的长椅上，仍旧不时地抽噎，脸上被打过的地方红印渐渐消退了，留下淡淡的痕迹。单晓宁和葛兰两人说了事情的经过，辅导员脸色凝重，她的手指一下一下叩着光滑的桌面。我跟黄虹还没有确定恋爱关系，所以也不大敢在众人面前抱着她，只好讪讪地站在门口。辅导员拿起桌上的座机，给夏丽红打电话。夏丽红倒是接了电话，辅导员让她立马来办公室一趟，就挂了电话。等她来的时候，单晓宁、葛兰，一边一个坐在黄虹的身边。单晓宁胖胖的手摸着黄虹的脸，很心疼地说：“打得真狠。赵老师。”她转头对辅导员说：“我怀疑她上次投毒。我一直没有找到证据，所以没说。”辅导员神色一变：“怎么回事？”单晓宁说：“五月份，有一段时间我一直拉肚子，总是拉，没有停过。我怀疑是她投了毒。”辅导员摇摇手说：“没有根据的事情还是不要乱说。”单晓宁突然站起来，往辅导员那里走了一小步：“我没有乱说。我拉肚子是因为我喝的水有问题，寝室里，我们几个天天去上课，就她在寝室养病，肯定是她搞的鬼。还有葛兰五百块钱不见了，肯定也是她拿的。”葛兰说：“是的。”辅导员没有开口再说什么。办公室陷入一种寂静，窗外篮球场上砰砰地响起球击地面的声音。

夏丽红来的时候，换了件衣服，虽然是初夏，她却罩着针织毛衣，下身一件半旧的牛仔裤。她走路走得很吃力，干瘦黄黑的手扶着栏杆，抬头见是我，脸上呈现出倦怠的神情。我让开了，她走了进来。办公室里有一瞬间是沉默的。每个人的脸都是绷着的。辅导员终于开口说话了：“夏丽红。”夏丽红听到声音，身子一下子弓起来，像是肚子疼，又立马直挺挺地戳起，她没等辅导员说完，就插嘴说：“是我错了。”她又转身冲着黄虹鞠了一躬：“对不起。”把三百块钱迅速往黄虹手上一塞，就转身走出办公室。我们一时间都愣住了。单晓宁首先冲了出来，大声地吼道：“你以为你有几个钱就了不起啊！”辅导员叫住了单晓宁，又对黄虹说：“这个事情我会处理的。你们室友之间还是要处理好关系。”黄虹把那三百块钱团在手中，没有说话。

夏丽红的事情也没有继续追究下去，因为她住进了医院。她妈妈又一次过来照顾她。这些我都是听说的，打人这个事情让全班人都对她产生了恶感，没有一个人去探望她。她的电动车停在教学楼下面的车棚里，车座上积满了灰尘。过了几天，电动车跟着其他几辆自行车一起被偷走。三百块钱怎么处置？黄虹很犯难。她想把钱搁在夏丽红的桌子上，又觉得心有不甘。单晓宁和葛兰主张去吃一顿好的，这钱不花太冤。黄虹也舍不得，结果她给自己买了个手机。夏丽红再次回来，辅导员想让她转到其他宿舍去，遭到其他宿舍的女生一致反对。她还是住在她原来的那个下铺。单晓宁、葛兰拉着黄虹，几次去辅导员那里交涉，辅导员表示没有办法。我请她们几个在南门外的餐馆吃饭，她们三个女生说起这个事情，越说越气。单晓宁严肃地对我说：“你帮我转告我们班上的男生，不要理她。不要跟她讲话。这样的女人太可怕了。现在我们喝水都怕她投毒，晚上睡觉怕她掐死我们。”我点点头说好，其实不用我说，她们已经跟班上每个男生都说过了。

上课的时候很明显，她还是坐在靠窗的位置上，那一排座位上就她一个人，而我们坐在中间和靠走廊这边。任课老师有时候看起来觉得很诧异，往我们看看，又向夏丽红看看。夏丽红沉默得像是一块铁似的，她根本不看黑板，只看自己的手机。有一次，老师讲到莎士比亚的《李尔王》，我们忙着抄写笔记。一阵暗暗的哭声传来，老师疑惑地转身看我们，我们也是面面相觑——哭声来自夏丽红那头。她身子耸动，长发遮着脸，哭声却是很明显的。她把手机掼到地上，扑在桌子上哭，哭得上气不接下气。老师走了过去，问她怎么了，她也不理会，只是哭自己的。老师尴尬地看看她，又看看我们，手无措地搓着说："哪个女生去劝劝她？"没有人动，每个人都坐在自己的座位。老师没有办法，叫了一声："班长呢？"班长是个男生，极不情愿地站了起来："要不我去叫辅导员？"见老师点头，他便去找辅导员了。教室里静寂无声，只有夏丽红的哭声，哭了哭，打了几个嗝，又哭起来。一两分钟后，她忽然立起身，脸上的妆容都花了，面颊上沾着头发，走到老师身边，鞠了一躬："对不起！"又急匆匆地往教室门外跑，跑到走廊上，有同学叫起来："她要跳楼了！"她半截腿已经伸到走廊栏杆的外面了，正巧被赶过来的班长和辅导员给拉了回来。班上乱成一团，黄虹悄悄坐到我身边来，捏着我的手，身子微微发抖。

夏丽红被学校劝退的事情，让我们都松了一口气。女生们都说她做了一个老板的二奶，结果搞怀孕了，说是病了休养，其实是做了人流。最后，人家老板不要她了。一起吃饭的时候，我问了这个传闻是不是真的，葛兰点点头：“肯定是真的。我看见过有辆宝马车来接过她，经常有晚上不见她回来。你以为那些香水啊化妆品都是白捡的啊？后来她肚子有点儿大了，她故意穿着宽松的衣服。还以为我们看不出来。她要不是做了人流，后来身体不会这么差的。”我咂咂舌，不知道说什么好。

吃完饭，跟黄虹一起在校园里散步。我应该感谢夏丽红，她跳楼的事情，间接地让我和黄虹确定了关系。“真是摸不透这个人，有时候觉得她其实挺好的，有时候又觉得她挺可恶的，”黄虹跟我说，“夏丽红退学后，我有时候看看她的床铺空着，心里会有点儿愧疚感。我想我们是不是对她太坏了？”我摸摸黄虹的头：“那要不跟她道歉？”黄虹白了我一眼：“你忘了她打我一耳光的事情了？我妈妈都没打过我！”我点头说是，黄虹又说：“她走的时候，我们都在上课。一回来，寝室里被打扫得干干净净的。我们每个人桌子上都放了水果，应该是她妈妈买的吧，她床上的东西也都搬光了。不过，单晓宁把水果都扔了。”我们沿着学校的林荫道慢慢走，黄虹沉默了一会儿，想了想，又摇摇头说：“水果其实挺贵的，扔了真是可惜。”

关大侠

跟他一起出去，我总觉得脖子上嗖嗖的。有人在墙角解决问题，我还没反应过来，他就噌地一下跑过去：“大哥，这儿不能乱撒尿的！”大哥很震惊，大哥很不爽，大哥怒目横对尿照撒，走之前甩了一句“神经病”。这位大哥算客气，没有报之以老拳，却吓得我半死。又一次，小超市排队结账，前面一个人的账结错了，对结算的小姑娘说了一下。小姑娘翻了个白眼：“你吵什么吵，影响我们做生意！”人家还没有应，他倒说起来：“他没有吵啊，他只是平静地告诉你账上有错误！你什么服务态度嘛?！”小姑娘把手上的东西往柜台一扔，冲着他吼道：“关你什么鸟事！”他绷着脸回：“当然关我的事情，我们是你的顾客，你这种服务态度是要不得的……”

我们称他为关大侠，他一无绝世武功，连架都没有打过；二无膀大腰粗之身材，说他瘦，不如说是枯，苍白的皮肤紧裹在骨架上，女孩子做梦都想得到的好身材。大学上课第一天，他穿着就很特别，一式黑色中山装，脚蹬布鞋，坐在教室最前面。上的是写作课，一把年纪的老教师在上面宣读着几十年的老教材，大家各自玩各自的手机，说悄悄话，看闲书，他高举一手，老师点他起来，他的声音大得整个教室的人都抬头看他：“老师，我不同意你的观点！”大家倒吸一口气，心想这个古怪的家伙真胆大。老师倒是很高兴地让他陈述观点，他一二三地把自己的想法道出来。自此，我们大学的课堂很惊悚，老师上课每讲到一个官方的观点，都要谨慎地望望他，有的老师怯怯地问他：“你有什么不同的观点？”

高中的时候，班上的一群男生集体跑出去上网。第二天上课，教室空了好多位置。任课老师问是怎么回事，其他同学都埋着头不说话，他偏要高声告诉老师：“他们昨晚上网去了！”晚上下了晚自习，教室里的人走空了，他还在写日记，班上几个男生走过来，其中兜头给了他一巴掌。他一时没反应过来。男生中有人骂：“你不说话会死啊！”他回过神来，瞪视着这一群男生，突然扭身冲向教室的窗户，男生中有人发现不对劲，叫道他要跳楼。果然，他已经拉开推拉窗，脚蹬在窗沿上。男生们吓坏了，扑过来拉住他。这些男生不知道，小时候，他老爸打他，他一直往长江边跑，老爸老妈，接着是村里的叔叔婶婶，都被叫出来追他，他跑得神速，来到江边的码头一头栽下去，幸好有渔船救了他。

爸爸恨得要砍他。小时候，只要爸爸不高兴，他和他哥哥就得跪在堂屋，不准吃饭。妈妈常年生病，只能在家里做点家务。饭菜不好吃，他妈妈常被爸爸打。他读大二的时候回家，爸爸因为妈妈做的茄子盐放多了，把碗摔到妈妈身上。兄弟两个没有像往日一样躲起来，而是起身就把爸爸的手紧紧扣住："你凭什么这么对我妈！"说完，两个一人给了爸爸一耳光，妈妈在边上吓得叫起来："莫打了，他是你们老子啊！"兄弟两个躲在叔叔家，爸爸揣着斧头在村里一家家地找，恨恨地叫着要砍了两个不孝之子。

他哥哥在我们读大学的城市做装潢工，有时候也会到我们宿舍来看他。来的时候，经常是拎着一大袋水果，分给我们寝室每个人。兄弟两个反差很大，哥哥矮矮胖胖的，看起来非常和气。他在他哥哥面前完全成了小孩，平时不大说话的他这个时候叽叽喳喳用方言说个没完。一会儿让他哥哥看他写的作业，一会儿让他哥哥帮忙修台灯。他哥哥话不多，只是眯着眼睛笑。走的时候，他哥哥起身对我们说："我弟弟不懂事，大家多包涵哈！"

他是不懂事，他是我们的开心果。他不知道刘德华是谁，也不知道乔丹是哪位，我们海阔天空地聊娱乐、谈体育，他总是一脸懵懂。他问："王菲不是男的吗，怎么会怀孕？"我们一下子知道了什么是笑到发指。跟班上玩得好的女生打球，女生无精打采的，他关心地询问。女生坐在长凳上，支吾了半天：“我……大姨妈来了。”他抬头四处看：“什么，你大姨妈在哪里？要不我们去接她？”

我们看毛片，都要躲着他。一次在寝室看毛片忘了锁门，他正巧从教室自习回来，刚一推开门，见此情景，猛地出去，砰地关上门。我们都吓了一跳。只听见外面急促的奔跑声。我不放心，出门跟了去。只见他往楼顶跑。跑到了楼顶，趴在围栏上，失声痛哭。我走过去：“你怎么了嘛？这个年龄看看毛片不是很正常吗？至于这样嘛……”他抬头看我，摇摇头：“我也不知道，我只是觉得我受不了！”晚上，我们寝室每个人都小心翼翼地躺在床上，都觉得亏欠他一点什么。只有他一个人坐在床下的凳子上，沉默地盯着桌子。“我们以后不在寝室看……”一个室友怯怯地说。真奇怪，我们心里都有点怕他。

我们寝室每回卫生评比都是第一名。他每日都不厌其烦地拖地、整理桌子，连我们的桌子他都不放过。“那个那个关大侠，这个我自己来整理好了！”碰到他过来整理我们的桌子，我们都这么说。他抬头对我们笑：“没事儿，举手之劳！”我们又不好说什么了。我们的衣服只要泡在桶里超过三天没洗，他也拎过去噌噌地洗干净、晾好。四年来，在左邻右舍陷入方便面、脏衣服、画满地图的被子中间时，我们永远是洁净的。

大四毕业的前一天晚上，照例是一年一度的毕业生大砸大闹会。各个毕业生寝室，都在往窗外扔开水瓶、教科书、棉被，我们寝室也要闹。一个室友拿起开水瓶灌满水往窗户走，他上前去阻止：“不要这样啦！”那室友一改以前的笑脸不理他，依旧往前走，他又说：“这样不好！”那室友突然把他往卫生间门上一推：“妈的，我受够你了！”说完，走到窗口，把开水瓶往下扔去，和着来自各方的叫嚷声：“去你妈的！”其他几位室友也各自拿着桶和盆子过来往外扔，寝室顿时一片混乱。他起身开门，我跟了他出去。

“你们是不是都讨厌我？”

“我们其实蛮怕你的。”

“为什么？我没有要害人啊。”

“……”

我们并肩走着，我想起他来大学的第一天，把自己的书放满一床，然后对我们说：“你们都喜欢什么书？你们都喜欢哪些作家啊？我们讨论一下可以吗？”过了一会儿，他惊呼天啦，你们怎么连老舍怎么死的都不知道？你们怎么可以连十二金钗都不晓得？你们是中文系的吗？我们白天军训累得半死，到晚上都只想睡觉，他依旧在问：“你们觉得那个里尔克怎么样啊？”我边上的室友偷偷跟我说：“真倒霉，怎么来了这么个活宝?！”

他是中文系公认的活宝。上公开课，上百号人坐在教室里，静悄悄地听教授上课。他举手，教授早就耳闻他了，干脆无视其存在。然而他的手始终举着，教授无奈地点他的名。教室莫名一阵亢奋。大家都打起精神来看着这位活宝站起来：“我不同意你的观点！”教授尴尬地推推眼镜：“这个我们可以下来讨论！现在我先把这个讲完……”他依旧不坐下来：“可是你这个观点我认为是谬误啊！”教授脸色很难看，低着头讲解下去。我悄悄拉他的手，他低头看我，我向他摇摇头，又指指教授。他噘着嘴，又抬头：“老师，我觉得……”“你够没够?!”教授气愤地把教科书往讲台上一扔，“你来讲好啦！”只见他上到讲台，在黑板上写出他的观点，然后回身对着教室的同学说道：“刚才老师讲的三要素我觉得不应该是这样的，我认为……”

我认为……

我觉得……

我还是认为……

我还是觉得……

我承认，在他面前，我总觉得自己是错的。

在他死后很久，我们同学一起聚会谈起他，还是觉得脖子上嗖嗖的。

他本来可以不死。

上公交车的时候，有女生的手机被偷了，小偷中途下车，他撵过去。小偷和他一前一后跑，小偷把手机扔到地上，他拾起手机依旧追下去，结果小偷捅了他三刀。他抱着小偷腿不放，小偷又在他心口捅了一刀。

他哥哥到我这里来取他寄存的书，翻开书，每页上都写满了密密麻麻的批语，我仿佛又听见他激切的辩驳声。他哥哥抱着书，蹲在房间里，喃喃地说着什么，一边说一边摸着书皮，好像是摸着弟弟鬈曲的头发。他哥哥起身走的时候，向我鞠了一躬："我弟弟大学就你一个朋友，真是麻烦你了。"互相客气了几句，他哥哥不让我送。我站在门口，看着他哥哥拎着包裹走下楼，脚被绊住了，趔趄了几下。我眼睛一下子朦胧起来，我仿佛看到遥远的大学时代我们一起去溜冰，他从来没有溜过，边上的人都顺溜倒溜换着花样溜，唯有他走一步滑一跤，走一步滑一跤，他的手肘都磕出血来，却依旧不肯下场……

你知道怎么杀猪吗？

最后一次见他，他正在为猪的事情烦恼。他的租房在大学城附近的民居二楼，房东在院子后面养了几头猪。“你有没有闻到猪粪的味道？你有没有听到猪在叫？”他关上了窗户，锁了门，从房间一头奔到另一头，转身过来又来问我。阴暗的房间里静极，鼻子边也只有久未清扫的霉味，没有凌烈的猪粪味。“没有吗？没有吗？我怎么老是觉得有呢？”他的耳朵塞上两球棉花，拿着花露水在被子枕头袜子脏衣服混成一团的床上洒。“我今天下午跟房东吵了一架，我不要在这里住了，我要他退钱，他不肯。我就跟他吵……”我记得才一个星期前他跟寝室的人大吵了一架，然后搬出来的。他嫌寝室的人粗俗肮脏，叫人难以忍受。

我们相约去看露天电影。出了租房，走在山谷中，他大口大口饱吸山中微微带甜的新鲜空气。“我是不是太敏感了？我怎么这么容易发火？我总是觉得烦躁啊……”他怯怯地看着我，好像自己做错了什么事情，“可是我真的觉得睡觉的时候猪就在我耳边叫……”天色渐暗，空气中隐隐带有湿意。山坡上的松树林飒飒作响。“要下雨了，我们回去吧。”我看了看乌云密实的天空。“啊，要下雨了？”他抬头看，脸上起着一阵焦躁的神色，“还没下呀，我们去看看啊，没准电影会照常放呢！”我指着沿着山路下来的学生：“你看他们都回来了。”我们往回走，他左手搓着右手，看看天，又看看我，忍了好久才小心翼翼地说：“我们……能不能再去看看？没准……电影已经在放了。”春雨簌簌，湖上起了一层淡蓝色的薄烟。“怎么这么倒霉？我们去看看好不好？我……总觉得电影在放……”站在空旷的露天广场，雨脚在水泥地上跳跃。我们躲在屋檐下避雨，雨点打在身上，他伸手去接：“怎么这么倒霉？”

我的眼睛下面是他油腻的头发，接着他尖硬的脸浮上来。雨来势凶猛，没完没了。山下的灯火淹没在密实的雨幕中，青黛的山林发出淙淙的水声。他执拗地走到露天广场上，我高声叫他回来，他向我微微一笑：“我好想找个人打架！”他解开上衣，雨水肆意地浇下。我还未喊出声，他又褪下裤子和内裤，全身赤裸裸地竖在广场中间。我跑过去，拾起衣服给他披上。“不要！不要！”他躲开，跑到平时放映电影的白墙脚下。“我很热，我很热！”

“你想过自杀吗？用刀片在动脉上划一刀，或者从七楼上跳下来。”他躺在水泥地上，双手双脚大张，雨水沿着他结实的胸脯滑落。“我能感受到死亡。十二岁时，我爸爸跟妈妈吵架。凌晨四点多，舅舅把我从学校叫出来，让我回来，说家里出了一点事情。舅舅骑着自行车，我坐在后面。整个儿天都黑黑的，什么都看不见。走到中途时，我心口猛地痛得厉害。我知道出事了。后来，我知道，就在那一刻，我爸爸自杀死了。”他转头看躲在屋檐下的我，“你说我恨不恨？我能恨我妈妈吗？她是个性格刚烈的人，一生起气来什么都不管不顾。爸爸死了，我哭得好狠啊。妈妈也哭，全身抖得厉害，可我心想她有什么资格哭？我不跟她说话，一直都不。一个月前，她在我家那边被邻居打了。她活该是不是？她把四周的邻居、自家的亲戚全部得罪了。她电话里哭，我也不说话，让她哭。她在老家待不下去，要去南方打工。来我这儿，给我带了好多东西。她一路坐车子过来，下车就蹲在路边吐，晕车晕得厉害。我心里那个痛啊，我都想死。我这个做儿子没有用，没有用……

“你知道没有用的感觉吗？好像是好多眼睛在盯着你，他们越盯着，你就感觉越矮，矮到土里去，他们还要踩一脚。”我又冲进雨里，拉他起来。他顺从地让我披上衣服。“你真好。他们要是像你这么好就好了。你说我为什么总有一些可怕的念头。走在大街上，我突然好想站下来指着一个陌生人哈哈大笑或者号啕大哭，然后一句话不说地走掉。早上走过公园，看见老头子拉着树枝在做伸缩运动，我好想冲上去对他说你怎么不吊死。有一次，我帮同事带小孩，看见小孩在睡着，我都快忍不住伸手去掐死他。我自己也害怕，我好担心没有控制住自己做出什么傻事。”山雨稍歇，我催他穿好衣服。我们走在泥泞的山路上，一步一滑，四处浓稠的夜气渗入皮肤，冷得叫人打战。

“你有没有做过这样的梦？你拼命地跑，拼命地跑，后面的猛兽却紧追个不停，等到你跑到楼上，刚打开门，门里又有猛兽冲出来……然后就是听到猪叫，在你耳朵边哼哼地叫，都感觉它的鼻子凑到脸上来。我要房东退钱，房东不肯，我气死了！哦，我好像说过是吧？”他羞怯地看了看我，“我在吵的时候真想冲进厨房拿把刀子砍了他！我记得有一次从超市买了一块肉，包在保鲜膜里。我用手掐，掐了又掐，觉得很舒服。我想刀子砍进肉里的感觉一定更舒服，还……解恨。我在宾馆做服务员，那些领班故意刁难我，这也不对，那也不对，我都忍着。那一次那个女人，我们领班，我摔了一个盘子，她就冲我叫，你还是个大学生，做事这么毛糙。我气死了，我真想拿桌上的刀子捅她一刀。你想啊，她的脸划上几刀，再割开她的动脉，血噗地一下喷出来……你怎么了，你很冷吗？你在发抖？”

走了一个小时才到他的租房。我们出去的时候窗子没有关，窗帘已经湿透，贴在玻璃上。雨渗过天花板的缝隙，沿着墙壁蠕动，像一条条黏湿的软体多节爬虫，触角一直伸到我的脚下。“你要回去吗？”我点头，不等他再说话，急急地转身出去。外面的雨又密密地斜洒在微朦的灯光中。风携着猪舍粗重蓬勃的粪味和水沟腐烂的沤臭气打过来。我突然有一种想呕吐的感觉。我一路奔跑回到家里，手机响了，是他发来的短信——“你知道怎么杀猪吗？”

我的理想主义老师

一时兴起，去母校的贴吧逛，铺天盖地的是对学校老师的控诉、唾骂和声讨，有的说老师之中有好色之徒，把系里的美眉骚扰个遍；有的说某老师上课烂透，还让学生不及格，是个人类的垃圾；有的说班上四个学生给某老师送了礼，当时老师笑嘻嘻地收下，结果期末考试还是给了他们不及格……众声喧哗之中，突然看到有人恨恨地说了句："没见过如此变态的胡万山！"离开母校已经有些年，这个才发不久的帖子应该是他现在的学生所发，可见胡老师一如既往地背负骂名。因为这样的话，当日在校时已不知听到多少同学说过了。

学生评价好老师的标准是，老师脾气好，上课不点名，可以从从容容地迟到、翘课、趴在桌子上睡懒觉，最关键的是期末考试的时候要划范围，越详细越好，最好把考试题目透露出来更好了。至于你讲什么，怎么讲，就无所谓了。这是学生心目中最想要的老师。我们学的是师范专业，学校要培养的是中学语文教师。教育学因此也成了我们的必修课。给我们上课的是个老教师，一看好和蔼，班上众生松了一口气，看来这门课不用挂科了。于是课堂上玩手机的玩手机，看闲书的看闲书，包夜辛苦的同志美美地趴在桌上睡大觉。谁也没有注意到教室的最后一排，多了一个人。老教师讲了半节课后，把手伸向后面："这个学期的课程，我就交给这位胡老师来上。"大家纷纷往后看，果然看到了一个陌生人，他站起来，大家看到一个大大的头，眯眯小眼睛，矮矮瘦瘦的个子，跟那个动画片《大头儿子与小头爸爸》中的儿子神似，这……这是老师？看起来就像个高中生似的。

他上台自我介绍，说自己叫胡万山。众生中有人冒出了一句——"胡汉山"，大家在偷笑。介绍完自己，他劈头问了我们一个问题："到底是先有鸡，后有蛋，还是先有蛋，后有鸡？"这个问题人人都知道，答案也都是人人都不知道。他的目光从前扫到后，又从左扫到右。没有人回答，教室陷入难堪的沉默。"没关系，大家怎么想就怎么说。"我向来是班上发言的积极分子，这样有挑战的问题，更是勾起我莫名的兴奋感。我感觉到前后左右的人都在催促我起来回答，他们已经习惯了我高高举起的手。只要我起来回答了，他们就能从这种不安中解脱出来。等了半晌，他终于等到了我的举手。我认为是先有鸡，才有了蛋。原因是物种起源，从海洋生物到陆地生物，从爬行动物到飞行动物，那时候还没有动物会生蛋，鸡的祖先原鸡也是不会生蛋的，后来才慢慢进化到会生蛋的鸡。他点头微笑，说我说得有道理，然后又反问我，如果让你从先有蛋后有鸡来论证，你怎么想？我一下子噎住了。他让我坐下来好好思考一下。每日课程沉闷乏味，突然来了这样有意思的话题，尽管没有想透，可是分外地有意思。偷眼去看同学，好些人都无聊地打呵欠，勤奋的女生笔停在本子上，不知道怎么记笔记。

从鸡与蛋孰先孰后的话题，他引申到教育的话题上。“教育是什么？”又是劈头一个大问题，有同学按教科书上的观点来回答。他微笑着听完，然后反问：“你自己怎么理解的？”教室又是一片沉默。我后面的一个女生骂了一句：“烦不烦啊，还不开始上课。”这个问题着实有些难答。他在黑板上从苏格拉底、柏拉图、亚里士多德，一直说到皮亚杰、赫尔巴特、菲斯泰乐奇，又从概念、范畴说到法国的孔多塞、德国的费希特、美国的杰斐逊。开始我还能跟着他的思路走，到后来那陌生的一连串术语和汹涌而来的外国名字，仿佛坚硬的砖头劈头盖脸地打过来。后面的女生打了一个长长的呵欠：“他把我们当博士生了。”

“教育是重要的，你们作为未来的中学教师，面对千千百百的学生，更应该好好反思教育是什么，怎样才能做好教育？反观我们现在的教育现状，可以看到是沉闷乏味的教学方式和落后陈腐的教育理念，我们应该学会去‘激活’……”在众生已会周公去，唯等下课铃声起的寂静中，他依旧激情饱满地说。我喜欢这样的老师，这是一个“不安全”的老师（老师照本宣科，学生乖乖做笔记，好生安全的日子）。我对教育学了无兴趣，可是这种思维激活的感觉岂不是太妙不过？

激活，是他的核心概念，他从人类学、文化学一直延伸到教育学，我知道他对于这个概念有深沉的思索和严密的论证。我只恨自己无知，不能登堂窥奥。对于学术，我有一种发自内心的热情，在其中我能得到一种思维的快乐。当日晚上，我就去他的住所找他聊天。一个小窄间，一半用来做盥洗室和卫生间，另外一半放了一张床，凌乱地放着棉被和衣服。房间里阴沉灰暗。可是他一笑，感觉整个空间都给点亮了。他的笑是完全袒露的，眼睛里都有一种光泽。房间里最多的是书，壁柜上，整整齐齐地放着康德、黑格尔、海德格尔等一票西方哲学大家的全集，床头又码着蒙台梭利的书。我们各自随便歪在椅子上闲聊，我告诉他同学对于什么是教育毫不关心，对于参与教育改革更是漠然，你真是高看他们了，他们只想把这门课程混过去就可以了，你在课堂要求大家阅读教育学名著，写读书笔记，他们在底下吵翻了锅，骂你什么的都有。他听罢，完全不像我想象的那样颓然，反而兴奋地坐起来：“好，就要这样！他们不管反感也好，骂也好，说明他们有反应。这是一个好的开端啊！下面我会让他们分组，每十个学生为一组，每一组负责一个课题，然后让他们就这些课题借书、查资料、互相讨论，另外还可以就相反的命题，让他们在课堂辩论，这样的话，他们的思维就可以打开……”我停了半晌，说：“你太理想主义了。”

他把他的计划在课堂上一公开，询问大家是什么意见，平日里沉寂的课堂一下子轰地炸开。班上不多的男生都仿佛看透世事地摇头苦笑，女生分外剽悍，愤怒的声音、咒骂的声音、质疑的声音，沸沸腾腾。当胡老师说这些要跟学分和期末考试的评分挂钩时，有女生把书往桌子上狠狠地一拍。可是当他问大家有什么意见，大家又不说。他说好，既然大家没有意见，那就这样执行了。我坐在同学中间，紧张得要命。好担心女生一齐冲上去把老师给撕了。接下来上课，教室古怪地寂静，有种矛盾紧绷到将断欲断的态势。他的每一个问题都如一张小纸片扔向沉默的汪洋大海，没有任何回应。我担心老师怎么讲下去，我只能做我能做的。我回应他的问题，一次次举手。有一次问了问题，仍然只有我举手，他眼睛扫了扫教室，略微迟疑了会儿，只好又叫我起来。那次他讲心理学，当我从反叛集体沉默的惴惴不安中解脱出来，跟他互动，一种思辨的乐趣油然而生。他讲得真好，思维非常清晰，从认知心理学到格式塔心理学，体现了他知识的融会贯通。这样好的课，在以往的课堂中哪里能寻到？

他不强制点名，去的人越来越少。他把自己的书库借给我们用，很多同学借了书回去，就去上网复制粘贴一篇文字交差了事，没有人会认真地读完一部教育学名著。我告诉他这些，他淡淡一笑，不说什么，可我能感觉他的沮丧。他买来光盘，把这些书拿去扫描刻录，然后分给各个小组。班上有几个男生开始对这位老师有好感。晚上，我带这些同学去他的住所。我们谈论起自己在中学的经历，谈论自己所感受到的教育种种问题。他坐在一边，认真地倾听，然后和我们讨论。女生依然跟他很僵，他专门请这些女生去饭馆吃饭。很多女生很坚决地拒绝了。

我觉得他很像鲁迅所描述的铁屋子里的人，大家在黑暗中安恬昏睡，你偏要开窗透光，锐声呐喊，一身的不合时宜。他不屑与什么领导打好关系，也不愿意为了评职称去掏钱在核心期刊发论文。每天泡图书馆，查资料，给学生刻录书籍光盘，去中学做试点。我尽管对于教育学无甚兴趣，可是也被他感染，联合几个男生帮他一起做事情。他在武汉大学学的建筑专业，发现自己完全不感兴趣，又考上了南京师范大学的教育学研究生，在对哲学发生了浓厚的兴趣之时，又去报考北大的博士研究生。他听从我的建议，在上课的第一天特意穿着西服，在讲台上侃侃而谈，讲台下的学生笑他衣服没有翻过来。生活中，他就像个小孩子似的，衣服总是乱糟糟的，房间也是东一沓书，西一摞书，找个下脚的地儿都难。我笑着建议他三十出头，要赶紧娶个老婆给他好好收拾一下。

学生对付老师最狠的一招是年末评议，只要有学生给教师评个差，那这个教师评职称、发奖金都会成问题。女生打听到他只是一个助教，本职应该是跟着老教师学习的，结果他却上了讲台。评议时，没有胡老师，他还不在评比名单上，只有老教师。一个学期快结束的时候，老教师站在台上，望了我们好久："我从教三十年来，年年都是优秀教师，今年第一次得到了一个差。胡老师来我们学校，我欣赏他的教育理念，并全力支持他来实践这种理念。这么多年，我自己在教学中碰到很多困惑，胡老师和我都在探索，希望能找到解决的途径……我想同学们现在可能还不能理解……算了，我们现在开始上课吧。"教室一阵微微的欢呼声，女生相互相视而笑。一切仿佛回到了原点，老师在照本宣科，学生不费脑力地做笔记，而胡老师从我们教室消失了。

下课后，我走到胡老师的住所。房间未开灯，待适应阴暗的光线后，我才看见胡老师躺在床上，身子胡乱盖了床被子。他很累，也很憔悴。想起每回在路上碰到他，都能看到他带着年轻富有弹性的脚步，手上夹着讲义，而衣服又忘了把衣领翻好的好笑样子，心里一阵凄然。我没有叫他，悄悄走出门，外面依然是大学校园熙熙攘攘的生活。而我觉得分外孤独。

离开母校已经多年，而我也没有做成老师。偶尔电话给胡老师，他都好兴奋地告诉我他在多少中学开始他的试点工作。我就感慨：“你还是这么理想主义呀！”那些个晚上，我们在那小房间里，就着一些书、一些理念、一些观点相互辩驳、相互探讨的日子又在心底温暖地浮现。

虾哥

虾哥嫖与被嫖的故事，已成为我们寝室长久不解的谜案。虾哥的老乡——我们寝室的华仔提供的版本是：虾哥尚是清纯处男时，对火车站附近的一带发廊很着迷。特别是晚上，发廊亮起性感撩人的红灯，化着浓妆的发廊妹坐在门口嗲嗲地喊着先生要过生活不，虾哥就忍不住要往她们那里看。一日，正在虾哥斜瞟之时，两个女人从发廊冲出来，拉他进去。虾哥吓得大叫：“我没钱！我没钱！”女人在虾哥身上上下翻检，果然是个穷光蛋，骂骂咧咧地把他赶出了门。待我们向虾哥求证时，他噌地从床上跳起来：“谁乱讲的？谁乱讲的？我 ×，爽死了！你们信不信？”某室友邪恶地表示无细节就无真相，虾哥激动地一拍床板：“我 ×，你们这些小朋友知道个鸟？”然后，他滔滔不绝说起来，其故事之香艳，其细节之详尽，其技巧之高超，伴随我们度过了一个激情难耐的夜晚。

那一年，法学系的就业率据官方统计为98.6%，虾哥看了大骂他娘的狗屁，失业率98.6%还差不多！虾哥所在的法学系一班，六十人，除了一个家里因为有个法院院长的叔叔得以无忧之外，其余人都散在全国各地喝着西北风。虾哥北上天津，南下广州，东闯上海，西进成都，最后找刷碗工的他都跑去应聘，人家招工的阿姨说："我们不要大学生，我们只要下岗工人！"虾哥只好又回到大学来。因为是华仔的老乡，且寝室正好有个兄弟出外跟老婆过他们甜蜜的小日子，虾哥就搬到我们寝室住了。

虾哥来之前，我们已经对他充满了期待。华仔关于他的八卦早被我们熟知。当日虾哥住寝室，见寝室的哥们儿说起打飞机感到十分不解，室友惊呼他是从哪个山沟沟里来的。一日，虾哥兴冲冲地跑来告诉华仔他室友教会了他打飞机，现在他各种技巧都会噢，华仔转告给我们，差点没把我们笑喷。又一则，某日虾哥过来要跟华仔同睡。华仔问他不是在外租房考研了吗。华仔说朱世龙（他们共同的老乡）那个大淫棍跟新钓上的马子晚上要借他房子一用。晚上十一点寝室熄灯，他突然叫道："完了完了，我忘记了叫他们自带床单，我就一个床单啊。"说完要下床打电话给朱世龙，华仔拉着不让："人家现在正嗨着呢，你找骂啊。"

虾哥一来寝室，寝室内淳朴的民风一下子变得色欲横流。"他妈的应聘见的那个死女人没个 × 样还神气不给我好脸看气死我了我 × 死她妈的没你这份工作我会死啊……”我们在抱着英语四六级词典看，他凑过来一看：“他妈的你们傻 × 啊还考四六级，我告诉你这个证找工作一点鸟用都没有！他妈的现在大学就是恶心，纯粹是敲诈我们钱。老子四级也过了，六级也过了，计算机二级也过了，还不是找不到工作，还不如学门技术来得实在！”

据华仔爆料，虾哥从小学到高中，一直是个品学兼优的好学生。看过虾哥中学的毕业照片，我们哎哟一声，都不敢相信照片上那个清秀干净的中学生竟是我们熟知的虾哥。熟知的虾哥人高且瘦，背脊从来没有直过来，活像是一只干瘪的海虾。头发蓬松纠结，除应聘的时候洗洗，平时他的枕头套上落满了头皮屑。刚来时还好，我们上课的时候，他会打扫打扫寝室。到后来，下课回来进寝室，我们都要捂着鼻子。桌子上有他吃了几天还不扔的桶装方便面，袜子一个星期不洗发酵出沤烂的臭气；马桶里是他黄澄澄的尿液，盥洗台上搁着他半瓶可口可乐……

“虾哥啊，你马桶干吗不冲啊？”

“虾哥啊，你把衣服洗洗啊，臭死了！”

“虾哥啊，你……”

虾哥，从被子里钻出头来，头发蓬乱，眼睛红肿，看样子是哭了一场，这个时候怔怔地看着我们：“怎么了？”

“没什么，没什么！”我们连忙说。

虾哥为什么会哭，我们不大清楚。只是一晃两个月过去了，他应聘了二十多家企业，文案、教师、服务员、储备干部、跟单员……工资一个月六百，不包吃住，你做不做？在工厂里跟民工一样接板子，你做不做？一天工作十二个小时，一个月休息两天，没有加班费，你做不做？……虾哥一回寝室，把黑皮包往床上一扔，就喊他妈的他妈的，我们都习以为常了。

虾哥在哭过的一个月后，终于在一家销售公司应聘上了业务员，没有底薪，拉来一个客户提成百分之三。虾哥破天荒地给我们寝室买了水果，一人一个极小的桃子。然后他把公司给他印的名片，给我们一人发了一张。“哟，业务经理 ×××，虾哥，你要发达了哈！”虾哥头发也洗了，衣服也换成了西装革履：“多多关照！多多关照！”那一晚，虾哥很兴奋，我们也很兴奋——虾哥这下子终于可以搬出去了，我们再也不用天天闻着臭袜子的味道了。虾哥站在床上，展望美好未来：“一年之内，坐到业务经理的位子，两年之内，坐到区域经理的位子，再说我懂法律，还会外语，我可以去海外开拓业务。五年后，等我攒够了资本，我就自己出来开公司，到时候你们跟我混好了！”我们一阵哄笑。“等我公司做大做强后，我会回到母校，捐建一个以我名字命名的大楼。你们等着瞧好了，到时候，学校那帮领导在我面前就像哈巴狗一样……”

未来的虾总，依旧住在我们寝室，不肯搬走。没有底薪，家里也没见有人给他寄钱（华仔爆料，虾总告诉他老爸老妈自己有一份年薪多少多少的好工作），还天天蹭我们的饭。我们打饭回寝室吃，他就坐在床上，看着我们吃，我们装着没看见，依旧吃我们的，他就喊：“他妈的那公司真变态，连底薪都没有，那叫人怎么活啊？”开始，我们就叫他过来一起吃，他客气地推辞：“这怎么行？我自己出去吃好了。”虽然这么说，屁股却笃定地坐在椅子上，我们每个人扒点饭和菜给他。“他妈的，这个食堂的师傅是不是性生活不和谐啊，茄子都没熟！”后来，我们在食堂吃好后才回来。他又来蹭我们的电话卡。室友谁要是用寝室打电话，他就拿个凳子坐在室友边上，边歪着头边翻室友的东西。室友打完，他立马说：“兄弟，我有个客户现在要我联系他，你能不能把卡借我一下啊？”虾总一打没有半个小时不下火线，只听见他在跟他的同学海吹现在公司待遇如何如何好，泡到的美眉如何如何靓，最后突然问对方有没有五百块钱借他。室友恨得手痒痒。

“他什么时候搬走啊？”我们都在问华仔。不能在寝室吃饭、打电话，连看书虾哥都要来瞄一眼，说看这个有个屁用啊。他还欠我们寝室这个人五十、那个人一百，没有人指望他能还。虽然是业务员，他也不出去跑，除开去公司打卡，就是泡在寝室上网。他唯一天天做的就是去买彩票，一看没中，就骂他妈的买彩票的人欠 ×。

马上要暑假了，我们都准备回家。可是虾哥一点走的意思都没有，我们想象着等我们回来，寝室怕是要被虾哥整成了一个人间地狱。虾哥很豪迈地说：“你们放心地走，我会看好寝室的！”看我们将信将疑的样子。“×，不相信我是吧？”“相信！相信！”我们连忙应道。

一个暑假过去，我们回来时，虾哥已经不在了。他睡的那个床铺是空的，桌上扔了七盒方便面桶，地面起着一层灰。一个室友发现自己的电脑不见了，另外一个室友的台灯也没影了，接着每个人都发现自己的抽屉被翻得乱七八糟，东西也丢了不少。大家都要华仔打电话联系虾哥。虾哥的手机已经停机了。去找宿管科的阿姨，阿姨说有一个又高又瘦的人有一天搬了好多东西走，她还以为是学生。

我们再也没有联系上虾哥。

金嗓记

天德是孬种。天德最没用。全夏垸人都知道。夏垸的婶娘打孩子最爱说的是：“看你皮，看你劣，看你长大成天德！”这话是真理，是经过实践检验过的。夏垸人的眼睛是雪亮的。天德家的农田，稗草长得比麦子长；天德家的粪窖，几年不挑，顶风臭十里；天德家的铁锅，污垢三尺深，小偷偷不走……事实胜于雄辩，胳膊拐不过大腿。总而言之，夏垸人的结论是不会错的。

可夏垸人的心眼长得正，从不把人否定到底。破铜烂铁也有发光的地方。毕竟人家高中毕业，有知识，有文化，写得一手好字，又黑又大又结实。每逢过春节，天德成能人了，成贵人了，走起路来一弹一弹的，看起人来一闪一闪的，神气得很。“门迎春夏秋冬福，户纳东南西北财”，“神力永扶家道盛，祖光常照子孙贤”，这一副副对子，哪一家的不是出自他的手笔？天德有两只好白的手，十根指头伸出来，纤长细嫩，天生不是种庄稼的料，能拉得一手好二胡。不仅能拉，他还能唱。天德有个好嗓子，平时说话软蛋似的，可唱起来，要高能高，要低能低，溜得圆，抛得亮，刚如铁又能软如绵，男腔女调，学谁像谁。酸曲甜调，采茶畈腔，无所不会，无所不精。当年戏剧团来垸里唱戏时，拉几曲，他一学就会，高兴坏了人家。一回家，站在竹床上，两只手腕绾两条白毛巾，咿咿呀呀唱起来：

远望雷山石壁崖，
玉帝面前挂金牌。
鄱阳湖中打战鼓，
洞庭湖中搭戏台，
金口玉言唱起来。

那团长说了这是棵好苗子，去跟天德的父母说了要人。天德的祖上是个殷实人家，偏出了个少爷爱唱爱闹败了家。天德的父亲二话没说把团长请出了家。晚上揪着天德就打。屁股蛋上三百棒，棒棒打碎了唱戏梦。天德跑出家门去找戏剧团。礼堂里却是人去楼空，一地纸屑。他默默地走上台，踱着方步，轻摇手腕，从台头碎步转向台中，突然刹住了：

山歌好唱口难开，
樱桃好吃树难栽，
白饭是好吃田难插，
白粑好吃磨磨难挨，
鲜鱼好咽网难开……

一口气未提起来，昏倒在台上了。

天德好似从未醒过来，衣服在他瘦长的身子上扑啦啦地飘，整个儿身子也随着飘，远望去恰似藤上的一条长丝瓜来回地荡。他口齿不清，伶俐劲儿全没了；头发蓬蓬的，宛如田野上的荒草。荒草还嚯嚯有声呢，他却是成天掏不出三句话。可和天德田地靠一块的人有耳福。你在施肥他在除草。你逗他十句话，他不发一句言。可当你冲他嚷一句："金嗓子，来一首！"他立刻就来精神了。栽在地下的头一下子竖起来，草不锄了，地不弄了，昂头挺胸，扬眉吐气，一丝尖亮亮的音儿一下子从胸膛里抛出去，真真扎到人的心里去：

新打锄头两角叉，

送与哥哥锄棉花。

绊根草儿合根扯，

绊根草儿合根扒，

雷公草儿是冤家。

……

这一唱不打紧，天德的嗓子煞不住，手脚也舞起来了。本是累人的摘棉花，手伸出去忽地那么一柔转，脚那么弹踏，嘿，养眼极了。本是赶牛犁田，又脏又乏，他拿起鞭子轻轻地一甩，牛也跳起舞来了。天德真有他的！

夏垸人懂欣赏，可更懂真理。天德摘得再好看，棉花从未满过仓；耕得再养眼，草比麦子长。纸糊的金山，中看不中用。夏垸人懂得先只有填饱肚子再去玩花样才是硬道理。天德不吃这一套，他只会扯着嗓子唱：

叫我唱歌我唱歌，

不靠唱歌讨老婆。

不靠唱歌讨饭吃，

唱歌为了做生活。

话虽这么说，夏垸人每逢开会总爱捎上他。如同吃菜要放盐，吃酒要放碟一样。大家哪里要去听村干部沉闷无味的讲话，都赶着去听天德讲一回故事唱一回小曲儿，方才有滋味。大会每回总在垸中的礼堂开。开会前一小时，家家积极性高，赶得早，去得齐，领导夸奖群众觉悟高。夏垸人不去听那一套。此时此刻，天德才是受拥护的领导、受爱戴的领导。天德端着一杯茶，眯着一双眼，坐在椅子上，跷起了二郎腿，不打哈欠不开言。众人越急越不敢催。此时此刻，天德最权威，天德不开口，谁敢发一言？非要人来齐了，坐好了，安静了，天德才咕噜咕噜喝上一气茶，哗啦啦清清嗓子，油亮亮的二胡拿起，吱嘎嘎试拉了几下，看起来像只是在耍，只是在玩，人们却屏住了呼吸，支张着耳朵，只听得一股软绵绵、甜腻腻的声音流淌出来了：

唱歌不离郎和姐，
无郎无姐不成歌。

一阵热烈的喝彩声，马上又急煞住。只听得滑溜溜的二胡乐与声乐，如光滑的泥鳅左冲右穿，上跳下蹿，让人眼花缭乱，捉摸不定，只是觉得硬铮铮的心像是被棉花弓每寸每尺地弹过，变得蓬松松、软丝丝起来。

这山望见那山高，
望见乖姐拣柴烧。
没得柴禾我来拣，
没得水儿我来挑，
莫让乖姐闪了腰。

他唱的是情哥哥想与情妹妹相好。那情妹妹作甚想呢？只听得他嗓子一下子尖亮起来，活脱脱一个乖姐儿的声腔：

姐儿门口一口塘，
手提桶儿洗衣裳，
芒槌槌得梆梆响，
两眼睃的我情郎。

人群中哗地笑开了，又是骂天德肉麻麻地恶心人，又赶紧支起耳朵赶着听，生怕落下一句：

（男）去年想妹年纪小，
今年想妹正当年，

肯与不肯早开言。

（女）不是奴家心不愿，

不知你是真情和假情，

只怕我心合不到你的心。

好家伙！男声女调一人唱。人们开始啧啧称赞起来。

情哥哥终于赢得了情妹妹的心。人们大吁了一口气，可马上又被乐极生悲的哀乐悬了起来。情妹妹不得婆婆疼，苦媳妇只好自叹：

在娘家做女儿何曾快乐，

到婆家做媳妇受苦折磨。

……

这一唱，勾起了多少苦媳妇的伤心事。天德那嗓子痛煞了人，一唱三叹，叹了又唱，唱了又叹，声声拍得心口疼得慌。

正月里来庆年华，

细听我苦媳妇回到娘家。

穷爷穷娘养不大，

一十二岁送婆家，

挨了几多打，

受了几多骂，

九磨十难没办法。

……

“没办法呐！”多少人此起彼伏地和着。你拉着我的手，我拍着你的肩，各自受的苦全让天德唱出来了。可不是那一句“九磨十难没办法”吗？

人们正哭着、闹着，礼堂台上的喇叭震天价唱起了热乎乎的革命歌，一阵风地把夏垸人全刮到了前面的位子上去。只有天德眼泪一把鼻涕一把，苦森森的哀叹全淹没在了沸滚滚的声浪中。天德还是天德，连人都不是，连狗都不如。

天德能写字，天德能唱歌，天德却愁娶老婆。四村八乡，哪一个不晓得天德不着实，跟着他只会饿昏头？天德有办法，天德离家走。出外一年多，终于带回了一媳妇。媳妇对他是一见钟情。天德自己说。夏垸人最懂得金玉其外、败絮其中的道理了。可那媳妇芦花不懂，夏垸人不好去棒打鸳鸯散，就等着开锣看好戏了。个个紧闭着嘴巴，若无其事地走过去，可后脑勺也长眼，一行一动看得真。

芦花一大早洗好衣服做好了饭，天德还没起来。等他起了床，刷刷牙，洗洗脸，吃吃饭，日当中午了。嫁来三年生个伢儿，伢儿跟天德一个样。一个大懒鬼，一个小懒鬼。两个人的衣裳，白的滚成了黑，平的皱成了花，胸口一片油渍亮堂堂，芦花洗都洗不净。

芦花气不过。夏垸人知道了天德的老婆不会唱歌会骂人。芦花骂起夏天德，全垸的禽兽不安生。天德是鸡不长毛；天德是猪不长膘；天德是鸭嘴牛皮煮不烂。天德不敢说句话，不敢放个屁，躲在房里拉二胡，高唱明天世界更美好。

天德的儿子叫居财，夏垸人全叫成了小猪奶。夏垸人每到黄昏，总会看到天德带着居财到江堤上去散步。天德开口唱一句“清早起来笑洋洋呃——”居财马上跟一句“肩驮大鱼下长江哎——”你呼我应，好不恰当。天德要把居财送戏班，芦花立马举起农药往嘴里倒。天德只好作罢。

天德和居财玩得来。居财骑在天德的背上，唱起了《放牛伢儿我本高》。天德笑嘻嘻地满地爬。

放牛伢儿你不高，
你晓得黄牛几多毛？
一斗罗筛几多眼？
一斗芝麻几箩筐？

四两黄丝几多长？

天德边爬边接唱：

放牛伢儿我本高，
黄牛论条不论毛，
罗筛论个不论眼，
芝麻论升不论筐，
黄丝论两不论长。

芦花一边看不过，骂骂咧咧弹过去。父子俩早就一溜烟地跑得老远。居财边跑还边唱：

喂嗬喂嗬，
挑担箢箩，
箢箩压死人，
外母打开门，
一只鸡呃一只鹅，
年年为的个婊子婆。

有一年春节将至，天德带着居财进城去办年货。一路上，天德紧紧攥着居财的手，挤在汹涌的人流里。天德东走走，西逛逛，突然被一阵铿铿锵锵的锣鼓声吸了过去。原来是东街的戏园子里唱得热闹，不由得钻了进去。他摇头晃脑地跟着台上唱，手舞足蹈地随着台上动。一唱一舞，其乐无穷。戏唱完了，人散尽了，天德年货一样也没买，转头去找小居财，哪里有踪影？天德慌了神，满大街地去询问，谁也不清楚。天德只好往家里赶，心想着伢儿自个儿准是回了家，回家狠狠骂他一顿。

回到了家，天德看芦花，芦花看天德，谁也没见着小居财。芦花跳起脚来哭，劈头揪着天德直往墙上撞，没骂出一句话，就昏死过去了。天德四处去贴寻人启事。芦花四处去烧香拜佛。一个月，二个月，半年，小居财再也没露面。芦花天天在家打鸡骂狗，家活农活再也不动一下手。天德再也没亮过一回嗓子。终于有一天，芦花趁天德睡着，收拾好东西走人，从此再也没有回来。

夏垸人说天德是合该遭报应，天德不是人，天德不如狗。再也没人去叫他写字，晦气；再也没人去听他唱歌，窝心。天德袖着两只手，蜷缩在家门口，木木地就是一整天。两个小伢儿坐板车，一个坐车把，一个坐车头，一上一下跷着玩，口里唱着：

天德苦，打屁股，

天德苕，臭粪瓢，

天德老婆一声吼，

天德不如一条狗，

……

天德听到了，鼻子抽动着，哽咽了几声，突然放声大哭起来。边哭边往村头走。夏坑人不奇怪，烂泥抹不上墙，朽木做不了梁，谁也不去劝。可夏坑人都在想着天德，小伢儿还在唱着天德。天德那天走出了夏坑路口，一去三十年，再也没回来。

故事未遂

请在热闹的聊天现场，比如晚上的乡村理发店、午休时的办公室、假日的同学聚会，注意那些落单的人们。是的，你的焦点很容易被那些人群中的明星所吸引，他们能说会道，妙语连珠，全场被他们带动得高潮迭起，精彩纷呈。可是，坐在人群中没有说话的人，可能是坐在理发店长椅中间默默抽烟的中年人，可能是一大帮叽叽喳喳说个不停的姐妹中那个只顾修指甲的女孩，可能是宴席间随着别人哈哈大笑却不知道笑什么的男人。你在角落默默看着他们，其中那些真正无话可说、甘愿做配角的人，他们的面部放松，身体松弛地浸泡在明星的欢乐语流中，人家笑他就笑，人家骂他就骂，他们是随风摆动的草本植物。然后，你的眼睛迅速被另外一种人所吸引，怎么说呢，那些焦点人物如果是高大的乔木，尽享众人给予的阳光雨露，那么这种人就是高大乔木遮挡之下的低矮木本植物。先看他们的表情，他们虽然也在跟着人笑，可是注意他们的脸——颧骨微微上耸，嘴角隐隐颤动，笑的时候心不在焉，整个身体紧张地绷着。是的，他们也想讲，他们也想跟焦点人物一样得到大家的关注，可能他内心要讲的故事已经复习得烂熟，只待在众人停歇的时刻抓住机会倾倒出来，然后笑声、回应、目光都会投射过来。他们伸展枝叶，随时准备着一旦抓住机会就要冲破高大乔木的封锁。

好了，众人笑停了，明星讲累了，开始喝茶的喝茶，吃菜的吃菜，嗑瓜子的嗑瓜子。这个时候，他们的身体出现一种紧绷到极点的状态。手拿起杯子有点晃，手掌忍不住擦擦脸，搭在左腿上的右脚放下来。你甚至感觉一阵轻微的眩晕感袭上他心头，这个机会千载难逢，机不可失，时不再来。他要开始讲了。他的语气有点小心翼翼，像是踩在初结冰的湖面上，第一个字吐出来甚至有点小结巴，“那个，那天，我……”好，开始有人要转过脸来了，这个时候他的脸开始舒展，弯曲的手指开始绕着桌布，“我碰到好玩的事情……”有点卡壳了，他想讲什么？刚才在内心反复揣摩的内容一下子空白了，“那个……那个……”他看到那快要转过来的脸又回去看自己的手机，发自己的短信。他的脸色此时涨红，身子再一次紧张地绷起。

明星喝完茶，吃饱饭，又开始神采奕奕地抬起头开讲了。刚才的空隙如此之短暂，他们还没有抓牢就在明星的七荤八素、奇人异事的汪洋江河中被冲得无影无踪。众人又开始哈哈大笑，又开始七嘴八舌，又开始乐不可支，谁也没有注意到刚才有谁讲过什么。这个时候，再看看他们，他们会回到边缘的位子，在浓密的遮天大树下沉默。抬头看看墙上的挂钟，低头揉自己的手掌，转头看服务员怎么还没有上菜，鞋底一下一下磕着地板。很快，他们又调整好自己的表情，众人笑，他们跟着笑，众人骂，他们跟着骂。他们的故事像一缕青烟，消散在脸色，是一种惆怅的神情。

好，请停住。你请大家注意，刚才某某讲了一个故事挺好玩的，怎么没有讲下去？你的目光看着这个讲故事未遂的人。众人一时间都尴尬地煞住了，他们这时才知道刚才有人讲过一个开头的故事。他们的目光随着你都聚焦在这个人的身上。他回投你感激的眼神，可是忽然间被大家所关注，连明星都看着他，他会挪挪身子，不自然地坐直，“那个……是这样啦……”众人在奇怪的沉默中等待笑点。他内心有一种焦急感，你甚至感觉到他在讲述那些必要铺垫的部分是不耐烦的，他想快步撵到那个能引发众人爆笑点的关键部分。他心中在想着明星是怎样做到收放自如、如此潇洒的？他做不到，他每说一段话，总像是赶着一匹疲惫的毛驴走在崎岖的泥路上。众人开始有些不耐烦了，手机叮铃铃地响，椅子吱嘎嘎地磨，甚至有人起身上厕所去了。而明星，咕咕咕地在跟边上的人打情骂俏。他看着看着有些来气了，可是故事要讲完，不是吗？

终于要到了最好玩、最刺激、最能引人发笑的点了，他内心中涌动着一阵激颤的热流。快了，马上在下一句话说完，大家就会一扫阴霾之气，笑声和喧哗声澎湃而来。他的嗓门开始大了，声音也有了色泽：“然后，那个女人大叫了一声，哎呀妈妈的！”说完，他自己忍不住笑起来。不对，只是稀稀落落的应付的笑声，明星还在咕噜噜地跟边上的人嚼个没完。哪里来的欢笑？哪里来的拊掌称妙？没有！大家谁也没有觉得好玩。此刻他的表情是僵的，停留在强笑的状态。明星又开始说了，众人一下子被吸引过去。不待说两句，有人就笑趴了。而这时，他也跟着笑，心中却在不断地追问究竟哪里讲得不好了？甚至，甚至觉得自己恶心，何必在这样的场合犯傻。

怎样讲？怎样讲？他们在心中不断琢磨。终于，终于知道这个故事应该怎么讲了！这样讲肯定非常好，肯定能像明星一样轰动。他们兴奋地回头去找众人，却发现此刻已是夜深人静，聚会早散了。

马路

马路两边的香樟树尽皆移去，施工的队伍开了进来。两边人行道一边开挖铺水管，一边翻新铺地砖。挖的一边是男人，铺的一边是女人。中间马路沿工业城一径走到运河边拐弯处，展眼两顶军绿色帆布帐篷。每顶帐篷四张床，床脚用砖头垒起，几张木板拼接即是床板，棉被铺开，散发着河水的腥气。门口一口灶台，也是砖头垒成半弧形，留一口子，灶上坐着大锅，灶腔里烧着运河边的芦苇杆。晚饭常是一大锅清水面，就着辣白菜、豆腐乳，也能吃得热火朝天。有时还能多出一瓶二锅头，男人女人都能喝。偶尔受风饱吹，篷顶红白相间的塑料雨布呼啦啦飞起，男人中即有人起身，从篷后铺管机上拿出铲子去压。此时小孩也会跟过来。

是个小男孩，三四岁的光景，光溜溜的头顶扎了一撮冲天小辫，穿着厚厚的小棉袄，外加罩衫，手脚动起来很不灵便。男人黑而瘦，一身仿制迷你军服，膝盖、手肘处都沾着泥点，蓬乱的头发上尽是灰白的尘沙。篷顶压好，男人坐进篷里去，和其他男人喝酒。小男孩却一心一意蹲在路灯脚下看虫子。汉娃，来，吃一口。女人端着碗走过来。妈，虫子。汉娃，乖，虫子也要回家吃饭饭。啊，吃一口。小男孩别过脸去吃了一口，眼睛却不离虫子。汉娃，乖，再吃一口。妈妈从碗里捞出几根面条。小男孩起身往马路上跑。你作死啊，有车子啊。女人后面撵。莫跑。莫跑。听到没。有车子。男人也从篷里跟出来，冲过去抱起小男孩。边往篷里走，边往小男孩屁股上佯装要打。你还乱跑。你还乱跑。小男孩也不怕，像是在空中游泳似的，两只小腿在男人胸口乱弹，还仰头冲着女人做鬼脸。吃罢饭，男人在路灯下面抽烟打牌，女人洗碗。临到睡觉，男人抱着小男孩冲着盛开的日本晚樱把尿，小男孩一边撒，一边伸手扯樱花的花瓣吃。

白天，男人在这边跟工友挖土方，女人在那边拿着铲子撬地砖。有时候小男孩在女人这边，蹲在人行道旁的苜蓿草丛中，掐一朵小野花就碎碎地跑到女人身边给她看。汉娃，给我摘一朵啊。女人身后的大婶一叫唤，他又起身跑到草丛中摘。汉娃，跑慢点。莫摔倒了。摘好一朵送过来，女人们都笑个不停。又有人要他摘。他不肯了，蹲在砍断的树枝边，掐香樟叶子闻。有时候小男孩在男人这边，在挖开的壕沟里，撒泡尿和泥。日头渐热。女人起身往这边喊。汉娃。汉娃。男人这边抱起小男孩，让他坐在自己肩头。么事？渴不渴？女人远远摇着水壶。有。男人也拿起自己这边的水壶。女人复又蹲下。小男孩这边坐在管道上吃起了苹果。汉娃。汉娃。女人站在对面路口叫。又有么事？女人过到这边来。小男孩头上起着一层密密的小汗珠。你也不看看，热成这个样子也不晓得给他脱。女人给小男孩脱去罩衣下面的猩红色花棉袄。一头一眼的沙也不晓得看一下哈。说着，女人气呼呼地把孩子抱了过去。

也有刮风下雨的时候。如果还只是蒙蒙细雨，女人顶多加戴个草帽继续蹲着撬，男人什么都不戴，依旧挖土方。孩子在篷里睡觉。篷里四面漏风，渐渐有雨水漫进来。等到雨水实在太大了，男人女人都跑回来躲雨，他也就醒了。天落雨咯。莫跑。莫跑。他衣服还没穿好，就光着脚在床底下的湿地上跑。水穿堂而过，从篷的这头速速奔到那头，床底下的洗脸盆漂起，赶到门口才被抽烟的男人捉住。莫出去。树下有蛇，会咬人哦。你不听话。要咬你哦。小男孩立在篷的中央，脚伸出截水流，脚丫头浸得通红。

待帐篷外的樱花谢尽，女人这边转到另外一条街上去了，男人还在这边，非开挖式铺管机也开过来了。小男孩就放在女人这边，有时候也放在马路边上工厂的保安处。保安处的大门办公室有电视看，小男孩乖乖地坐在沙发上，手上拿着保安给的夹心饼干，眼睛只盯着动画片。汉娃。汉娃。你是爱你爸还是爱你妈啊？保安坐在门口问。都爱。汉娃。汉娃。你爸爸妈妈要生个小妹妹，你就是个老米壳，没得人心疼噢。小男孩转头看保安，半晌饼干也不吃，电视也不看，嘴巴撇下去，眼泪蹦出来。骗你的。骗你的。爸爸妈妈只爱你一个，打死妹妹，只爱你一个要得不？保安又拿饼干来哄。男人女人干完活来接小男孩，他在沙发上已经睡着了，手上往往还拿着半块没吃完的曲奇饼。保安跟男人女人说起来这问答，都笑得不行。渐渐连保安养的黑毛小狗都跟小男孩混熟了。小男孩走到哪里，小狗跟到哪里。但只限制在大门附近。厂门是电动式可伸缩门，大部分时间是关着的，唯有车进车出的时候才开。

这天保安打开大门，一辆装满运煤的卡车开进来。保安拿着登记表出来让司机登记。小男孩掐了一朵野蔷薇走出门，小狗跟在后面。保安正背着身让司机按照表格要求填写。他已经走到斑马线上了，过去拐个弯即是女人的所在。绿化带与斑马线垂直交接部分，立着工厂高大的厂牌，小男孩停在牌下，人还没有绿化带的常青树高。他回头看小狗，小狗也抬头看他，还摇起了尾巴。小男孩笑着抬头往前跑，刚过厂牌突然弹飞起来，在空中翻卷了几圈，落到了几米开外的马路中央。小狗被急速刹车的黑色轿车吓得往后退了几步，待看到静静趴着的小男孩，一路奔过去。小男孩整个儿贴在马路灰黑的路面上，脑壳像是摔破的瓜果，野蔷薇浮在红白混杂的液体之上。小狗低头在小男孩的身上嗅了嗅，叫了两声，又嗅了嗅，叫两声。抬头，轿车已经往相反的方向开走了。

女人身体像是抽去了骨头，瘫软地堆在小男孩边上，又像是吃得过饱，不断打嗝。伸手推推小男孩的身子，身子直起又顷刻软下，一个嗝打上来。我没见到车子啊。我只听到狗叫。只听到狗叫。这边马路还没安摄像头啊。说了好多回了，都没来装。保安的声音夹在围观的人群中。警车也已过来。人群闪开一条道，法医要上前鉴定，待要翻起小男孩的身体，女人伸手推开。法医看看女人，又再次伸手。女人再推开。警察欲架起女人，女人像是软泥一般提不上来，只往下矬，坐的那块有一摊女人的尿渍。

男人跟工友一路追肇事轿车未果，回来时，女人不见了，孩子不见了，保安也不见了。现场拉起了黄色警戒线，警察沿着小男孩趴着的姿势用白色粉笔画了轮廓线。妈的，没追到。车子太多了，也搞不清是哪一辆。陪同男人开车的工友对着围上来的群众说。桂香去医院了。孩子脑壳子都摔破了。男人在警戒线里转，轮廓线里已经清理干净了，只露出马路本身的灰黑色。男人好像是肚子疼，一只手揪着胃部蹲下去，一只手在轮廓线上方的空气里拨了拨，又站起来转动两步，再次蹲下去拨拨。车流从马路两旁蹚过去。

念奴娇

深夜双层巴士滑入城市末端，只剩得苏可一人高坐顶车厢。车窗大敞，风极骚，饱吻酒精发力后的苹果红脸，淑女花式发髻华丽依旧，更有千鸟格纹围巾相衬，苏可相信今天是有男人打自己主意的。车窗外，灰漠天空下高楼灯火闪烁零星，宛如未刮净的鱼鳞。苏可都能闻到咸腥的味道。低矮楼群边缘风声浩浩，真以为自己快要到了海边，有美丽贝壳、黄金沙滩相等。可这是在一个干旱之城，四个月滴雨未下。每日太阳高悬，无数金亮光管插入大地，吸干了最后一滴水。整整一瓶倩碧极致柔润粉底乳液，怎能抵得住滚滚风尘的肆虐？

今晚真嗨，披头士的英国风调充盈星辰公寓 1817 室的小单间。男人抽着红塔山，女人抽着爱喜，烟雾妖娆。柠檬黄灯光下的丫丫，雪纺罩衫，烟熏色紧身牛仔裤，流苏长靴敲地声碎碎。苏可想如果我是男人，怕是眼睛甩出了三丈远，直冲丫丫雪白乳沟去。丫丫真够骚！为了今天的聚会，苏可使出百米赛跑的劲头要赛过丫丫去，可人家骨头都浪出水来了，自己终究是个陪衬物。遂三瓶啤酒落肚，也只惹得色男色女狼嚎一片喝倒彩，没有一颗心是在自己这儿的。十二月二十六日早上九点，直冲伦敦庞德街的英国第二大百货商店，终于淘上了一个缪缪包。你不知道哇，幸好我去得早，我一出来，店外的长队排成了Z形。几乎全是咱中国人！等我转战另一个地方，欧洲最大的商场，到那儿的古奇店子一看，哇靠，妈妈的，队伍都排到了大西洋……丫丫的欧洲购物血拼史，把路易·威登、巴宝莉说得就像在菜市场买五毛一斤的大白菜似的不稀罕。愚蠢的男人们嘴巴成O型。苏可几欲要冲到卫生间吐去。丫丫却扭过头来，斜倚在苏可的身上，向她做鬼脸。两人撇下热腾腾的火锅和一帮男人，去了卧室。

我和东哥在巴利给你买了双鞋子，奶白色软羊毛镂空短靴，是限量版哦！丫丫的手被激动得尖叫的苏可捏得生疼。刚才的酸劲头，全让给了好姐妹的欢情。你和东哥什么时候结婚了？苏可问了好扫兴的问题。丫丫嚷嚷着结婚需要勇气不是？我还要嗨几年了！再嗨几年都三十岁的黄花菜了。你不也是没结婚了？丫丫反击得好快。二十九岁的老姑娘，连成千上万的刷卡眼睛都不眨一下的东哥这样的人毛都没找到一根。

风咻咻如刀，削尽梧桐树叶入尘沙。酒醒了大半，肌肤攒起粒粒疙瘩。仍旧舍不得这口好风，奔涌如潮，席卷漠漠城郊。这个灰蒙蒙的城市，星星和月亮，恨得她只想拿着鸡毛掸子去掸一掸才得鲜亮。后悔了吗？有点。从公路局辞职已有两年零三个月，从未在今天突然为此举动生痛。早上七点钟到办公楼，吃完早饭，然后坐车去盆地，八点半到收费站接班。车辆都散发着甲虫的臭味。车来，收费，放行，天天动作如机器。无车来时，抬头看盆地边缘的石头山，秋染寒草，连只鸟也没有。特别是沙尘暴过后，整个盆地宛如上帝的烟灰缸，落满了黄黑的砂土。人像是一撮缸里的烟蒂，尚存一丝悠悠气息而已。长久坐收费亭，遂成灰色化石，如老死在缸底的石头，长满米丈长的枯枝，而心已石化，暗幽不见光地一点点死掉。

当时谁知现时安稳、岁月静好的道理？军绿色的公路局制服，行走在都市，还不让人笑掉大牙？更何况在蛮荒的太古盆地，灰头土面，女性男性皆已消失了性别意义，都成了活化石。不能再这样了。这句话整整在心中闹了半年，才在一次休假回家吃饭时，变成我要辞职的话来。桌子跳起，蛋汤泼溅，凳子轰地倒地。爸爸的火气可烤熟鸡蛋。你你你你你，手指直接敲到头顶上，你知道我为了你进公路局跑了多少路子吗？你你你你你，语重心长，你知道现在多少人打破头要进入公家单位，做公务员？你你你你你……总之，你敢辞职，我就不认你这个女儿！更兼奶奶号啕哭，仿佛孙女得病入膏肓，无药可救。惊讶不已，实在想不通他们这么激动是为了什么。我就想出去闯闯。爸爸的吼声能掀翻楼顶，奶奶颤巍巍拉自己躲入卧室。依然挡不住穿墙怒叱。

我就想出去走走，这有什么错？苏可简直恨死爸爸了。自小乖乖女做得还不够？一切轨迹自出生皆已划定，安全顺利地滑入保险系数最高的生命轨道。考大学，做公务员，找个公务员老公，生孩子……展眼望去，五十年后的光景已经清晰如在眼前。不要！不要！不要！苏可跳下床去，挂在衣架的制服，是等待收拾一具安详死去的公家人尸体的裹尸布。这太可怕了。剪刀咔的下去，剪它个粉碎！一房间万段布尸横陈。

一巴掌下去，耳朵轰鸣了三天。那一架干得全楼的人都拥到204房门前来看热闹。乖巧的可可彻底粉碎乖乖女形象，摔锅砸铁，闹得好过瘾。爸爸打妈妈不也是这样见东西就砸的？妈妈蓬头号啕哭，爸爸也不会心软一点。常常这时候，我在哪里？床底下。只见一脚飞过去。妈妈扑地，闷闷肉响，半日无声息。苏可连哭都忘了。爸爸大个子，高竖在炽白灯柱下，表情好无辜。好像倒地的是他。妈妈四十六岁得乳腺癌而死。爸爸哭得好伤心，仿佛是失去妈妈的儿子似的。姑姑推她说哭啊快哭啊，苏可望着床上的干枯尸体，半晌反应不过来。她只是好奇爸爸何以哭得这么伤心，平时却毫不惜力地打妈妈？

父女战争貌似以爸爸押解女儿去公路局上班后而告终。千里外的甘肃有阿姨等候，爸爸回到新建的暖巢去。每日有电话至家，奶奶成了爸爸忠实的眼线情报员。苏可化石生涯攒的积蓄可观，全为了自由而光。每日穿好制服，在奶奶的叮嘱声中出门，走过华仁路，拐到美丽街，坐206路公交车到市图书馆。在卫生间把早备好的衣服换上，躲在阅览室泡书去。学生时代养成的好习惯。可是不要看什么名著，从小被爸爸拎到图书馆来，就被告诫要一寸光阴一寸金，多读好书，才能成祖国栋梁。好像自己未来要当女总理似的。穿的衣服还记得，是规矩的学生服，蓝白相间，宽大的衣服里，像是憋着一只猫，挠人。爸爸训诫完，更是挠得厉害。从小到大，连个头花都不让戴，妈妈也是素面朝天，爸爸见不得一点真女人。

图书馆里的时装杂志开列的时尚名单（粉色雪纺花朵浅口鞋子，条纹针织连衣裙，牛仔铅笔裤，蝴蝶结饰兜，暖色调珠光眼影，华美皮草球发辫，糖果色围巾，黑色真皮机车夹克，荷叶边迷你裙，大人气粗呢混纺夹克，翻毛滚边短裤，体积感纯皮草围脖），单是看看就够嗨。时代风云变化，自己却如桃花源中人，不知有魏晋。每日猛补时尚课。自卑感蓬蓬而起。几次冲进专卖店，被标码价吓得逃之夭夭。她遂知钱真是个好东西。公路局的大妈们，四十岁的脸就成了黄土高原千沟万壑，到哪里去找时尚的导师？眼珠是木的，手是木的，腿也是木的，化石已深，非一日能成。躲在房间里，偷偷画眉，奶奶叫买酱油，出来刚要推脱，耳朵马上炸起奶奶恐惧呼啸声，赶紧照镜，感觉尚好。然而奶奶已拿起电话，苏可眼泪一下子下来了，自己也不知道怎么这么难过。冲过去拔掉了电话线，你告诉我爸啊！你告诉我爸啊！我早就辞职不干了！苏可第一次吼得好伤心。眼泪汹涌，奶奶都忍不住叛变了，搂着孙女陪着落泪。

奶奶好义气，只是要苏可快找工作。苏可一时茫然，不知要做什么好。秋日阳光爽朗，大叶女贞树清冽的香气蓬蓬。沿街走在香气中，玻璃窗上开出朵朵金黄色灯花。一条解放路走得烂熟，所有的专卖店衣服都给试过了，就是不买，恨得老板娘们牙齿直痒痒。苏可喜欢城市咽喉处、人潮澎湃中的人间繁华。心跳得擂鼓似的。总觉得有奇迹要发生。

奇迹到底是发生了。曼哈顿商场大促销，三折优惠，跳楼价，大清仓，全城的女士门全成了干旱之都的时尚蝗虫，浩浩涌来。苏可自然格外骁勇。最时尚热辣迷你裙，紫色蕾丝围巾，复古手袋，一个月伙食费顷刻间中饱老板钱囊，下个月看来要紧缩胃囊。丫丫当时是商场的服务员，见着苏可大包小包拎得好吃力，上前帮了一把。两人就算认识了。交谈了几句，苏可夸丫丫好靓。领口镂空花纹与靴子绣花图案相互呼应，镶有蕾丝饰边的大荷叶短袖，让人顿觉如沐海风，清爽宜人。丫丫脆生生笑得好嗨。马上两人成了仿佛多年认识的闺中密友。

靛蓝色日本帝王文身涂鸦图案连衣裙子，大气磅礴，好似千里戈壁滩上朝云起。看似随意缠绕的收腰皮带，却为洒脱的海蓝雪纺连衣裙倍增一份春秋都市风情。盛开在领口、衣衫上的立体编织花，点亮了典雅的道路……丫丫真是老师，苏可的眼睛经常在丫丫的房间里忙不过来。这里的时尚密不透风。苏可的心着急了，丫丫轻盈似云，高飘难达，只好捡起人家的余唾来润湿自己焦渴得干裂的心田。生长出来的却是葳蕤的自卑之草，蓬蓬勃勃蔽日遮天。

瘦身心法第一条是要在大脑中枢建立起强烈的瘦身意愿。每日瘦身瘦身瘦身念，心想则事成。此为丫丫曼妙身材原理的核心。苏可念到第十天，迫不及待站在秤上，一百二十斤寸肉未失。苏可简直恨死了公路局。每天枯坐收费站，尽给长肉去了。

奶奶七十年来第一次对自己的厨艺产生怀疑。宝贝孙女饭量剧减，连最爱的梅菜扣肉也懒得看一眼。直接不吃。窝在房间里，直哼哼地说饱了。哎呀，六〇年那辰光连饭都没得吃呢！连片菜叶子都无有啊，你呀你真是……真是瘦身的好时代，奶奶的忆苦思甜教育收到了相反的效果，苏可满脸向往的眼神，吓得奶奶伸手摸额头，可可病得不轻啊！爸爸的三千块钱迅速汇到农行卡上，姑姑、大姨妈、二姨妈的电话震天响，哎呀，可可不吃饭了！可可是不是得了厌食症了？奶奶一通电话，吓得苏可赶紧下床扑到饭桌前，以示自己绝对正常。奶奶好厉害哦。

才安静了一日，爸爸在电话里的怒叱声咆哮如虎。爸爸打电话给公路局，问可可健康情况，却得到了可可早已离职的消息。苏可哪里怕了爸爸，手中有钱，自可以有底气闯天下。我才不要你寄来的三千块呢。遂反击。父女两个在电波里斗了一百回合，谁也赢不了。奶奶抖抖索索地在房间里走来走去，一个劲儿叫可可可可可可，手要捂住苏可的嘴，被苏可扫到一边去。真是对冤家啊！奶奶呜呜哭起来。苏可突然刹住，丢下电话，让爸爸一个人咆哮去，自己跑到奶奶边上。他是你爸爸啊！奶奶呜咽了半晌，突然说了这一句。

姑姑万分火急来扑火，生意场上的凌厉口齿，直逼王熙凤。苏可好似在押重犯，支支吾吾不成语。说到最后，你晓得你爸爸给我打电话，才说了可可两个字，就号啕大哭？他答应过你妈妈要好好管教你的，这倒好，教导出了一个反叛！苏可心颤了一下，随即新奇不已，爸爸也会在他自己的姐姐面前哭，哇，真是个孩子呢！遂想起那日灯光下，望着被自己打倒在地的妻子，他那副好无辜好天真的表情。

连爸爸也承认百万人同挤公务员这个独木桥的时代，公路局是再也回不去了。苏可的自由没有反对方，一下子丧失了亢奋的意义。疲软的日子，坐在空旷的图书馆阅览室，午后阳光下的梧桐树，秋千无人坐。墙壁上的暖气管子，哪位曾经的前人在此也无聊，系上了鲜红小丝带。而今丝带被暖气吹到半空，做着飞翔的白日梦。

丫丫彻底勾起了苏可的购物欲，世纪金城、彼岸之花、时代金典，光滑如镜的大理石地板，绚丽的色色灯光，人如奶奶说的好似打了一针鸡血，彻底疯狂。积蓄由万位减向千位，再跌落至百位。当日说不要爸爸三千块的狠话，只当是气话，不花白不花。终于有一天，商场的服务员告知卡上金额不足五十元，这才着了慌。房间里堆满了无用的漂亮时尚物件，却没有一件能当饭吃的。几日下来，苏可回归乖乖女，每日早早回家蹭饭吃。奶奶高兴得好似中了五百万大奖。

苏可做了三个月文员，好痛苦，每日万千事情都来咬自己。打印文件、采购物资、做表格，还要加班清点仓库，无心插柳，一日量体重，竟瘦下来了十斤。苏可却高兴不得，好心疼哦。我的肉肉全被黑心的资本家刮跑了。遂扫荡奶奶的一桌饭食，吃得奶奶转身抹泪去。爸爸电话中才说了一句知道外面辛苦了吧，自己又火起，觉得受不了这种胜利者的姿态。哇啦啦辞掉了工资连粥都喝不上的文员工作，要去做业务员。月薪万元的神话，好吸引人。苏可要爸爸看看自己没有他，没有公路局，也能赚得钱包鼓鼓。

标准坐姿、标准站姿、标准走姿、标准礼姿、标准蹲姿。伴随微笑自然地露出六至八颗牙齿，微笑时真诚甜美亲切，还要姥姥的满满爱心；扬手问候小臂与地面垂直，保持身体正直，头部向左侧倾斜三十度，左手五指伸直并拢，注意将拇指并严，掌心面向来宾微微向上斜……啊，标准的业务营销员！李总，您好！王经理，好久不见了！苏老板，关于我们的课程您决定来参加了吗？……底薪八百，拉一个人来公司上课提成百分之三，所得连丫丫的一瓶指甲油都抵不上。笑得脸部抽筋，人家冷眼一个，你还不能跺脚就跑，您再听我说一句好吗？我们这个课程——好了，好了，你烦不烦？这是客气的。更有凶狠狠的直接把人推出门，砰的一声门响如炸雷。

憋得一泡泪直冲大街飞满脸，这是开始，后来脸皮厚得如榴莲，非得去刀砍。始知月薪万元，的确是个神话。爸爸又来电话，钱不够花跟我说，噢，好得意的口气！放下电话，奶奶好无辜的表情，苏可硬是把质问奶奶偷偷告诉爸爸自己实况的怒气咽下去。锁上房门，把往日时尚的残骸扔到床上，把脸埋住。任是奶奶门敲得山响也不去理睬。好久好久，一切安静下来，夜色深重。窗外的紫叶李，有风来袭，如沙沙春雨落，如万千蚕食桑。利落的短款毛呢外套，没有琐碎装饰的窄口牛仔裤，干爽如唢呐。灰色长外套，搭配黑色高领针织衫，让身体曲线毕显。玫红色长款大衣，配上恰到好处的蝴蝶结，明星风范呼之欲出……这些都是自己和丫丫千挑万选的，而今一件件穿在身上，依然是那么好。身子瘦下来，更显得衣服的熨帖。苏可摸着自己的脸。这是年轻的脸，一条皱纹也没有。洒上一些理肤泉立润保湿爽肤水，更显得肌肤滋润平滑。不后悔，真的不后悔，为了这些我也不后悔。波西米亚式连衣裙，一个飞舞，一个转身，都能炫出万种异国风情来。我怎么会后悔呢？可是，哀伤的爬山虎不可遏止地爬满身体。七点钟，酡红的太阳从群山中跳出，办公楼里的窗子全都烧起。乡村的狗吠鸡叫，欢腾着现世的平安。夜晚的盆地，风来去无碍，浩浩荡荡，像是在大海中，收费站的灯光是远行人的唯一灯塔。好遥远的辰光哦。风雨乍歇，雾气弥漫，苏可靠在床上一时间觉得人生好怅惘。

深夜的卫民巷，路灯高烧。酒醒时分，口中赶紧嚼口香糖。回家去，奶奶要闻到酒味，又要是一番唠叨。此时万千女子行走街上，必有绅士相伴，款款情话，哝哝嗔语，靡靡飘起。只有自己还孤身独走陋巷，连个防身的刀器都未带。爸爸说不要太挑了，你都老大不小了呢！有多少可挑的余地？嚯，苏可立马火起，当即摔了电话。姑姑积极客串媒人，不忍拂其好意，遂开始了相亲生涯。咖啡屋里，大马路上，专卖店里，护城河边，男人纷纷出场，又速速离去。摆着一张冷脸给谁看？姑姑气恼不过，发誓再也不管她的事了。大姨妈，二姨妈，又粉墨登场，也被气走了。奶奶在堂屋搓着手，怎么办，怎么办，好似能搓出个孙女婿来。

丫丫说，结婚需要勇气。东哥再好，也只是图的她的美貌。人总会老的，你能一辈子美去？还不如趁着年轻，赶紧出售青春，为将来防老攒下足够的钱。苏可却在每个对面的男人身上看到爸爸踢倒妈妈时，那副好无辜好天真的表情，好似倒下的是她。男人的个子都大大的，罩下来，整个人都在了这片黑影中。赶紧跑开。趁着那一脚没有踢到前，躲到安全的地方去。

有没有中意的？有的，曾经。好喜欢那络腮胡子的国字脸，不爱说话，吃饭时一个劲儿往她碗里夹菜。笑起来，憨厚死了，可爱死了，牙齿烟熏黄，有男人的性感。没有那么多肉麻的话，也不说我好爱你哦，手是粗糙的，有老趼，肯干得像庄稼汉似的，然而却是机电科科长。这样一个男人，她想可以了，就是他！没有东哥有钱，可是是个可以做一辈子靠山的。交往了半年，一次看完美国大片，去餐馆吃饭。第一次让男人牵了自己的手。吃饭吃到中间，有客户电话来，赶紧准备好笑容和甜言蜜语。忽地听到饭桌轰隆一声跳起，妈的，你跟哪个男人说话?！苏可抬头看见男人扭曲的脸，愣了半晌。对不起，我有事，先走了。苏可关掉电话，拿起包，打的一路飞驰而去。为什么男人个个这么贱？得不到时追得杜鹃啼血，得到了遂成无味可作践。不是还没开始吗？他就敢跟我这样，后面就更不用想了。妈妈对爸爸吼，我怎么嫁给你这个男人？我是瞎了眼了。爸爸一巴掌劈下来。苏可在床底下吓得尖叫。男人——

只不过是个好玩的小东西——丫丫最爱唱的一句，她也跟着嚎。后来男人托人致歉，苏可无可无不可，只当是被蚊子咬了一下。依然冷脸向前。

后悔什么？像妈妈那样每日穿着灰黑色工作制服，去厂里上班，下班后抢着赶着回家做饭去。不好吃，爸爸一赌气摔碗骂人。操劳了四十几年，天天是工厂家庭菜市场三点一线，直到死去，脸部都给咽下去了。这样的日子想想就要抓狂的。而此时奶奶必在家里等候，雪白头发无限心事滋生。厨房的饭食依旧热气朗朗。五十年后，我会为了一个二十九岁还未嫁出去的孙女，苦苦等候她醉酒归家吗？那时的自己亦如奶奶老人斑爬满全身，还要起来为孙女开门热菜吗？不要，不要，不要想。丫丫说，活在当下就好。何必操心鬼也不知的五十年后的生活呢！

光阴止步，花颜永驻。感受肌肤时光倒转的力量。天然抗氧化成分 EGCG，更有花颜凝时复合体，汲取大自然繁花精粹，从金银花、金盏花和香桃木中萃取珍贵的抗老化成分，赋予肌肤繁花盛开般的生命力……梦妆花颜凝时系列，为您青春保值。丫丫狂赞效果好。苏可听了，当即眼睛不眨地拿两个月工资买下，全为了保值青春去。

青春真好，轻透底妆，纤长睫毛，粉嫩双颊，谁能看出我的真实年龄？

夏天

夏日的午后像黏稠的滚烫胶液，胀满了整个狭小的寝室。瞌睡的残渣堆在眼皮上，眼睛重重地打不开。迷迷糊糊的，忽然感到脸上有什么东西痒丝丝地在爬，大宝不耐烦地捉过去，捏到一个东西，勉强撑开眼睛看去，“我 ×！ 蜘蛛——”一寝室的人都给闹醒了，吱嘎嘎床板响。

“叫春啊，你？”从左上角的床上弹出小丽的头，“蜘蛛看你到网吧泡了一夜辛苦，免费给你安网线了。”一寝室的人全都哄笑。大宝把蜘蛛扔下床，径直扑到小丽床上，坏坏地笑了一下，忽地掀开被单，小丽光光的身子全暴露出来。“啊哟，小丽，你好风骚！晚上想哪个女人去了对不对？不对，是想男人！我们寝室的五个弟兄要不要你都伺候伺候一下？”小丽劈手打开大宝的手，扒起裤头穿上去，又套上T恤，“不要叫我小丽！”此时，寝室的人都懒懒地爬起床。“我本男儿郎，又非女儿身。”小宝嘻嘻地笑道。“小尼姑年方二八，正值青春，却被师傅削去了头发。唉，哪个少女不怀春？哪个怀春赛我呀？本尼姑芳名小丽，有意与我共赴巫山者，可拨打515151。”右上铺的阿文细着嗓子，接过大宝的话。还未说完，所有的人都笑得乱晃，捶床的捶床，拍掌的拍掌。大宝边笑边叫道：“小丽呀，我们来喝一碗通宵酒，如何呀？”小丽拿眼睛乜着大宝，忽一把扣住大宝的手腕，疼得大宝直叫。阿文哇哇地拍手，“好哇好哇，一个在上，一个在下，哟西哟西！”马上，寝室其他人应和，哟哟哟，小丽恨恨地骂了声无聊。

阳光透过窗棂，火辣辣地劈射下来。泼泼的蝉声，好似一望无垠的稻浪，金灿灿直漾到天边去。寝室里哗哗的全是泼水声，一个个脱得赤条条的，团在洗澡室里冲凉。一桶桶的水从头泻到脚，弹起此起彼伏舒畅的尖叫声。阿文瘦瘦溜溜的身子，放荡地扭着，泼一桶水在身上，就高声叫道：“好舒服！好舒服！”大宝悄声对着小丽说：“昨天晚上，阿文在网上找到了黄色网站，兴奋得不得了。我×，那电影连马赛克都没打，什么都放出来了，爽死了！”小丽扭过脸去：“下流！”大宝吧嗒吧嗒嘴：“哟哟，少来装清纯！都二十几岁的人啦，不要结婚了连洞房都闹不懂。”小丽不理，微微红了脸，打开玻璃门，换衣服去了。洗澡室内，几个人围住阿文要网址。

小丽穿好衣服，回头倒在床上，扳头就睡，可是睡不着。汗水马上涌遍全身，衣服黏黏地贴在身上，极不舒服——澡又白洗了！小丽懊恼不过，又把衣服扒个精光，只剩个大裤衩。两条白生生的腿上全是痱子。跳下床，开柜子找花露水，也没个踪影。一瓶花露水早被寝室的人偷光了，他知道。这几天，一开门便闻见浓郁的花露水的味道伴着臭袜子、脏衣服的沤臭味，熏得人直退。问他们，没有一个人承认，小丽噎得没话说。这帮鸟人！正暗自生着闷气，洗澡间哗啦啦地叫声一片，阿文的声音分外地响亮："我 ×，那女人的奶子……"小丽连忙捂住耳朵，跺起脚，转身欲走，却有些不舍；待欲听时，心里马上骂自己无耻，气冲冲地甩开门就到隔壁寝室去了。

隔壁寝室也是闹成一片，所有的人都围到了窗边，嚯嚯地尖叫着。小丽赶紧凑了过去，只见在楼下，又是昨天的那个捡破烂的小胖子，抱着一手的塑料瓶，傻兮兮地望着壁立两旁的寝室楼里一张张笑眯眯的脸。

"小胖子啊，叫我一声爸，这瓶子就给你！"对面寝室楼有个光膀子的男生倚在窗边，拿着一个矿泉水瓶，磕托托地敲着窗沿。小胖子呀呀地走过去，扬起脸，伸着手。"叫我爸！"那男生继续敲着。小胖子呵呵地笑了："爸——"此时，两边楼上的人尖叫声一片。“小胖子，接好啰！”那男生猛地退回去，另外一个人冲上来，劈头一盆水直浇了小胖子一身。小胖子踉跄地跌倒在路边，摸了摸脸上的水：“我 × 你妈！我 ×——”一语未了，这边楼上一袋子东西飞袭而来，准准地砸到小胖子的手。抱在怀里的塑料瓶没搂住，吧嗒吧嗒滚了一地。小胖子来不及骂人，赶紧弯下腰去捡瓶子。路上的小孩拥上来，拿起几个瓶子就跑。小胖子赶上了这个，那个又来，一时之间瓶子都被偷光了。小胖子大声骂“我 × 你妈”，见瓶子再也要不回，一下子坐在路中间哭起来。两边楼上的人笑岔了气，越发来了兴致，西瓜皮、香蕉皮、白饭盒、破球鞋，嗖嗖地杀过去，在小胖子的身上弹起连绵不绝的闷响。

小丽正看得出神，忽地被人拨开，抬眼搜去，这个寝室的蚊子端着装满水的脸盆，淋淋沥沥直荡到窗边去，正待倒时，小丽猛一把扣住，把脸盆夺了下来，水往卫生间泼了去，回头见蚊子愕然的表情，自己倒忐忑不安起来，咧着嘴想笑，又笑不动，只得哼哼几声，转身出去了。

小丽回到寝室穿好衣服。寝室待不得了，校园里又热得厉害。网吧有空调凉快，只好到网吧去。下了寝室楼，刚一走出楼道，鼻子即刻刺痛，辛辣恶臭的气味裹着浩浩热浪撞过来。小丽捂紧鼻子，埋头冲了出去，一口气跑到湖边。展眼望去，这气味原来来自宿舍楼下的垃圾堆。宿舍管理员拎一大包垃圾刚扔到堆里，马上几位中年妇女扬着蛇皮袋奔了过来。乌压压的苍蝇轰地炸开。妇女们好像不怕臭和热似的，一个个裹着薄的确良衫子，光着头，蹲在垃圾堆上，各自拿着一个小棍扒拉着果皮纸屑、废纸旧物，后来嫌麻烦，丢了小棍子直接伸手去搜检。小丽觉得不可思议。正思想着，一阵刺亮的咒骂声剪断热浪。妇女集体站在垃圾堆上，伸着棍子戳向垃圾堆边上的小胖子："死胖子，你再敢捡，我打断你的腿！"小胖子边往后退，边对骂："我 × 你妈！"一个妇女捡起垃圾堆的烂苹果砸过去，小胖子迅速跳到了大马路上。

一个女生打着太阳伞，拿着一瓶冰冻奶茶，一股烟似的袅袅飘来。两条肉颤颤、黑糊糊的腿柱子挫过来，女生的眼睛顿时被散发着骚味的巨影盖住，正迟疑地从伞里探出头，迎面便是一张污糟糟的肉脸："姐姐，我要喝——"顿时从胸膛到口腔，抛出一条又高又亮又脆的尖叫，女生两只小腿，一口气跺得无踪无影。"小胖子，干得好！"从湖边哈哈地漾起笑声。小丽转头看去，七八个男生光着身子浸在湖水里，拍着水花大笑。肯定又是他们出的恶作剧，这帮鸟人！小丽骂了一声。

网吧是避暑的天堂。才一进门，一团冷风压上身来，小丽扛不住，禁不住打了个哆嗦。不出所料，网吧早已是人满为患。小丽无可奈何，只得靠在沙发上，耐心等候。坐了几分钟，闲着无事，忽然想起寝室冲凉时大宝说的话，心中顿时涌出一阵热烈的冲动，宛如火烫的岩浆轰地撞开地表，直冲到大脑上去。小丽坐不住了，他支起身子，装着要去卫生间解手，走到一台台机子前，脸向前方，眼睛却沿着一个个亮闪闪的屏幕刷去。没有，没有，还是没有！一个个都是在打游戏、聊天。小丽的嘴唇发干，心头怦怦跳得厉害。怎么会没有呢？他有些不甘心，解完手回来，特意绕道包厢区——听阿文说，包厢夜里经常有不寻常的声音哦。想着想着浑身颤抖，有一种异样的快感，一闪间又跌到巨大的不满足感中。他的眼睛焦急地乱转，竟顾不得危险微微猴下身，透过门缝瞟进去，确实是有一对对情侣，可是都在玩魔兽、聊天、嗑瓜子。扫了一圈，小丽沮丧地拖着身子重新摊在沙发上。几分钟后，心才像从极高的楼梯上小心翼翼地爬下来，一种侥幸近似如快乐的感觉升上来——幸好没有！我怎么这么……耻辱感啪啪刺上脸，发烧发烫，但因着快乐的轻松，这刺也渐渐钝下去……白天没有，晚上应该有的。这一想法把将歇的欲念又搅起，宛如浩浩飞沙，铺天盖地而来，挡都挡不住。大宝说的那网址是多少？当时没有听清，此刻又不好意思去问。可是，不管怎样，晚上一定要来！

人越聚越多，上网已是无望。小丽只得返身而回。走在土路上，松泡泡的灰土一脚下去，蓬蓬地鼓荡开来，头上脸上都沾了一层厚。小丽气得直骂学校烂。小胖子横在路中央，兴冲冲拾起路边一截黄瓜，也不管有没有沙，张口咬着吃。小丽呆立片刻，转到路边的小卖部，买了一支雪糕，走到小胖子身边，递了过去。小胖子喜滋滋接过，赶忙塞到嘴里，边吃边含糊不清地说谢谢。小丽不理，径直闷着头回宿舍楼了。

宿舍楼的走廊静极了。蝉鸣声吱呀吱呀没个完。男生几乎全躲到有风扇的教室和有空调的网吧里去了。小丽走到寝室门口，刚要开门，只听见里面传来哈哧哈哧的声响。好奇心顿起，透过门缝切进去，整个儿寝室只剩金刚一个人，背着门躺在床上，光身，两只手在下身来回抽动。小丽脸马上烧起来。他不声不响地打开门，闪到金刚面前，大声吼道："你在干什么?"金刚正激情难遏，陶醉其中，被这一吓，罩在下身的被单顷刻间起伏了几下，濡湿了。见是小丽，金刚的脸呼呼红个透，手忙脚乱地裹着被单，拱缩成一堆。"快换个被单吧，"小丽此刻也不好意思了，"你那东西快洗掉……"说完，讪讪地坐在自己的床上。金刚穿好裤头，把被单丢到桶里，哗啦啦一阵揉搓，两只膀子肌肉坟起。小丽禁不住盯上去，心中一阵莫名的骚动。特别是手，痒痒的，很想凑过去摸摸那肉块，结实有质感……"你……别对人家说……"金刚两手满是泡沫站在他面前，他古铜色的脸好似做错了事的小孩，可怜兮兮地皱着。小丽慌忙地点点头，这时他觉得自己玩笑开得太过分了。

尴尬的气氛，被大宝和阿文的一阵乱吵乱嚷声给打破了。大宝拎着一袋冰冻西瓜，放在桌上："兄弟们，交给你们一项艰巨而沉重的任务，你们给我把西瓜——”“吃掉！”小丽几个人全围了上去。“哎哎，”大宝把他们的手扇到一边，护着西瓜，呵呵地笑，“吃西瓜嘛，可以！不过呢，无功不受禄，吃人的手短，你们得把我大宝的个人问题解决，给我找个嫂子来，怎么样？”阿文趁大宝不注意，一把夺过西瓜，顷刻间，每个人的舌尖流淌着沁甜的瓜汁。大宝趋身向前，揪住阿文的耳朵：“你这个欠 × 的！昨天泡的那妞，要不让我认识认识？”阿文嘻嘻地闪到一边，“那妞不骚，要不要我另外介绍一个？”说着，一只手指着小丽，“小丽，天生丽质难自弃，体格风骚，有沉鱼落雁之容，闭月羞花之貌，要不要？”一语未了，小丽抡起西瓜砸过去，阿文躲闪不及，砸了个正着。其他人哄堂大笑。小丽真有些来气了，垮着脸，一句话也不说，径直甩开门，走到走廊尽头的窗子边。

真是热！一丝风也没有，窗前的樱桃树全蔫下了。几乎没有人迹的马路上，载着满车水泥的东风车，轰隆隆地碾卷起一天的黄沙，眼睛都刺得痛。天是响晴，蓝瓦瓦地没有一丝云，那远处的山格外地清楚逼人了。青葱的树林，让眼睛顿时为之一清。可他知道，那山林里更是不透一丝风，能活活把人给蒸熟了。刚泛起的一点喜悦，刹那间又没了。难道就没个清静的地方去躲一躲？他沮丧地想到。汗水胶得眼睛都睁不开，只有一丝烫烫的气儿在喉间流连。

血球一样的太阳终于沉到满天的尘埃里去了。冲了三次冷水澡后，小丽才微微觉得有些凉意。席子早被濡湿了，散发出一阵阵腥臭味。人就像晒干的鲤鱼，个个张着嘴，瞪着眼。大宝突然神秘地说道：“再过一会儿，就要开始了！”大家被说得莫名其妙，纷纷探出头来问。大宝嘘的一声：“兄弟们，少安毋躁，好戏马上就要开始了。”阿文耐不住性子：“×，大宝！快说，他妈的卖什么关子？是不是那赤裸裸的爱要光临本宿舍了？”金刚猛地爆了一句：“我的爱——”阿文马上接道：“赤裸裸！我的爱呀赤裸裸！”小丽捂住耳朵，翻身向墙。

这时，突然一阵急促的敲脸盆的声音在夜间跳将出来。大宝赶紧跳下床，大声宣布：“兄弟们，好戏开始了！”话音未落，猛地听见哐当当、哗啦啦、咚喳喳的一片脆响，响声将歇，一阵更为猛烈的砸开水瓶、床柱子、洗脸盆的轰响。整个儿寝室的人全都拥到窗边。在中午砸小胖子的地方，亮晶晶地闪满了瓶胆的碎片。“妈的，大四的家伙明天就要滚蛋了。”阿文嘟囔了几声，片刻间加入两栋楼所有助兴的人中去。“砸得好！再来一个，大四的！”砸东西的声音与助兴的声音，交相呼应。一件件东西从黑洞洞的窗口抛出，从这栋楼到那栋楼，比着赛似的往下扔。谁扔得响，砸得脆，丢得勤，谁的助兴声就越大。你呼我应，你砸我烧，快意十足。还能听到一波又一波的唱歌声，最后近如吼了。“那一天，我知道你要走……走……”小丽憋了一肚子的火，这时也吼出来了，“要走你们走快点！”可这声音马上被蓬勃高亢的惊呼声淹没了。小丽这时也看呆了——一张巨大的棉被从对面的楼顶抛下来，浇上了汽油后旺旺地烧起，光灿灿的在空中飞旋，像一只炫目的金蝴蝶，直压了下来，正好砸在楼底的垃圾堆上。来不及感叹，猛然一声惨叫：“我 × 你妈！我 ×——”所有的目光都被揪了过去，但见小胖子从垃圾堆里跳出来，身上的衣服烧着了，“我 × 你妈！”他的声音夹杂着哭声。整个空间一片沉重的安静。小胖子双手乱舞，想把着火的上衣脱掉。“不好了，要出人命了！”两楼的人都慌了。有人赶紧冲了下去，更多的人躲进了寝室。场面一下子冷清了，好似发烫的铁片兜头一瓢冷水，古怪的冰冷坚硬起来。小胖子突兀的哭叫声越发的刺耳了。

尖啸的救护车飞驶而来，又飞驶而去。宿舍楼前停满了学校的轿车，杂沓的脚步声，咚咚地响在寂静的走廊上。小丽和寝室里的每个人一样，静静地躺在床上，不敢说一句话。他的眼睛呆滞地睁着。蚊子嗡嗡地叫，忽地狠狠蛰了腿一下，小丽此时才回过神来。放下蚊帐又躺下了。一个，一个，又一个六角形的帐孔，宛如细密的壳裹着自己，只有这里才是最安全的。他突然感到一阵透心的冷气涌上来，两行眼泪悄然滑落，流到嘴里，咸咸的。他躲在被单下，像个受伤的孩子，痛痛快快地流泪去了。

旅行

杭州两日游的跟团大巴一开动，她的手跟着杀下去。车座上头结结实实塞满了大包小包，车子一动，随即有袋桶装方便面掉到她脚下。妈，别。女儿截住她的手。我们有。她缩回手，身子浅浅地靠着座背，眼睛还留在面盒上，脚伸过去踢了踢，望望女儿，又踢了踢。女儿弯腰去拾捡时，她飞快转身把紧靠车窗的帆布包转到胸前，拉开铁链。女儿却起身把方便面放到车栏上去。她手伸出来拍拍女儿腰际，身子几欲跳起。女儿不理，装好面后坐下来听自己的音乐。车子一路前行，时不时随着糟糕的路面跳起。她随之抬头看看头上，大包小包安然静待在车栏里。到了杭州的终点站，众人纷纷起身拿包下车。女儿急急忙忙背上自己的包，她却不急，收拾好左边一个包，又收拾右边。女儿等不及要下去。你先下，你先下，我马上就来。

正是旅游旺季，宾馆的停车场停满了从各地来的大巴车。各股人流蜂拥，赶着进宾馆抢位子吃饭。女儿夹在人群中间，她一路从车场奔过来，脸上漾着喜色，贴着女儿站定，扫了一眼乌泱泱的人群，又低下头拉开包的一角，露出一袋奶油饼干。什么啊。女儿不解。你笨啊，车上人掉的，我捡到了。她抬头得意地看女儿。起码也要三四块钱一包呢。厅堂、过道、厕所，都是人头。吃饭的桌子铺着厚厚一沓子薄膜桌布，东坡肉、鸡蛋羹、小白菜，合着一大铁盘子米饭，一个桌子吃完，服务员立马收拾饭碗，揭起一层薄膜，刷刷又是一桌人。导游正在清点人数，她急急拉着女儿的右手，直指人头晃动的空隙间一个空桌子。女儿白了她一眼。她踮起脚追过去看，还是没人坐。她走出团队。那我过去先占着啊。女儿刚要说话，她已经游进人群中。片刻间，她已经端正地坐在那空位上了，包取下，放在身边另外一个空位上。

还在点人数。有人上厕所，有人去抽烟。桌子总是满满的。美琪。美琪。声音从人头之间钻过来。女儿转头看到她在招手。这儿。这儿。她坐的那一桌子人吃罢离座了。她想过到女儿这边来，又扭身看放在椅子上的包裹。美琪。美琪。这啊。这啊。女儿和同事说话，不理她。好容易点好人数，却没有位子。美琪。美琪。人都随着声音望过去。女儿低头逗弄同事的小女儿。导游带团挤到她那边去。大家捡着位子坐下。美琪。这儿这儿。女儿在她占着的那个位子坐下，却不看她。她起身给女儿盛饭、舀汤，脸上笑意漾开。一路辛苦，都无食欲，吃下来菜剩了好些。服务员。服务员。你要干吗？女儿终于抬头看她了。这么多菜不吃多可惜，我打包啊，明天回家可以热热吃。要吃你吃。女儿起身跟着大家走开，她也慌着起来，大家走远，她依旧贴着桌边，手碰碰盛着几乎未动的东坡肉。

船在西湖上走。曲院风荷。三潭印月。柳浪闻莺。那么多菜。不少钱。肉多贵啊。女儿靠着船窗，看着湖水听音乐。我指甲剪哪里去了。她翻左边的包没有找到，又翻右边的包，再掏贴身的包，找到了。又找纸巾，上一个口袋，下一个口袋。美琪。美琪。纸巾在不在你包里？女儿不理会。她伸手去拉女儿斜背着的小白包。女儿瞪了她一眼，把包从她手中拽出来，收到自己胸口。阿姨，我这儿有。后面的同事递过来一包纸巾。不用不用，谢谢谢谢。她慌得摇手，在自己位子上坐定了。船靠岸，随着众人起身时，她又低头看凳子底下。依旧没有。

苏堤桃花开得正旺，一路行人皆忙着拍照。给我相机。她在左边的包里最底层掏出一团布，揭开一层，又揭一层。女儿不耐烦，直接薅过来，干脆利落地从布层里掏出小相机。美琪。美琪。小心点。小心点。拍桃花，横着一张，竖着一张。拍柳树，远一张，近一张。美琪。美琪。拍一张不就够了嘛。女儿又去拍远山。美琪。

美琪。省着点，省着点，一卷胶卷不少钱。女儿没好气。这相机不用胶卷。不用胶卷也耗电啊。一路走到断桥。女儿要跟她合影，同事帮拍。她的眼睛牢牢拴在同事拿相机的手中。阿姨，你们拍照，包给我吧。另外一位同事走过来。她身子微微往后躲，两个包在左右两腋下夹紧。不用不用。谢谢谢谢。要拍咯，笑一笑。她赶紧紧紧脸，又摸摸头发，身子笔直竖着，又看看身后。女儿牵着她的手，打 V 字微笑。她嘴巴紧绷，双手剪在一起，神情严肃。好嘞，照好了。她的身子一下子松懈下来，急急上前拿同事手中的相机，待要用布裹起。女儿要过来。美琪。美琪。不是都照了嘛。不是都照了嘛。美琪。美琪。摔坏了怎么办。三千多块啊。好好好。你拿去。我不照了。美琪。美琪。等等。等等。

她小心翼翼托着相机，一层层用布裹好，重新在包里放好。又开另外一个包，从内侧的小袋里看看两张门票还在，看了门票正面确认票价，又翻转过来看背面，确认无误后在小包里放好。抬头却不见了大部队，连女儿都不见了踪影。美琪。美琪。她站在路中央，往前看，漫漫人流，又回头看，滚滚车流。美琪。美琪。她往前走了两步。美琪。美琪。她转身看后面。美琪。美琪。她低头看桥下的船只。美琪。美琪。一波戴蓝帽子的人浪拥过来。美琪。美琪。一波戴红帽子的人浪拥过去。美琪。美琪。她剩在桥上，两包腋下夹紧，嘴巴微张，眼睛无措，像是一条海浪过后遗留在沙滩上的鱼。

菜铺

说起这家菜铺，还得从工业城讲起。京杭运河在此地经过，二十年前两岸都还是农村，七八个自然村落散落在水田之间。上个世纪八十年代，国门初开，香港木材商看中了这块地皮，傍运河，靠国道，交通十分便利，且毗邻上海，是个好地方，遂大手笔地全部买下，兴建木材工业城。原来的田地，建起了一排排白色厂房。运河边新设码头，专门用来运送从非洲、美洲、俄罗斯砍伐来的巨大原木。原来的村落，则全盘拆迁，乡民住到政府配给的拆迁房去了，由于没了土地，都到工业城来做普工。

工业城生产的木制品产销两旺，规模越扩越大，城内职工宿舍、食堂、澡堂、娱乐厅一应俱全，工人也开始由本地人扩大到整个苏北、浙北、安徽等地。平日里吃饭都可以在公司食堂解决，但想要改善改善伙食，出外却难找到吃饭的地儿。要吃点好的，可以，一公里之外残存的农舍，偶尔会有两家小餐馆；去市区，也可以，坐一个小时的公交车。慢慢在城外马路对面的拐角处，逢到放假，一群摊贩摆开煎饼摊、水果摊、鞋帽摊、首饰摊、针线摊，也有附近农民卖自家产的水蜜桃、鸭梨、草莓之类，当然也有卖菜的。此时卖菜的也是附近的农户，还不是我要说的这家。这些菜农会偶尔来凑凑热闹，卖些个时令的荠菜、番茄、南瓜之类，打打游击的性质。

因为工业城的缘故，政府开始把路修到这边来，从原来的混杂农居中剖开了几条路，直通市区，稍后高架桥也通了过来。工业城的四周慢慢有一些小的工厂入驻。全国各地的打工仔蜂拥而至。现在不仅是原来的运河边上七八个村庄消失，连稍远的村庄也都拆迁。站在工业城中心的高楼上，放眼望去都是工厂。电子厂，服装厂，机械厂，食品厂。这些小厂边上配套兴建起职工公寓，提供给各厂的工人居住。公寓围墙周围自发形成了一个小型集市，各家用塑料棚搭起了店铺，马路牙子搁上几副桌椅，炒菜、烧烤，还有卡拉 OK 点唱机。每到傍晚，人头攒动。后来干脆在公寓边建起了两排简易的平房，各路摊贩入驻，开始有了川菜馆、拉面馆、面包坊、饺子店、水果铺，当然还有菜铺。

菜铺老板，苏北徐州人，开始在工业城里做普工，后来又先后在附近的电子厂、机械厂做过，现在出来单干，租下两排平房最靠马路的一间，开始了卖菜的生意。最初卖菜的农民，卖的是自家地里产的，自他们的地也被征收后，就干别的营生去了。现在这家菜铺却是个专门来卖菜的。说来这个菜铺的位置好，从这个铺子往东走，过高架桥，到了工业城的东门职工宿舍。往西走一百米是职工公寓，往南往北则是渐渐起来的居民楼。此时工业城也已经有了十来年的历史，有长期在这里做的，也就买了房子。每天上下班正好要经过这个铺子。因此生意不错。不是说这边没有像市区那样的大型菜市场，有的，在三公里之外，当年为了工业城修建的马路延伸出去，过货车来来往往的立交桥，就到了本地人生活的地界，那地方有个大型的菜市场。可是上班下来，谁愿意去那么远的地方买？因此可以说这个小菜铺是过了这个村没这店的唯一去处了。

青椒、苦瓜、丝瓜、番茄、大豆、鸭血、鸡蛋，也有装在铁笼里的肉鸡、肉兔，来菜铺的主顾，多是老板的苏北老乡，盐城的、连云港的、宿迁的，口味相对于甜糯的苏南偏重，老板特备有煎饼、腊肠等。四川人渐多，相应得多进一些火锅料、朝天辣之类，不过只是意思一下，放个一包两包，因为四川人多在公司里吃。星期天最最要紧，菜品相应会格外丰富一些，平日里在公司吃的人放假都要改善改善伙食，自己弄着吃。开始也兼卖饮料，在居民楼附近开了小超市后，这些卖不出的饮料搁到货架上，蒙了一层灰。肉价疯长的时候，老板还当了一段时间的屠夫，铺子外面铁皮棚下，蹲着杨木长桌，厚实的案板，斩骨刀、剁刀、切肉刀一应俱全，一排铁钩上前腿肉、后腿肉、五花肉，买的人却不多。主顾们在工业城中午都能吃到肉，反而是蔬菜更畅销。现在只在铺子小圆桌的案板上，一大截子猪腿肉招苍蝇。冰箱也不放冷饮了，改放豆皮、豆泡、湿面。无论是卖饮料，还是卖猪肉，都是副业，主业还是卖菜。带着塘泥的新鲜粉藕，太湖产的莼菜，过年从老家带来的盐豆子、萝卜干。却不卖阳澄湖的大闸蟹，大家都买不起。

开始是老板一个人在。后一年，媳妇也过来了。老板多坐在铺里，脸白手白。媳妇却是有着浑厚的乡气，柿饼脸，脸颊多肉，饱满得鼓起，黑红色，带有乡村特有的喜气。老板寡言，媳妇更寡言，平日里静悄悄的，说话的大多是顾客。顾客说要肉，媳妇一刀利索杀下去，三斤是三斤，老板称重收钱。说要鱼，媳妇到外面的脚盆边站着，顾客点哪条，她一网兜下去捞起来，拍切剖砍，掏出来的内脏扔给自家的黄猫吃。两口子就住在店铺里。床铺在店的角落，是乡村那种格外结实的木床，床底用火烧的竹篾垫底，草垫子，涤棉床单。床两面靠墙，两面立着货架，只在货架和墙面相交的地方留下进出的口子。床尾与冰箱交接之处放一个小桌子，14吋小彩电立在上头。寒暑假的时候，他们的小儿子也会从老家过来，坐在床上看动画片。

小儿子来的同时，老板的老娘也会过来。那一段时日很紧张，顾客一进门，都能感觉到老婆婆雪亮的眼睛。走到东边的货架，这双眼睛跟到东边；走到西边，又跟到西边。媳妇切肉，婆婆坐在门口，搓搓搓地方言过来，是怪媳妇切多了，媳妇不说话。依惯例，顾客买完菜，会附带要老板捎上一把小葱，搓搓搓地婆婆的话又会过来。儿子有时候不耐烦，顶撞她两句，婆婆就生闷气地坐在铺子外头剥茭白。不过，婆婆做饭是个好手。煤炉子搁在铺子外头的角落，熬着排骨汤，浓稠的香气勾得每个来买菜的人都忍不住吸上两口。想过去看，见婆婆没个好脸色，都跑去问老板怎么做，用的是不是店里的藕。晚上七点多，买菜的人流渐少，昔日切肉的杨木木桌放在铁皮棚下当饭桌。媳妇安安静静地吃。婆婆叨叨地跟儿子说话。儿子只管呼噜噜喝汤，实在不耐烦，就顶老娘两句。

如果再站在工业城的高楼望去，很难想象当年这里会是一片农村。工业城西南角当年闲置的土地，因此这些年效益不好，都卖了出去。市区的房价已经炒到了均价一万多，而当年离市区要一个小时的路途，因为环城高速和私家车，十几分钟即可达到。从工业城到市区一路昔日的农村都消失了，成了一眼望不尽的楼盘。现在这些楼盘将在两年内在工业城周围兴建起来。到此处买房的人也越来越多，逐渐形成了几个生活小区。老板的菜铺生意开始因为工业城的日益萎缩也萎靡了一段时日，现在又红火起来。铺子的东南边、西北边都多出了几条马路。一些老厂也倒闭卖掉，被开发商盘去。现在，小铺就在几个居民小区交汇点上，本地人突然多了起来。小区外围的门面房一排敞开，发厅、东吴面馆、沙县小吃纷纷入驻，小超市也兴起了。菜铺所在两排破旧的平房，慢慢有店家关门撤离，最开始受到冲击的是饭馆，后来是水果摊，最后轮到菜铺了。

第一波冲击是在原来工业城的西边，几个生活小区交叉的核心地带大型连锁超市入驻。第一天开张的时候，人流如潮。附近小区新开的小超市没几天就搬到了离大型超市一公里远的边角。大型超市的一楼是肯德基、大娘水饺等各类连锁店，二楼有专门卖菜的区域，附近的本地人开始去超市买菜。菜铺的生意还不至于全无。一来附近工业城的老主顾嫌大型超市结账排队要等，买菜要把葱都不得，还是到这里来买。二来菜铺离大型超市还是稍有距离，嫌远的人也来此。真正对菜铺构成威胁的是农贸市场的开张。就在菜铺的北边，离菜铺三百米的距离。各路菜贩子拥进来，顾客可选择的菜种多之又多了，还便宜。现在就连工业城的老主顾也开始去菜市场买菜了。偶尔来铺里只是买买盐或辣酱之类的，后来连这些也没有了。

现在，媳妇回家，菜铺又剩他一人，也照样开张，几样菜放在菜架上都蔫掉了。老板坐在铁皮屋顶下睡懒觉，黄猫盘在腿边。偶尔居民楼那边下班的人骑车经过时，打声招呼，老板就起身站起应酬两句。骑车人一走又坐下来，对面新建楼盘刺啦刺啦的搅拌声波波荡来，也影响不了他的睡意。而菜铺子在的那两排平房，墙体石灰剥落，偶有残存处画了个大圈，搁一个“拆”字。菜铺边上的工业城早两年已经整体搬到苏北的宿迁去了，这大块地皮也已经被开发商盘下，据说要盖意大利式的小别墅群了。

纸上村庄

村庄的天际线

六岁前，我可以熟悉到闭上眼睛走遍整个村庄，从我家出发往左再走三十步是池塘，池塘边上是三个柴垛，柴垛后面是二伯的青砖瓦房。从我出生之时起，村庄就这样天然而然地和我须臾不离地共存。穿越村庄的泥路，通往田野的苍茫处，是未知的天际线，那里从未引起我丝毫的好奇心。穹庐似的天空扣在平坦的村庄和田野上，对于我来说就是全部的空间。直到六岁时父母带我第一次坐上了火车。

只见无数张白生生的脸，无数双黑森森的眼，拥着，挤着，如春天小河里的蝌蚪随流飘荡，最终都拥上了岸，钻进了一个个大盒子里去。连绵的小山跟着火车跑、跳，像刚被网出来的鱼儿拼命地往上蹦，越蹦越高。小山蹦成了大山。火车被大山一口吃了，细长漆黑地兜了一圈，又平安无事地出来了。迎面又是一座大山。终于穿过了最后一个山洞，扑面而来的是一望无际的平原，眼睛里立马涌满了金黄的油菜花。火车像姑娘的辫子在花海中随风飘飞，漾着浓郁的香气。我忘记了睡觉，忘记了吃东西，甚至忘记了车厢里所有的人。我觉得这是在梦中漫游，虚飘飘的，只有冰冷的玻璃是真实的。我第一次感受到一种全新的速度感，我的双腿在村庄从东往西奔跑，感受到变化的只是我的气喘声，村庄像一个老人悠闲地屹立不动。而火车却使得整个儿空间都跳跃起来，村落、树林、山峦、河流、城镇在我眼前扑过来又削过去，最后拉成了飘飞的光影与色块。

当爸妈带我出了车站，我看见阳光浇得整个城市都是，一幢幢高楼的玻璃墙壁，全抹得金光乱窜。路是小猫玩散了的毛线球，乱了一地，像是暴风雨将至，人和车仿佛一群蚂蚁和甲虫四处乱窜。我们过了好久，才从一种眩晕中清醒过来。所有的人都知道他们要到哪里去，就是我们不知道。我们的方言谁也听不懂，所以问了一圈人，也闹不清楚要去的地方在哪里。而我看到了下午的阳光穿过梧桐树叶跳到行人的肩上去，像我家后面皂荚树头调皮的金丝雀。城市的天空原来是如此的破碎，阳光一头从高耸的建筑上跌到低矮的棚屋上，又在马路上被车子碾过去，空间好似在光影的曲折变幻中凭空折叠了几层。而我想起村庄与天空都是整块的，躺在草垛上，可以看到白云饱饱地浮漾在晴空上，村庄的黑瓦铺排成一致的高低。

可以说，当我六岁时随着父母去城市探亲，我第一次遭遇了“第一次”。村庄对于我是没有第一次的，一切熟透，听到窗外脚步声即知是大婶挑水过来，闻到肉香就知道后头叔叔家嫁女儿了，鸡咯咯地从楼上飞下来我就晓得它在草窝生了鸡蛋。村庄的漫长四季，曲折的气温变化，土壤的湿润干燥，都与我是同步骤地律动。当我置身于城市，我的“第一次”从我的瞳仁、味蕾、耳膜到手掌纷至沓来。出租车、街道、红绿灯、绿化带、喷泉、广场、零食、矿泉水、公交车、金鱼、动物园、社区、单元房、口红、自动移门、警察、孔雀、路灯……这一切还没有来得及命名，就一下子涌入我的感官世界中。我全身心浸入一种全新的“第一次”中。我只笼统地知道好高的楼、好难喝的水、好亮的灯、好多的人，我还无法像在我的村庄那样全无挂碍地精确地分辨出我家跟隔壁家的母鸡。这样闯进骤然降临的全新世界，我还来不及建立起相应的认知体系。我只能昏头昏脑地陷入一种陌生感和兴奋感交织的模糊情绪中。沿着天桥看着脚下的马路人流、车流汹涌滑入路灯的绚烂光芒中，我忽然觉得村庄宛如梦一般不真实。我在村庄形成的时空感在城市中被一会儿上升到百米高的楼顶、一会儿深入地下车场、一会儿在动物园、一会儿又在游乐场的无节奏律动全部搅乱。

我第一次在我感官体验中分辨出如此多的不同。第一次喝到矿泉水，我觉得比起甘甜的井水它简直是酸得古怪，我的味蕾经历了全然不同的刺激；第一次站在电梯上，看着不动的我被动地不断往上攀升，我感觉有种微微的眩晕感和恶心感；习惯在豆场解决大号的我蹲在洁白的卫生间，觉得别扭又难受……我所有的器官都被一种陌生的感觉带动变形，以求适应这种崭新的空间。我的手指甲在城市全天候是干净的，不留一点从村庄带来的泥土龌龊。我也第一次知道了从村庄带来的土气，在城市是贬义的对象。

当我再次回到村庄时，我已经回不到那种无边界的融入状态。我惊奇地发现原来村中的池塘这么小，这么脏；伙伴们玩的铁圈和弹子是这么的简陋和土气；这个时候才觉得村庄的夜晚安静得过分，夜色漆黑得过分……于是我在我的村庄又一次遭遇了“第一次”。当村庄的伙伴让我描述城市，我不知道从何说起。我无法对从未出过村庄的人来讲一个奇妙的城市。我只是以贬损村庄来表达我的感受，这井水哪有城市的自来水好喝，这菜哪里有饭馆里的好吃，这南瓜花哪里有花园里的好看。村庄就这样在对比中展现出平庸单调的面相。

经历了最初的亢奋，从城市中带来的糖果吃完了，新奇的飞机模型也玩坏了，我又回归到村庄生活中，心中却升起一阵陡然的失落感。我一次次回想城市高耸的大楼背面阳光乱窜的镜面，游乐场碰碰车的砰砰声和人群的嬉闹声，动物园的铁笼里跳来跳去的猴子和追着人跑的孔雀，却在村庄吹起的江风中日趋模糊。城市渐渐失去细节，变成了块状，耸立的块状建筑群和跑动的块状交通工具。

我在村庄外的长江坡地上找了一块平坦的地方，铲净杂草，把从家里带来的烟盒打开，取出银箔纸铺在平地上，那是做广场的，再把烟盒倒过来，整齐地插在土里，一排排的是高楼大厦；锥形的胡萝卜是电视塔；酢浆草丛是公园的树林；再在广场边挖上一条小水沟，架上长条木块，那是穿越大江的桥梁……我每天都带着新的的确良布头、废弃的纸盒、透明的弹子过来，来补缀我的城市。伙伴嘲笑这个丑陋的城市模型，他们不相信水可以自动从铁管里流出，更不相信鱼可以是鲜红色，也可以是金黄色的。经历一番徒劳的解说后，他们认为我纯粹是吹牛。不但与村庄，与伙伴我都开始有一种隔膜。我看到天空往四方渐趋低压扣下，东边被剪影般的群山封锁，西边被长江阻隔，南边是一望无际的荷塘，北边是雾霭弥漫的村落，难道村庄真的是大地的中心吗？难道城市只是另外遥远的梦痕，如今醒来只有一种不真实的惆怅？而当我回望村庄泥路尽头的天际线，碧绿的稻田与湛蓝的天空交界处，我仿佛又一次听到了响亮的火车鸣笛声，那里将是我未来前往的世界。

村庄的时间

当我十岁的时候站在我家后面的皂荚树树下，突然感觉到时间的停滞。我的视野里只有寂静的午后村庄，没有风，没有人，空气均匀地铺展在池塘的深绿水面上。我在这种突如其来的空寂中，不敢妄动，与此同时心中涌起永恒的瞻望。我想我永远不会长大，鸭蹼状的宽大树叶也永远不会扇动，而放眼望去青砖平房、柴垛、洗衣石板都永永远远在这里，不会变动一分一毫。片刻后，第一声狗吠从巷口穿透时间凝滞时形成的雾状薄膜，从咿呀奏响的门洞走出扛着锄头的人，小孩子在天台上望着奔腾而去的伙伴放声大哭，我从一种清亮的空寂时间一下子坠入纷杂的轰隆隆的时间洪流中，一直到现在。

我在城市的时间里看到了时间是属于摇滚的，一年前还是土堆成山的地方，呼啦啦拔地而起一片一式一样的楼群；又见拆迁的工地，昔日的楼房破腔露肚，灰白墙壁上的雨痕，丢弃的破烂家具。重建与摧毁，搬进与流离，过去与现在宛如时间的两排利齿，一切都被咬得破碎。而当我回到村庄，在我生命的二十多年间，它几乎没有什么变动，老屋拆去，新屋盖起，住的依然是原来的人家。时间在村庄宛如丝绸，平滑完整，几乎不留痕迹。我从一个城市迁徙到另外一个城市，断掉旧的人事，建立新的人事，流动的，变化的，没有一个坚硬的空间能顽强留存。一次，我穿越热闹的工地，来到一个村庄，我感受到死亡的气息。这个村庄外在完好，道路、树木、房屋，内在却没有人的气息。时间在这里处于死亡的静止状态。

然而时间在村庄没有痕迹吗？我试想与我相差二十岁的侄子，我跟他在同样的村庄长大，同样看到的是田地、池塘、泥路，同样可以攀附在江边的桑树上吃桑葚，然而这二十年的时间是虚妄的吗？我看着他跟小时的我一样用瓦片和泥土过家家，一样从楼上的竹床上听到他伙伴的呼叫，一样看到黄昏时太阳在田野尽头的树林间隐没。然而他再也听不到每天早上在窗前一直喊到我起床的卖米糕的小贩声音了，再也听不到敲着清脆响亮铁板声卖姜糖的叮叮哒叮叮哒，再也不会跟我一样挤在老人家堆里坐在垸礼堂听戏了。手工艺人在农村已经消失，无论是篾匠、木匠、工匠，还是弹棉花的匠人，都已经无从寻觅。手工艺人展现技艺的时间感是缓慢的、耐心的，我记得雪亮的刀片顿挫地划过竹身，随着拨浪鼓的咚咚声婶娘们拥出门围着小贩买小针小线，而满身棉絮的匠人在堂屋用巨大的弓弹着棉花，宛如翻搅起澎湃的雪花。

而我的侄子只能看到的是事物的最终状态，时间在需求/供应的反射式模式下简约成薄片，他睡在从家居市场买来的床上，吃着从菜市场买来的菜，玩着从超市买来的玩具，虽在农村，却与城市几无差异。他还好能看到跑动的鸡和狗，认识生长在田地的棉花和小麦。村庄的小孩之少不足以支持一个小学的生存，当日如我小时那种成群结队的小孩群落不复存在。他跟随他的爸妈不断离开村庄，进入不同的城市，不断变更就读的学校，不断认识又忘记新老同学，这样一种流动不定的空间变动，给他带来的是怎样的时间体验呢？我想在我父辈以前他前面朝朝代代的祖先们，都在这个村庄日出而作日落而息，耕种同一片土地，喝同一脉井水。我想时间于他们是绵长的、悠远的（我妈妈经常忘记今年是哪一年、今天是哪一天，时间对于她没有多少催迫）。而到了我这一代，空间变动，时间慢慢压紧加快，村庄慢慢人流外涌，是否有一天有如那座死亡的村落呢？由此我看到我父亲与他的父亲，时间是没有肌理的，而我跟我侄子之间时间裹挟的人世变化超越了祖先。

那时的九月一日

九月一日曾经是我最为期待的一天。那时我已经在我们垸礼堂读了一年的学前班，教我们的是大队长的女儿，十三四岁的样子，在我们看来她好大好严厉。我们的桌子和凳子都是从自己家里搬来的。爸爸妈妈白天都在地里干活，我们小孩子自己吃完饭就跑到礼堂去上课。到了下午天快断黑，父母扛着锄头、推着板车回家，我们就下课了。

那时小学在我心中是神圣的地方。我爸爸去小学给我哥哥交学费，带上我。两棵宝塔状的松树竖立在小学大门两旁，操场上的学生戴着红领巾跑来跑去。那时候我觉得教学楼真是高，远远看见我哥哥站在最高层和他的同学打闹，我只有羡慕的份儿。后来我带着我的堂弟在小学边的水港玩，堂弟摔了一跤哭起来，我冲着二年级三班的堂姐喊着“三姐，弟儿哭咯”，堂姐紧张地向我们挥手，暗示我们不要叫。一说话，她要挨老师打的。有时候，在我软磨硬泡下，上课的时候，堂姐趁老师不注意带我进去，给一本书让我坐在课桌下好好玩——不准说话哦，老师打人好疼的！

终于，终于到了我要上小学了！我激动得一晚上没有睡着觉，妈妈给我准备好了黄布书包，那是哥哥用过不要的，不过也好啊，现在它是我的书包了！第二天，隔壁家的姐姐牵着我的手去学校。经过老屋门前，我冲着正在摸索着往后门口走的奶奶喊：“嬷，我要上学啰！”失明的奶奶望着我说话的方向微笑。学校的课桌和座椅都用暗红色的油漆重新刷过了，我们坐在座位上，左摸摸，右瞧瞧，一会儿掀开桌子，一会儿跷跷椅子脚。高大的男老师抱着新书来到了教室。我最爱新书的油墨香。翻开书页，我最爱书前面的彩页，上面有天安门，还有春天的小燕子。

上三年级之前，我们都有早自习。就是清早六点起来，到学校晨读一个小时，然后各自回来吃饭，吃完饭，再去学校正式上学。那时，我依然不肯一个人睡，家里请师傅新打的棉被暖烘烘的，一边睡着妈妈，一边睡着爸爸，我插在中间。每到清晨五点多，妈妈就把我摇醒。窗外传来清亮的鸡鸣声。妈妈把我抱起，给我套上两层毛衣，穿上棉袄和棉裤。这当儿，隔壁家的姐姐和他妹妹、我家的堂姐，陆续进到房间等我。暗黄的灯光下，看着窗外，是一片漆黑。姐姐牵着我走在村庄的泥路上。夜色稍退，东边柴垛的边缘微微发白。星星在繁密的虫鸣声中也好似在颤抖。一路上，从各个路口，走出来姐姐的同学、堂姐的同学和我的同学。姐姐和堂姐都撇下我，跑去找她们的好姐妹去了。池塘边鸭子嘎嘎地叫着，间杂着大婶们洗衣服的哗哗水声。

高大的男老师从我们一年级一直教到我们六年级，既教我们语文，也教我们数学；既教我们唱歌，也教我们体育。我们同学也是一直从一年级做到六年级，只有一个女同学，小学二年级就不读了；另外一位就是我堂姐，读到四年级，她爸爸说能认字就够了，让她回家去放牛。那时候男生与女生是不爱一起说话的。女生最可恨了，看见男生在河港里钓龙虾，就一起尖声喊着："哎呀你这样，我要告诉俺老师！"男生好紧张地对喊着："我有！我有！"更有调皮点的男生，拿着芝麻叶上的方头毛毛虫，伸到女生眼前，吓得女生们一边尖叫一边跑。那时同学最爱说的就是"我要告诉俺老师！"，不听话，老师要打手板心的！

就这样九月一日宛如敌军压境的最后期限，我已经听到老师竹板敲打在手心上的啪啪肉响。我多么希望妈妈能给我多生几个哥哥姐姐的，像我表弟，开学前的几天，暑假作业一页没做，没关系！大姐姐帮他做语文，二姐姐帮他做数学，三姐姐帮他做思想品德，他自己做自然，一天搞定，然后一起扛着渔具，带着小桶去长江边上的暗荡捉鱼。我听到了隔壁的小林家，她的同学们都跑过来，分工协作，一个人做一部分，然后相互抄。半天就搞定，然后她们蹦蹦跳跳地在我家的豆场上跳橡皮筋。而我只能待在家里，无比怨念地望着成沓的暑假作业。想暑假开始我就计划了每天做多少页，谁叫河边的龙虾从草丛中探出它两个鲜亮的红钳，多么的诱人呢，谁叫碧深的水田上白鹭飞起时那么迷人呢，谁叫莲叶田田的湖泊里荷花如此香气冉冉呢，直到隔壁的大伯叫住我：“还有一个星期要开学，你是不是把学业忘脱了影？”我才想起，不得了，我作业竟然一页都没有动啊。

我从早上做到晚上，妈妈催我吃饭我也不肯去。妈妈恨恨地说：“你也晓得着急啊！平时就晓得玩！”我做到最后都快哭了。我想到每回九月一日一过，老师站在讲台上，让同学们从第一个开始，一个个把自己的暑假作家拿给他看。没做完的站在讲台上，做完回座位。我坐在后面，看着讲台上站着一排没有做完的同学个个哭丧着脸，心想完蛋了。老师要拿着那把恐怖的竹板让我们一个个伸出手，每个人打十下。有同学还没轮到就吓哭了。同学说这还是好的，隔壁班的老师是将人吊起来打的，更吓人。我带着这样惶恐的心情，在点亮的煤油灯下赶作业。后来妈妈摇醒我：“起来！起来！去报名了！”好半天我才知道昨晚作业还没有赶完我就趴在桌上睡着了，看着依然摊在桌上的作业，我一下子哭出来：“为什么今天是九月一日啊！”

悬浮童年天空的星辰

不知我有多大，只记得妈妈带我探望完生病的外婆后，在回家的路上碰到了外婆家隔壁的婶娘。两人说起外婆的病，都提到了一个金毛绿眼的怪物。外婆就是被这个怪物吓得连发几天高烧。余下她们说了什么我不记得了，我的意识中只牢牢扣住了“金毛绿眼”这个词。这个怪物是什么东西？是人还是动物？后来还有人看到它没有？好多年我都在琢磨这个怪物，多次追问外婆和妈妈，她们丝毫也记不得了。这个怪物因此跟我童年中很多回忆一样成了不解的无头案。

又想起婶娘们下雨天围在一起纳鞋底时讲过的故事，说村里有个女人男人死了，只剩下一个儿子，偏巧儿子又得了重病。女人抱着孩子坐船到长江对岸的医院去，结果儿子没救成，死掉了。女人只好抱着儿子的尸体坐船准备回来。在船上，女人抱着儿子忍不住哭，引起了船长的注意。船长一看女人抱的是个死小孩，说船上不准载尸体，抱起那个小孩就给扔江里去了。我记得当时婶娘们的叹息声。待我日后重新想起这个故事，突然想知道这个女人是谁？现在是不是还活着？船上真的不能载尸体吗？我向当年这些聊天的婶娘们求证，她们异口同声地说不知道有这么一个故事，也不知道有这么一个女人。难不成是我的回忆出问题了？

我童年的回忆悬浮了无数的碎片，不晓前因，难知后果，碎片与碎片之间难以组成完整的故事。要让我从这些混沌的记忆中梳理出一件故事情节完整、前因后果明朗的事件，是不可能的。我只能利用仅有的一点片段，来推想整个故事。

金发绿眼是白种人常有的，那么外婆也许看到的只是一个来中国农村探险的外国人。那外国人口渴了，向外婆借水喝。结果，从来没出过农村，也从来没见过黄种人之外人种的外婆吓坏了，以为碰到的是个怪物。那种惊骇对外婆来说，无疑是场噩梦。这只是我以为最接近真实情况的一个解释。但当事人一点也不记得这件事了，我的推测也只能止于推测。那，那个不幸的女人呢？船长在扔她的孩子时，她有没有去抢呢？有没有去哀求呢？边上的乘客有没有求情呢？如果有人求情，船长为什么还是把孩子扔下去了呢？后来，女人怎样了？她有没有回来呢？她如果回来了，一个人在家里会不会想不开呢？如果没有回来，那她又去了哪里呢？

这中间的可能性太多了，既然我无从知晓事件的真正发展脉络，那意味着我可以在我的想象工厂依据故事的逻辑创造出多种可能的故事形态。我着迷于“金毛绿眼”这个细节，它给了我奇异的想象刺激。也许那个金毛绿眼的不是人，而是一个外星来的生物。他被遗漏在地球的村庄，正巧被我外婆看到了；又可能是来的不止金毛绿眼怪物一个，还有红毛蓝眼怪物、绿毛白眼怪物，它们散布到各个地方，来惊吓像我外婆这样的老人；又可能躲在我外婆家地底下的妖怪一朝修炼成形出来向外婆施展妖术的……“金毛绿眼”就如一个浸泡在清水中的种子，向四周长出不同的根须，每一个根须都伸向一个可能性的事件。

事件，对于童年的我来说就是这样不连续的点状存在，就如悬浮在我童年天空的颗颗明暗不一的星辰，我着迷于它们的斑斓星光。多年后我能逐渐看到事件的线状、面状和块状，童年的一些无头案一下子破解，譬如我终于知道了那个金毛绿眼的怪兽只是一个小孩子戴着面具的恶作剧，终于知道了那个不幸的女人几年后疯掉了。真相展露的那一刻就如登上了荒凉的星球，再也看不到当年那片迷人的星光了。而我因之建构的可能性世界也一下子崩塌。我开始拒绝去求证那些童年记忆碎片的全部真实性，我不需要在现实中找到这个金毛绿眼的怪物，也不需看到这个不幸的女人。就让这些碎片悬浮在幽魅的未知世界好了，让我在这个万物必能解释的成人透彻世界中，得以回望遥远童年天空的璀璨星辰。

跳楼

起先是哥哥跳。五岁的我站在空旷的豆场上，仰头看着十二岁的哥哥杵在阳台水泥栏杆的狭窄外沿，起跳之前冲着我笑，我也跟着笑，还未笑完，只听得闷闷的一声肉响——哥哥从楼上跳下来了。我愣愣地站在他的身边，豆场四周没有一个人。沉寂了半晌，哥哥身体动弹了，他慢腾腾从泥地上爬起来，鸡屎如菊花绽开在他的脸上。“头晕。”他边摇头边又往楼上跑，再一次站在阳台的外沿时，只听见隔壁大婶的尖叫声。我回头看时，大婶已经从我身边掠过，眨眼间出现在阳台，一把把我哥哥抱起来。我又一次觉得滑稽好笑。

那时，哥哥着迷于跳楼。从阳台到地面的距离，大约四米的高度。哥哥总是奇迹般从地面爬起，毫发无损地冲向阳台，开启新一轮坠落，直至被大婶发现。跳楼是有甜头可尝的，否则哥哥何以在无人之时一次次冲上阳台呢？可是他永远只有我一个观众，只见他对着地面凝视，闭上眼睛，双脚先往上提送，然后整个身子竖竖地戳下来。我想那短短的一两秒时间中有一个奇妙的世界。

终于在一个夜晚，我和几个伙伴在阳台上追逐玩耍，当我站在栏杆上躲避伙伴时，我回头看了栏杆下面，平时看起来矮趴趴的楼台一下子陡峭高耸起来，沿着凹凸不平的墙面，只劈到黑沉沉的地面，有隐约的雾气涨起。我莫名地感觉那夜色与雾色交融的界面有一种强烈的吸引力。我回头对伙伴们说："你们敢跳下去吗？"他们无论是平时胆大的还是胆小的，此刻都迟疑了。一个个沿着栏杆往下探看，又抬头看我。我站在这个制高点上，看到了他们的胆怯，心中顿起一种勇猛的冲动。"我敢跳哦！"说完我纵身跳去，还未反应过来，我的身子已经埋在楼下的麦草垛上，一只老鼠吱的一声从我脚底逃走。一阵眩晕感袭来，头顶好似膨胀了几倍，身体好像随着风在旋转，耳朵嗡嗡震响。繁星密布的深蓝天空也好似随着我旋转，清凌凌的星光不断聚拢飞蹿。我突然感觉天空如青蛙的腹部一吸一鼓，一鼓一吸，吸鼓之际我觉得身体非常轻盈，马上就随着这种天空的律动飞升而去。是伙伴的哭声抓破了这种奇异的感受，等从眩晕中恢复过来，我高喊："你们跳下来吧！"他们尖叫地爬到阳台栏杆，草垛如鼓面一般一次次凹下弹起，伙伴们兴奋地躺在上面。可是，他们谁也没有安静地躺下来。

我从未追问哥哥着迷跳楼的原因，他的兴味是起于坠落之际、之中还是之后？我只是记住了大婶在阳台上冲着哥哥骂：“你个苕，你想摔死啊！”虽然懵懂，可是我第一次费力地把死亡与跳楼联系在一起。我难以捉摸死亡是什么，我和伙伴在坟堆把风雨吹打、纸花落尽的花圈骨架取下，套在脖子上，沿着田埂跑。就有大伯过来说：“这是死人的东西，你们还不赶快扔掉！”我们从大伯气汹汹的表情中感到莫名恐惧，赶紧把花圈扔掉。再一次，为钓鱼去挖蚯蚓时，我们挖到一截黄白色的杆子，拿回家给妈妈看，妈妈当即变了脸色，说这是死人的骨头。我真的不明白他们为什么提到死的时候是这样的表情。死究竟是什么？

哥哥和我轮番跳楼，究竟哪里能看到死亡？我相信哥哥和我一样只能感觉到一种眩晕，一种旋转，一种风刷的一下从脸上劈过的片刻，然后是肉体和骨头着陆于大地时的踏实感。死亡究竟在哪一个环节从我们的眼前溜过？阳台前方的长江，夏天洪水涨起，经常有淹死的人尸体漂在水面上。有一次，我在长江大堤上眼见一具尸体躺在石头上，是个和我一般大的男孩，肚子像孕妇一般鼓胀，面目模糊，远看去整个身体就像发白的木头，不用摸就能感觉是僵硬的。大人告诉我他死了。死亡就是人变成木头？我和伙伴们丝毫不觉得呈现在眼睛的死亡肉身有什么可恐惧的，只觉得好好玩。直到当我在岸边的江水中，往深处走去，绵软的淤泥从脚丫间涌出，江水的浮力让整个身子好似飘起来，忽然两脚踩空，我身子一下子陷入水里。我的脚怎么找，也触摸不到河底。浑黄的江水从我的眼睛、耳朵、嘴巴、胯下挤逼过来。那一刹那，我明白了死亡。死亡不只是木头，它是一种战栗的无助的绝望的恐惧。

日后，当我再次回望平静的江水，月光迷蒙地铺在江面。我再也回不到无知无畏的状态了。我知道死亡在那里，只要你敢迈入一步。那一次的溺水事件如劈开鸿蒙天地的利斧，鲜明地在我眼前展示了生与死的界面。我跳楼的英勇事迹被伙伴们广泛传播，因着很多听众不信，伙伴们再让我跳一次。当我再一次站在阳台的栏杆时，我的腿莫名地发抖，那溺水之时的恐惧一下子涌上来。我知道死亡在地面等着我。我再也不跳了。

小宇宙

那时候村庄里唯村公所才有一台 12 吋熊猫牌电视机。每到晚上，爸爸就会一只手拎着板凳一只手拉着我，跟着从各个巷口出来的叔叔伯伯一起往村公所去占位子赶着看《西游记》。看着电视机里活动的小人儿，我总忍不住冲到电视机后面，看看那些人是不是躲在后面。有一次电视机坏了，修电视机的叔叔打开电视机的外壳，我和伙伴们终于得以一窥电视机的内部。我一下子对放在基座上的主板发生了浓厚的兴趣。那主板上的各种柱状物、方块、山峰似的小点，银色的线路，在我眼前呈现出迷人的风景。

我告诉伙伴们我知道电视里那些活动的人住在哪里了——就住在这个里面，我指着电板说。那电板不正好对应着一个微型的村庄吗？草绿色的底板是村庄的大地，各种芯片组、处理器、插槽、排槽是各式各样的房子，里面可以住人、喂猪、养鸡，弯曲的电路是一条条河港和大路，各种接口、串口、并口是居住在这个村庄人们互相走动的神秘通道。当电视机打开时，这些人就从这个村庄走出来表演节目给我们看，关掉电视机，他们就回到这个村庄休息。我为终于能解释电视里的人是从哪里冒出来的难题而兴奋不已，然而当伙伴们听完我的解答后，笑成一团，说我胡说，他们翻动着电板问我："那这些人我们为么子看不到？"是的，我们为什么看不到他们——孙悟空、白娘子、雅典娜、圣斗士、兔八哥……

村庄的人都认定我有病，还病得不轻。隔壁的大婶多次告知妈妈该带我去看神婆了，每次上楼去收棉花时，她总能看到我要么盯着墙壁半晌都不回神，要么拿着布头做成的小人儿在自言自语，要么披着床单摇头晃脑乱哼乱唱。此次又莫名其妙地说关于电视机的怪话，村庄的大人们都认定我是被鬼迷住了，妈妈终于决定带我到五里庙去见神婆。神婆把念过咒的辟邪符烧成灰放到水里让我一口气喝净，然后让我妈妈尽管放心，鬼已经给收走了。

妈妈与神婆聊天的当儿，我一直在琢磨伙伴们问的那个问题。此时只听见佛乐声起，唱起"南无大慈大悲观世音……"来来回回伴着庄严的旋律复沓起伏，听之既久，我有股奇异的感觉：从我的心头宛如有两股电流，霎时间流遍全身，直至脚心。这时，我看到光点聚敛成星星，刹那间如花儿一般绽放，顿时，无数的星星在空寂的深蓝色宇宙中绽开花瓣，只要是我平生所见过的所有花儿，都在这一刻从一颗星星一个接一个绽放成花朵。这种感觉是我平生从未体验过的。佛乐既停，而我的心久久难平，头顶的电流也并未随之消逝，反而是盘结收拢，我小声地告诉妈妈：“姨，我头上有两只鱼在游。”妈妈听罢吓坏了，神婆又让我喝掉了一杯神水。

晚上回来躺在阳台的竹床上，看着银黄的月亮卡在屋角边缘的梧桐树杈间，我推妈妈说：“姨，你看月亮流汁了。”沿着墙壁流淌下来的月光，我觉得好像是两只手紧捏的柠檬挤出的果汁，如此一想，仿佛都能闻到柠檬的清濛甜气。妈妈起身焦虑地看我，自言都解咒了怎么还这么迷瞪。我不敢再多话，只得一个人悄悄地看着月光黏稠地从村庄的屋瓦上缓缓地淌到池塘。如果能泡到那池塘里，想必全身都是清甜的吧。而我头上依然在游动的鱼儿该是从池塘里来的吧。我回味起佛乐中万颗星星绽放成花朵的宇宙图景，忽然间顿悟了一般——我知道电视里的主板上，那些人我们为什么看不到了。

我们住在村庄里，村庄在地球上，地球在太阳系里，太阳系在宇宙中，那宇宙在哪里？或许在我们看来无穷大的宇宙只是另外一个更大的宇宙中一颗极为细小的沙子、米粒、细胞、原子、分子，它们的一秒时间对于我们来说是几亿亿的时光。这个包含着我们宇宙的大宇宙也只是比他更大的宇宙的一小粒而已。这是往大里想，那往小里想呢？不也是如此吗？或许村庄随便一粒沙子，我们碗里随便一颗米粒，我们身上随便一个细胞，就是一个小宇宙。小宇宙对于我们来说可以忽略不计，但是对于那个宇宙里的人来说，不正是我们面对我们的宇宙时所能感受的时空的浩大无垠吗？我想电视机里的人，就是来自这些小宇宙的人，他们就住在这个电视机内部的小村庄里。他们太小太小，我们根本看不到他们。而 12 吋的熊猫牌电视机凸出的显示屏，就是放大镜，把这些小人儿放大给我们看。

我为我无意间彻悟了宇宙的本质兴奋得彻夜难眠，而这些如果说与妈妈和伙伴们听，岂不是又是我被鬼迷住了的佐证？当我想起自己的身上有多少个细胞，就有多少个小宇宙时，我不敢乱动了。我小心翼翼放平我的手和脚，是的，有无数人、无数动物、无数植物，生活在我体内的无数小宇宙中。我一呼一吸的极短时间，对于小宇宙来说就是好多好多亿亿亿的时间。我相信只要给每一个小宇宙连上一台电视机，给他们一个电板村庄，他们就能在我眼前活动跳跃。不仅是我，妈妈、伙伴们、鸡窝里的芦花鸡、柴垛上绽开的牵牛花，他们的身上都有无数的小宇宙。他们不知道，他们像我妈妈一样，在村庄的夜晚里睡着了。

疼痛动物园

梦中隔着青砖围墙，我看到爸爸妈妈站在院子中间的桃树边。雾气高涨，桃树枯瘦的枝干宛如瓷器上的裂纹。爸爸说这棵树快要饿死了，需要肥料才行。妈妈指了指空荡荡的院子，没有任何可以做肥料的东西了。恍惚之间，爸爸把我捆绑成一团，放在桃树根部刚挖好的深坑里。妈妈站在洞边的雾气中，暗自垂泪。我知道爸爸为了这棵快要饿死的桃树，把我当成肥料喂它了。沉沉的泥土覆盖了我，绝对的寂静中，我看到了猩红色的树根伸展过来，从头到脚缠绕，越缠越紧，我的肉体体验到一阵勒紧的有力疼痛感。

醒来时，妈妈睡在我左边，爸爸睡在我右边。妈妈的手放在我的身上睡得正沉，而折腾了我一晚上的牙疼此刻又如火山爆发一般喷涌到整个脸部，从那龋齿的根部一直沿着神经末梢爬到眼睛、额头，全都跳跃地痛起来。我手指伸到痛牙处，手肚上沾了血。手指甲挖到被蛀空的牙腔里，一阵悸动的剧烈痛感伴随着快感，连整个身子都随之发抖。妈妈醒了，随之打呼噜的爸爸也被我的哭声闹醒了。我感觉疼痛像亢奋的多头蛇一样，沿着我身体各个筋脉迅猛游动。我甚至觉得这些蛇已经爬到妈妈的手上和脸上，我看到妈妈难过而无奈的表情。她的手徒劳地抱着我。蛇又从右边爬到我爸爸身上。爸爸辗转反侧地变换姿势，终于不耐烦地吼道："哭么子哭，不准哭！"我仿佛又看到爸爸拿着铁锹把我埋到桃树根下的凶狠表情，不由哭得更厉害了。爸爸兜头一个耳光扇过来，一刹那间我感觉蛇头被爸爸扇过来的手掌斩断，只有牙齿残存的蛇尾轻微动弹。

那一次，爸爸一巴掌把我的牙疼打好了。而我终于知道疼痛是住在我身体里的各种动物。它躲在我的皮肤、血液、毛发、器脏中，一旦缺口乍开，它们就会蜂拥而出。头疼、眼疼、手疼、耳疼、心疼、腿疼，我知道疼痛只是一个总体的概括，就如把虫鱼鸟兽统称为动物一般。而其实每一种疼痛都是一个身体的动物。当重感冒垂临时，我知道疼痛是大象。它厚实的臀部压在我的额头，硕大的脚踩在我的心口。天气乍寒时，关节疼痛欲断，它就是一只猛叮骨头的啄木鸟。而当无数蚂蚁从耳朵、鼻孔、手指甲爬出时，我知道皮肤出状况了。它们甚至是有颜色的。从疼痛的牙齿中爬出的是火红的多头蛇，而重感冒之时是头灰黑色的非洲象，而在我的骨架上飞来飞去的是一直钢刀般晶亮的鸟。

有一天，妈妈在灶屋炒菜，要的盐却放在了堂屋的条台上。我自告奋勇地跑去拿。条台比我高了半个头，我只得扒着台沿去拿盐袋。条台本来不稳，经我这一扒，一下子压将下来。台角砰地一下磕到我的额头上，台上的瓶子从我的脸上噗噗地滑落过去。当时我只是惊吓地哭叫起来，但是还没有感觉到疼痛。妈妈闻声而来，赶紧把我抱起，沿着江堤往医院跑去。寒冷的江风鼓起，直往我的伤口撞去。疼痛像是一棵发芽的种子几分钟之内长成血红色的大树，树上跳动着猩红色的猴子，它们用尖利的爪子痛挠我的肉。开始是冷，后来感觉伤口变热变烫，整棵树变得炽热发亮，猴子变成了大鱼，往每一个毛孔里撞。

到了医院后，由于没有麻醉药，医生只能拿着消毒的针给我缝补砸破的表皮。我只觉得针带着线从我的皮肤里刺过，像是一条极细的蜈蚣，先是狠狠地在我伤口咬上一口，然后整个身子刺啦啦地穿过去，每前进一步细细的脚就在我伤口上踩一下。我要逃，妈妈却死死地扣住我。那一刻，我恨所有阻挡我逃跑的因素。我的手死命地往妈妈脸上抓，只见妈妈两边脸颊都是血痕，仿佛疼痛转移到她的脸上，那血痕的血如蜈蚣一般从妈妈脸上爬过。妈妈好似感觉不到疼，她的手紧紧地扣在我的颈脖和背脊上。可是我感觉我是最孤独的，我的疼痛没有人能够替代。

多年后的一个晚上，妈妈突然叫醒我和哥哥。我们赶到卧室，只见爸爸躺在床上呼吸困难，心脏跳动得很不规律。哥哥赶紧打救护电话。看着爸爸身体痛苦地揪成一团，我感觉他身上盘踞一只凶猛的熊，正在大口地吞吃他的四肢。平日强健的他此刻虚弱而衰老。等待抢救的漫长时间，我和妈妈坐在病房放眼望去，整个医院简直是一个喧闹的动物狂欢节，瘫痪病人身上那条长长黏湿的鼻涕虫，皮肤病人脸上攒动着密集的红蚂蚁，垂死的癌症患者几乎见不到肉身，只看到黑色的大蟒缠绕。他们只能独自和他们的疼痛动物共存。我感觉身体里的动物响应他们身上的召唤，在隐隐地怒吼盘旋，我开始觉得身体随着病人的呻吟也一节节地疼痛起来。而爸爸艰难的呼吸让我胸口也发闷。原来与他人的疼痛相对，也能召唤出我身体中的动物。

就这样，我们越老，疼痛的动物越年轻。或早或晚，每个人必然在那一刻敌不过年轻力壮的疼痛动物。那好吧，让它们和我的肉身共朽于大地之下，湿润的泥土覆盖，树根吮吸人肥，来年当你看桃花灿烂，每一朵都是当年我的疼痛。

灶边闲谈

在厨艺得到家人一致赞赏的情况下，我正式取代妈妈成为了家里的掌勺大厨。我的下属有锅碗瓢盆，我的装备有柴禾茅草，而我最重要的搭档就是家里那一口土灶。柴禾在那灶腔中劈啪地烧着，暖黄的火舌吐出来烘人的脸，锅里的蒸汽从木盖边缘喷泻而出，整个儿灶房都飘荡着谷物的融融香气。而我身上沾满了棉秆上的碎叶，头发上沾着蓬蓬的尘土，眼睛常常被浓烟呛得直掉泪——土灶以自己独特的方式拥抱着我。土灶和家里的土狗一样，虽不能倾心交谈，却亲昵有加。

这份亲昵需要我用十二分的耐心去呵护。土灶简直是一个有脾气的娇纵孩子，这鲜明地体现在烧火的过程中。灶腔的柴禾要塞得虚实得度，干湿适宜。倘若一时急了，柴实实地胀满了灶腔，浓烟滚滚，你只有咳嗽流泪的份儿。土灶宛如一个待喂的婴儿一般，伺候不好就会哇哇大哭，毫不理会你的苦心。哪里像煤气灶、电饭煲、微波炉之类，这些动力全源于电、气之类的工业厨具，简直是我们的奴隶，我们要怎样它们就好乖好乖地听从，哪里像土灶这般需要我们在乎灶腔的实与空，柴火的干与湿，火势的大与小?

然而土灶却是所有煮饭烧菜的工具中最具人情味的。它的灶身全是从大地攫取泥土垒起来的，灶洞是空的，灶腔是空的，空乃容万物，有东方的哲理在；它所需煮饭的原料也是在大地上生长的五谷杂粮，烧的是茅草、树枝、棉秆这些大地的毛发。黄昏时分，站在高处看村庄，炊烟袅袅，那是灶的气息，虽有些刺鼻，却是爱人身上一股独特的气味，肌肤可亲的狎昵。它是农业文明的遗留物，有多少个乡人家庭就有多少口灶。各式的灶，烧柴火的，拉风箱的，用沼气的，皆有人手的温热和眼睛的凝视。它有着工业厨具所没有的平等从容之魂。

工业厨具容身的空间是厨房，而土灶的所在我更愿意叫它灶屋。土灶赋予了灶屋开放的气质。乡村所有的灶屋就是这样敞开的，它的米香自由自在地流出屋外，乡人一路被香气牵进屋里来。进来的都是客，我会像展示珍宝一样揭开锅盖，腾腾的蒸汽罩上来，让人都忍不住去尝尝新。同时这也是乡人的聚散地。婶娘坐在灶边，一边烧火，一边跟着其他妯娌说话。灶台边上的窗台外，扁豆藤爬上了柴垛，一只母鸡扑棱棱地跳过眼前。这边聊得欢，那边锅盖扑哧哧被沸腾的汤水顶浮上来，“哎哟哟，饭熟咯！”

纸上王国

有一天，父母从外地回来暂住。大房子一下子热闹起来，妈妈在灶房煮饭切菜，爸爸在后厢房堆垛麦草，楼上楼下灯火通明。妈妈叫我去村里买瓶酱油。走了一里地，提着酱油回家，大房子复归沉寂，灶房的柴火熄灭了，后厢房的门大敞，楼上楼下夜色倾泻而出，我转遍房间的角角落落，叫着爸爸妈妈，他们仿佛根本没有回来过似的。我不知自己是在现实中还是在梦中，明明不久以前妈妈还叫我，怎么突然就不存在了。我跑出屋子，去村庄里寻找他们。等我沮丧地再回来时，妈妈站在灶房的门口，问我买个酱油怎么磨蹭这么长时间，菜都快烧焦了。爸爸在阳台上修烟囱，叫我上去帮忙。刹那间，我有一种强烈的不真实感，仿佛中间那一段静寂的空白根本没有发生过似的。

我一直无缘得问他们那段时间去了哪里，我只是反身自问究竟是不是我的错觉。他们是不是一不小心进入我的纸上王国？当我离开的时候，大房子突然摆脱我的掌控，让我的父母穿透时空的薄膜，进入我创造的想象空间，这个当我尚未充分掌握好语言的时候我的想象力与大房子共谋产生的国度。

九岁的时候，父母不堪课税重赋，决定离开村庄，逃往外地，因为我还要读书，只能和我的大房子留守。刹那间，所有的亲人四处飘散，炉火不温，棉被不暖，清晨再也不会有妈妈在床畔端着一碗热腾腾的蛋汤等我起床喝。我一时不知如何自处。我不喜欢和男孩子们玩粗鲁的斗架游戏，也不擅长玩女孩子们的游戏。我孤身坐在自己的阳台上，看着村庄渐渐沉睡，黑瓦铺排的屋顶沉没在渐渐涨起的雾气中。繁密的星星，浮漾在江雾蒸腾的田野上空。这个时候我常凝视着阳台斑驳的墙壁：雨水滑过的残痕，墙泥盘旋的纹理，裂缝的脉络，无数的线、团、块组成无数的图案，有马，有牛，有熟悉人的面孔，有歪扭的字……眼睛低一点或高一点，睁一点或眯一点，正一点或侧一点，即有无穷的影像纷至沓来。我怀疑夜夜在大房子里徘徊的那个透明物，就躲在这墙壁里面。

乡村的夜晚最是安静，田野被汹涌的江风碾过，尖厉的啸声直刺进人的心里去。大房子放下白天乖乖凝滞的姿态，每一处都活动起来。油纸做就的窗一吸一鼓，整个儿窗子便像有无数张嘴似的，叭叭地吐着闷气。灯苗跳闪，摇曳着整个房间里鬼魅也似的阴凉。纷沓沓滚动着楼上老鼠细碎的奔逐声，吱呀呀张合着灶房房门凄厉的呻吟声，咣当当震跳着锅盖砸地的巨大声响，这些可辨识的声音奔涌不息，浩浩漫漫，侵袭着耳朵，啃噬着心灵。而最可怕的是那些没有声音的声音，我蜷缩在床上，放下蚊帐，裹紧被子，过分的安静反而让我睡不着，我已经把房门锁得紧紧的，又把窗户关得死死的，一切都封好，可我还是睡不着。常做这样一个噩梦：我坐在一间教室里，把所有的桌椅都围在自己的身旁，生怕有任何缺口，围好后忽然发现所有的桌椅下面都是空白的，我惊恐万分地望着打开的门，感到随时会有个不明物就要进来……是的，是谁要进来了？细细簌簌的脚步声，从空旷的阳台下来，轻悄地磨蹭着，到了另一间房子又出来，转过身往这边移过来，近了，近了……我赶紧睁开眼睛，仔细听去，什么声音都没有。

在无数个只有我的黑夜中，我把心磨得分外敏感和纤细，而想象力出乎意料地壮大起来。我的心捕捉着每一个残丝，立刻就在眼前编织出一片云锦。可是一个人不能整日地耽溺于幻想之中，那些虚无缥缈的东西让人倍加孤单。一个黄昏来临的时候，我偷偷地扒在伯伯的灶窗上，看到一家子的老小全围在一起吃饭，明亮的灯光下蒸腾着饭菜的热气。我悄悄地跳下来，转身回到自己的大房子里去，不说一句话。那么一种被抛弃被排挤的感觉如此强烈。我记得有一次跟父母怄气，跑出去到一个巷子里躲了起来。不大一会儿，就听见父亲的召唤声，我故意不理，然而我心里是踏实的，没有找到我，父亲是不会回家的。现在我在夜晚走遍村庄的每个巷子，狗吠声此起彼伏，还有鸡棚里骚动的鸡鸣声，但是不会有人来寻你了……我只有回到我的大房子里。

大房子里有我的宝藏。我从东厢房翻到西厢房，从楼下翻到楼上，没有目的地寻觅。沉重的木箱，酸臭的菜坛子，结实的石墩，每一件物器上都留有我的手温。终于有一天，我找到几本哥哥用过的地理书，并很快被吸引住。我尤其爱看那些花花绿绿的地图。咫尺之间，却囊括了天下万物，何等的大气魄！细如发、密如网的江河，黑白相间的铁路线，圈圈点点的城镇……一些奇特的符号却在我的脑海中构筑起宏大的江山。我记起六岁的时候坐着火车到广州去，不变的是窗子，变幻无穷的却是窗外的风景。当起伏的山峦滑过眼前时，立即是坦荡的平原，星散着无数的村庄；当太阳的光辉四溅时，不久窗上便泼满了雨水……行走在巨大的空间中，我的心灵也随之无限地张开，让时间之流酣畅地流淌。

流淌的还有我的想象。我已不满足于只是看看书上的地图，也要迫不及待地勾勒出自己的纸上王国。开始，我只是描摹书上的地图，可很快我就厌烦了，想象力促使我抛开这一切，去营构一份自己的天地。潺潺的春雨将息，门前的泥路上多出几个小水潭，我给每个水潭取名字，并把它们挖通。在我眼里，这分明是几个大湖，所挖通的水道便是运河，而泥土里的细沙，是湖边聚集的居民；还有更激动人心的是江滩：曲折的是江岸是海岸，伸出的是半岛，缩进的是海湾；扇形的泥面是冲积平原，凸起的山坡是山脉，凹下的是山谷、盆地；泥土发黄的地方盛产金矿，铺满石子的地方戈壁连天。这一切都可以画在一张大白纸上。用蓝色的圆珠笔勾勒出这个国家的轮廓，弯曲绵长的海岸线，四处分布的小岛；用黑色铅笔铺排出一列列山脉；用红色钢笔描出庞杂的河流……河流交叉的平原上必有城市，城市之间必有铁路公路，路与路交叉处必有交通枢纽；有山的地方必有矿产，有矿产的地方必有城市和铁路……一张白纸上逐渐铺满各种符号。

好了，一个国家就这样展现在我的眼前：绵延千里的山峦，富庶无比的大平原，苍茫无垠的沙漠，繁华流溢的大都会，忙碌拥挤的铁路……我闻到大江磅礴的水腥味，听到幽幽的山谷里清脆的鸟啼声，触摸到小溪边柔腻的水草。这个国家是我一个人的，越是黑夜深处越是鲜明地浮在我的脑海中。

现在，我不再害怕夜晚。煤油灯点亮，白纸铺开，笔尖削好，一切就等着我去尽情地挥洒。现在不单是画地形，还要为这个国家编织历史。我从历史书上所看到的有限知识里去虚拟历史。这个国家某某地方产生了某某圣人，这个圣人写了某某书。后来，我在现实中每接触到一个新的信息，就会马上编进我的虚拟历史中。我的历史中，开始出现某个具体的人，某个具体的地方。每当晚上闭上眼睛时，我就会想那个人现在在干什么呢？那个地方我需要添加一些什么东西呢？而我的大房子就是这个王国的宫殿，我宛如国王一般，拿着我的地图，巡视着我的宫殿。我想象国度的人物生活在这个大房子的墙壁纷杂的线条色块里、绿苔浮漾的水缸里、裂成两块的镜片里。白天他们躲着，到了晚上他们在大房子里走动呼吸，在沉睡的村庄上空飞舞，在无限的宇宙中来去自如。他们只属于我一个人。

偶有亲人拿起我的作业本，上面写了稀奇古怪的符号，他们不懂这是我想象国度的文字。我着迷地发明各种符号，分配给国度不同的地区和民族。我用各种布头和针线，缝制我想象中的人物，为他们编织故事。邻居的大伯告诉我爸妈我是不是生病了，他常看到我两手拿着布头做成的小人在阳台上自言自语，他不知道那不是普通的布头，他们是伟大的人物，正在进行决定世界命运的交谈呢。只有大房子是懂我的。从屋瓦的缝隙中漏下条状的阳光，那是我想象国度的金色大路；而从后厢房的麦草堆散发出的干爽蓬松的气味，是我想象国度无边的田野之风；阳台上龟裂的水泥纹路是神秘的迷宫路线。

每当回想那一天父母莫名消失的时间空白片段，我就有一种莫名的亢奋。我已经和我的大房子建立了我的纸上王国，只有我最亲的亲人才能得以进入。我想象着在那个空白点上，我和我的父母脱离现实的肉身外壳，进入大房子唯我独知的神秘通道，在那里我正带领着我的父母在我的纸上王国巡游，从沙漠到大海，从热带雨林到温带高原，从绵绵山脉到浩浩江河。他们将会喜欢我和大房子共同构建的想象国度，从此以后再也不用一次又一次从我身边离开。

老屋

终于登上邻居新造的楼房阳台回望我的老屋，我赫然发现在周匝新建楼房的围观下，它喑哑地低下去。它曾经也风光过，当初村庄还是土砖做墙茅草覆顶之时，它率先成为村庄的第一栋楼房，现在却处于一种逐渐崩塌的状态。屋顶铺排的黑瓦历经台风豪雨的摧打碎了好些，窗框绷着油纸。水泥围栏刨去了平整的表皮，露出粗颗粒的黄沙和细瘦的钢筋，墙面地震后裂开一条一指宽的缝隙，窗户已经朽坏，一棵小杨树从山墙头斜立出来。而当年跟老屋一起兴建的屋群，一时间纷纷推倒，鲜艳的红砖、有机瓦、大块有色玻璃，搭建起了年轻的小楼房。阳光从邻居家亮白的瓷砖围墙上折射到老屋青苍的墙面，好似一群着装时髦的丽人围观一个不识时务的老头。

如果此刻像周遭的邻居一样推倒老屋，像是拆卸一个百岁老头衰朽的身体，那是极其容易的。搭起长梯，沿着屋顶，一片片剥去长满青苔的黑瓦，露出朽坏的屋梁；推倒薄削的砖墙，撬起地基上的石块，盘踞在里面的蛇群会迅即逃离，留下鳞片斑斑的蛇蜕。如果毫无怜惜地动手，不到一天，它就会成为一地瓦砾。然而我想起多年前从外地归来。夜色里的村庄静极，粒粒星珠在天空明明暗暗地闪烁。一路上万物在微茫的星光下呈现着奇异的色泽。而池塘弥漫起了薄薄的水雾。一切喧腾的声响被沉淀的夜色压下去，唯有草丛中风裹着小虫的清脆叫声盘旋洒落。在这空旷的天地中，抬眼可见远远的前方老屋一粒灯光悬浮。这一粒灯光好似宇宙大爆炸的燃点，从浩渺的虚无中喷吐出我的家庭、我的亲人、我的生命记忆。走进灯光的笼罩中，便可以嗅到让人放心的家之气息。那一粒灯光之外，老屋的一切物件都隐藏起来，前三步是水缸，右手往前一摸是橱柜，左脚边是个腌菜的坛子，它们仿佛是你一出生就在那里，天经地义得没有时光流淌的痕迹。

夜晚掩盖了老屋的真相。而我们白天出外，种地、上学、游玩，归家时早已累倒，不用抬眼，不用思考，抬脚便进，洗脸盆在后厢房，换洗衣服在前厢房，农具往楼梯口放好，吃饭、洗漱、睡觉。第二天循环。其实上楼时抬头便见屋顶的横梁在慢慢朽烂，低头一条裂纹枝杈般从我脚下蔓延开去。它一点点地撕裂，光和风逐渐由细到粗地沿着缝隙偷偷进来。下雨天，全家的脸盆、水桶都用来接四处滴漏的雨水，墙壁上满是斑驳的雨痕。楼上轻薄的水泥板，稍一走动，楼下能听得格外分明。孩子们依旧不管不顾楼上楼下地疯跑，手上拿着墙壁剥落的苔藓。母亲依旧扛出竹竿，搭在阳台的两头铁钩上，晾晒咸肉咸鱼。他们与整个屋子同律动地生活，而无视老屋这样那样的暗示，因为屋内一切正常，它依旧装着我全家朽坏的家具、走动的声音、熬汤的香气。

我们自身虽然渺小得可以在空间与时间中忽略不计，然后老屋仿佛是我们最后的庇护所。屋子里的每个房间，每个物件中，渗透着人的生命汁液。人在老屋这个容器中是液体状态，各个人如各股水流在老屋每个空间之间流淌混融，你中有我，我中有你，那无意识的说话、走动、眼泪、思维、争吵、蹦跳，在老屋粗颗粒水泥地面、熏黑的灶房墙壁、梳妆台、洗衣皂、农药瓶、布娃娃、高跟鞋、拆卸的老式床板中流泻、奔涌、冲撞。这将是耐心的时光舞台，屋子从新到老的数十年时间里，成长与死亡交替呈现时间的交错断截，空间也随之一点点具体地丰满充实，直至破损崩塌。

曾经站在屋前石头垒砌的台基上，放眼可以看到大片的菜园和田地，直至远处村落边缘的杨树林。而后的数十年风携带的不再是田野的泥腥味，它将在继老屋后十几年时间内陆陆续续竖起的房屋之间跌宕。从我家通往这些房屋的道路上，车子碾压出土坎、雨水汇集成水洼，柴垛勾出各家边界、野生的酱叶树枝桠伸展到这家的屋顶、那家的阳台。而我意识中往昔数十年构建起以老屋为圆心的地图——屋后头是青砖平房，灶房门口有清朝遗留下来的石碑垒着的台阶；阳台斜对角是我七岁时建起的二层敞开式大阳台的红砖房屋，阳台上面经常晒着萝卜干；正对着我家门口的也是青砖平房，它的墙面中间横刷涂着白石灰，上面写着二十年前就有的大标语。这些逐渐沉积宛如化石一般历历在目，给人一种恒定的时空感。每家房屋和他们的主人，从灶房喷吐的炊烟，从水窖沤烂的肥料，从卧室的橱柜、竹椅、床单、棉被裹挟而来的独有气味，是我辨识他们的标志。

好的，现在我所展眼的却是空旷的平面衍射到各家新屋的瓷砖墙面上，这个衍射范围内一切柴垛、泥土、野草均扫荡一空，水泥路面盘绕我家而过。从新屋中走出来依然是原来老屋的主人们，从他们身上鼓荡的是从新屋而来的石灰水的味道，家家类似。昔日各家独自的气味被太阳暴晒水泥地面的凛冽气息驱逐殆尽。站在他们的阳台上，我回望老屋，在最初为老屋的损毁惊骇之后，我看到这些昔日澎湃的独特气味如各路溃败的逃兵纷纷往我家老屋奔去。老屋宛如最后一块过去时空的残留根据地，在四遭而来的汹汹围剿中苦苦独撑。恍惚间我忆起登上当初还是村庄第一栋楼房的老屋阳台，回望周遭村庄低矮的平房淹没在雾气之中的遥远时光，可曾想到数十年后我会站在邻居的阳台回望村庄最后一栋老屋？

纸上生活

只是在人群中多看了它一眼

它是门卫养的一条狗，毛色土黄，耳朵直立如削竹，平日里趴在大门口，一下班人群骑车飞快冲出大门口，没人看它频频摇动的蓬松尾巴。那日里我无车步行，走到离大门口五六步远的距离，眼见得它已经从水泥地面拱起来，眼睛直接向我注视。我平生最怕狗，此时神经立马绷紧，肌肉高度紧张。那狗往前试探走了几步，那眼睛始终凝视着我，好似无限深情，感觉不到一丝要痛咬我的攻击气息。我刹住脚，向它回投我的信任。像我这种从未养过宠物的人，不知道怎样跟动物打招呼。我尝试着向它招手，只见它本是犹疑地想亲近你又怕你的眼神一下变得欢腾起来，不待我招呼，它一路欢跑，直扑到我的身上来，整个儿靠着我的身子直立，两条腿搭在我的腰间，粉红色舌头舔我的手背。那份子亲热叫我一时间手足无措。我不知道是该摸摸它的头好，还是跟它握爪好。我的手刚触摸到它柔软的毛发时，它好激动好舒服地往我身上蹭。

我想着亲热一番也就够了，我还得去菜市场买菜做饭呢。简直，简直迈不动脚，它趴在我身上，我好担心走两步踩到他的后腿。“好了，好了，好了。”我拍拍它的头，示意它该适可而止。这一拍不打紧，它又涌起无限的深情似的，头都快拱到我怀里去了。我好尴尬地看看四周，保安哈哈笑个不停，我的脸腾地一下烧起来。我终于忍受不了，“够了！”它是聪明的，听懂了我口气里的意思。只见它整儿个身子软塌下来，四脚着地后它又抬头看我，那种又委屈又惶恐的眼神让我走也不是，不走也不是。我想安抚安抚它，然后抽身闪人。手刚伸下去，它眼神又腾地一下着了，好像我原谅它的行为，它的双腿处于一种欲扑未扑的忍耐状态。我立马收手，一口气跑出门，生怕它跟上来。跑到好远，我转头看去，它正在扑向另外一个人，那人不耐烦地吼道：“滚！”它沮丧地回到原来趴的地方挫下身。我终于知道大家为什么出门时故意不去看它了。

以后日日出大门时，我高昂着我的头颅，骑着我的车子呼啸而过，暗地里观察它。一会儿见它从草丛中冒出，追着一只玉带凤蝶，像个小孩子似的抬起右前腿去扑打；一会儿又转着身子追逐自己的尾巴，此时一辆自行车叮当驶过，它立马跟随过去，尾巴起劲地摇摆。从来没有听见它对哪个人吠叫，只要给他一个眼神，无论你是熟人还是陌生人，无论你是男人还是女人，它都一样欢天喜地地迫不及待地往你身上扑去，给予它所能给的所有信任与亲热。几乎是无人能抵挡这种热情，到最后个个倒像是自己成了个夹着尾巴的丧家之犬，灰溜溜地逃走。

一次，一个客户进来，那时候它正在舔自己的毛发。客户的眼神刚扫过去，它立马感知到了，扭头去看这位陌生人。客户招呼前面的人，被招呼的人还没过来，它像是被有强大磁力的磁铁吸附过去，兴奋地冲上来，黏在了客户的身上。客户吓得一声尖叫，双手像溺水似的在空中惊慌拨动，“啊——这个——这个——”负责接待客户的经理立马撵上去，往它肚子上猛踢了一脚，“保安！保安！谁让你养的狗！”保安从门卫房慌张地冲出来，此时它像个做错事情的闯祸孩子，连声音都不敢有，缩在树丛中往人群怯怯地看去。经理一边跟客户道歉，一边对保安吼道：“这里不准养狗，今天就把它处理掉！”保安忙不迭地点头。

经理带着客户去厂区了，只剩下保安和它。保安蹲在树丛边上，向里面的它招手。它抬头盯着保安的眼睛看，不敢出来。保安更温柔地招手，它迟疑了片刻，从树丛中走出。保安摸摸它的头，它的尾巴又一次摇动起来，眼睛半眯，舌头伸出去舔保安的手背。另外一个保安拿着蛇皮袋，向它招手。它立即奔过去。那保安蹲下来，打开蛇皮袋，示意它进去。它迟疑地退缩了几步。前一个保安走上来，摸摸它的头，拍拍它的身子。它来回看两个保安的眼睛，没感觉有什么特别的危险，很顺从地往袋子里钻。才钻进去，两个保安立马把袋子拎起来，用麻绳绑住。我第一次听到它的叫声，是一种不规则的、呈尖齿状的声音，排闼而来。两个保安把整个蛇皮袋捆得分外结实，一路拖到了小树林后面去。而我再也没有见到过它。

我叫刘武

吴晓峰八岁的时候发过一次烧，那是他最得意的一次生病。妈妈在他的额头摸了摸，就起身给他班主任打电话请假，那一次他在家里歇了三天没去上学，当然作业也不用做了。现在他想再一次像八岁那次一样，故意冲到大雨中，让自己浑身淋透，然后狠狠地再发一次烧。当然这是不可能了。雨水啪啪地打在窗户玻璃上，窗外竹林沙沙作响，一辆黄色叉车不知被谁晾在了三厂外面的广场上，王总要是一瞥眼看到了又是要开骂的。他起身去办公柜里拿木皮样品，抬头迅疾地瞄了一眼王总的办公室。王总的办公室在最里面，其余办公室一律排其后，墙壁中间敲掉，装上透明玻璃，王总在办公桌上抬头看，所有办公室的电脑都是对着他的，什么情况一目了然。此时王总的秘书张姐、三厂厂长高杰、管人事的黄经理正站在那张棕红色大办公桌旁，每个人手上都拿着本子，记录王总的指示。王总个子小，姜黄色厂服穿在身上松松垮垮的，他的手在空中劈切，声音听不到，只见嘴巴快速地开合。每次在开会的时候记录他的讲话，吴晓峰都跟不上他说话的节奏，事后只能找高杰的笔记本来补充。

“尊敬的领导，您好！”吴晓峰在电脑上敲了一个开头，删掉，“尊敬的王总、黄经理，你们好！”还是不行，又一次删掉。从竹林后面的厕所钻出三个女工，她们在雨中一路往三厂的门口跑去，笑闹声传过来。他又一次紧张地看了看王总的办公室，张姐已经坐在自己的办公桌上了，王总也不见了。他的心跳了一下，他再转头看窗外，王总已经开着他的奔驰车碾过水泥地面上的水洼，往马路对面的八厂去了。坐在大厅里办公的跟单员耿姐小声地问：“走了吗？”吴晓峰打了一个 OK 的手势。耿姐不放心，跑进办公室看了看窗外，雀跃地跳了起来，往办公大厅跑去，“走了走了。”大厅里一下子欢腾起来，大家都起身伸伸胳膊蹬蹬腿，聚在一起说话。吴晓峰也倒在椅背上，伸了一个懒腰。

“小吴。”高杰走了进来，拍了拍他的肩膀。

“哎呀，你来得正好！正好有事要请你帮忙。”吴晓峰把办公柜边上的椅子拉过来请高杰坐下，“你们三厂的刘武是怎么回事？今天刚一上班，王总就让写一封感谢信，说是帮这个刘武写的。”

高杰摩挲着放在桌上的木皮样品，手指上缠着胶带，抬头的时候，眼袋很重，胡子也没刮，还没说话就打了一个大大的哈欠。“刘武上个月被热压机压断了胳膊，现在在三医院躺着。王总让你写什么感谢信？”

吴晓峰泡了一杯大红袍给高杰：“说是厂里给他赔了五千块钱。”高杰接过茶，吹了吹，大口地喝起来。

“你看起来好几天没睡觉的样子。”

“是啊，两天两夜没睡觉，这次美国的订单催得紧，我们要赶工。”高杰喝光了茶水，把茶杯搁在桌上，“王总觉得厂里本来不该赔钱给刘武的。刘武是上班的时候操作失误，才让机器给压断胳膊的。后来我跟王总说，这算工伤，厂里无论怎样都要赔偿一点，王总这才同意赔偿。本来是赔一千，刘武家人来闹过几次，王总这才同意赔五千的。王总让写感谢信干什么？”

“说要体现公司关爱员工的精神。”

高杰笑得眼泪都快出来了，好不容易停住了又笑起来：“我记得你上次发在我们内刊上那篇，叫什么来着？哦，《工业城的阳光》！”吴晓峰的脸腾地一下发红发烫起来，高杰继续说：“站在工业城宿舍的阳台上，看着阳光洒在一排排厂房的屋顶上，看着穿着统一厂服的员工走出大门，脸上露出幸福的笑容……”吴晓峰连忙截断：“这句话不是我写的，是王总自己加上去的。”高杰眉头一挑："他还注意这个?"吴晓峰点点头，站起来又给高杰续杯，"他说我写得太干巴巴了，一定要有感情知道吗?!"他模仿王总的腔调，"要把工业城对员工的关爱写出来！要把员工对工业城的感激写出来！懂不懂？一定要带有感情地写!"高杰笑得分外大声："你的确写出感情来了嘛!"吴晓峰摇摇手说："不要埋汰我了！我也没办法。"这时黄经理敲了敲门，高杰和吴晓峰看了过去。"小吴，那个写给律师事务所的函件记得下午给我。"吴晓峰连忙答应。高杰把木皮拿到手上起身出门，"小吴，加油!"说着又笑起来。

说了半天闲话，办公室又一次安静下来，大厅里大家也各自坐回自己的座位上，偶尔又就某个话题你一句我一句地说起来。张姐刚接到王总电话，说待会儿要准备回来开个会。雨水从窗棂上淌了下来，吴晓峰赶紧拿抹布去堵住，很快抹布被浸透了，一条小水流像是透明的蜈蚣在地板上蜿蜒爬过。再一次把目光盯到电脑上，文档上空白一片。刘武知道我在为他写感谢信吗？他还能回来干流水线的工作吗？他忘记问高杰刘武多大年纪、哪里人、什么性格，可是问这些有什么用呢？"尊敬的领导"，他敲下五个字，接下来他又敲一行字，"你们都去死吧!"每当他要写产品文案、律师回复函、科技局回函、专利文件、企业内刊新闻，他都喜欢敲下这句话，然后删掉，心中有着莫名的快感。张姐小声地冲大厅喊："各位各位，王总回来了!"大厅里的说话声一下子没有了，吴晓峰偷偷瞄了窗户一眼，王总已经停好了车，从车子里出来，走路依旧是那么急匆匆的。他也赶紧缩回来，在位置上坐好。很快，扑通扑通上楼的脚步声传来，王总瘦小的身体又一次出现在办公室里，喊道：“小王，赶紧把开会的资料给我。”王姐早就迎了上去，把整理好的资料递了过去。

沿着大厅过去，就是大会议室，旋切车间、选料车间、浸染车间、物料部、人事部各个部门的头儿都过来了，王总拿着大号水笔在会议室的中央白板上勾勒出工作的进程表。十二点钟，大厅里的跟单员们起身往食堂走，他再次往会议室看去，王总还在讲话，说明注意力不在外面，他放心地起身往外走。推开大厅大门，楼下缝补车间机器的轰鸣声盖了过来，十一点半就吃完饭的工人都已经各自到岗开始了下午的工作。他沿着铁梯往下走，然后拐到隔壁的油漆车间，白乳胶刺鼻的气味散了开来。沿着贴墙的铁桥，办公室的一梭人往食堂走去，底下戴着口罩的工人们抬起头。吴晓峰听到下面的人说：“嘿，他们要去吃八块钱的套餐啦，妈的，还有水果！他们只有一荤一素，再加上一碗米饭和一份白菜豆腐汤。”他忽然抑制不住自己的优越感：我跟这些工人虽然同处一个工业城，可是待遇完全不同。我不用一天十二小时站在机器旁边，我坐在办公室，一天八小时，不用加班，领导不在，还可以偷偷打个呵欠（王总不允许中午睡午觉，不准趴在桌子上睡，不准靠在椅子上睡，吃完饭要立马回到办公室，不准聊天）。他装作毫不在意的样子，脸色紧绷，走路的步伐更加有力了。可他心里又生出一丝自我嘲讽：这只不过是五十步笑百步罢了，除了这些待遇稍微好些，我跟这些工人又有多少区别呢？我们不同样都是在这里仰人鼻息地谋生活么？经过浸染车间时，远远地能看到各种颜色的水雾从浸染池子里蒸腾而上，进去的时候，那种刺鼻的气味直冲脑门。里面的工人都是男人，各个哪怕是大冬天都是光着膀子干活。他们的眼白都是黄的。在这里，喜欢与不喜欢无足轻重。吴晓峰觉得自己的那点郁闷在这里变得轻薄起来。他捂着鼻子一口气跑到车间门口，湿润清冽的雨气让人精神一振。围墙边的香樟树，路边的野蔷薇，叶片都给洗得发亮。叉车从身边一辆又一辆地开过去。

大食堂工人吃的碗筷都搁在桌上，他们今天吃的白菜氽粉条、豇豆炒肉，跟昨天的菜一样。一眼望过去，食堂像是一片混战后的战场，地上、椅子上、桌位上都是散乱的菜梗和饭粒。食堂师傅拉着带滚轮的饭桶一桌一桌地收拾，不锈钢饭盘哐哐砸着桶沿。食堂靠里的墙壁上挂着工厂的宣传画：成排成排的厂房，意气风发地走出厂门的领导团队，笑得合不拢嘴的女工，气派干净的职工宿舍。画上蒙了一层灰，看上去黑乎乎的。明天这个时候在宣传画的边上按王总的指示，会贴上刘武的感谢信，一定要用毛笔字写得大大的，所有的工人都能看到。那时候那些工人会不会聚集在一起看？

他们会不会猜出这是谁写的？吴晓峰不敢想，端着饭菜去了边上专门开给管理人员吃的小食堂，里面有空调、电视，王总平时也是在这里吃饭的。张姐、各厂的跟单员和检查员都在里面，吴晓峰照例跟着产品设计师文涛坐在一起吃饭。狮子头冷了，紫菜蛋花汤也冷了，吴晓峰没有什么胃口去吃。

“你写过感谢信吗？”文涛一根筷子戳中狮子头慢慢啃，“我妈写过。小时候顽皮，一个人在街上玩丢了，后来被派出所的叔叔给送回了家，我妈送了一面锦旗和一封感谢信给派出所。你要感谢谁？”吴晓峰便把刘武的事情说了一下，文涛嘎嘎地笑出声：“你不写得情深意切，王总是不会放过你的。”吴晓峰把筷子扔到盘子里，张姐正在说王总下周要出差的事情，食堂里一阵兴奋的骚动。耿姐问：“是真的？”张姐眼睛一瞪：“当然了！他要去北京开会。”文涛转头听了听，又转头过来吃饭，“妈的，赶紧走，我每天为了那个三聚氰胺浸渍纸设计图加班到晚上十二点，设计一稿毙一稿，都快被整死了。”过来收拾桌子的食堂师傅轻轻说了一句：“王总他们过来了。”大家都立马低头默默吃自己面前的饭。王总走进来，大家都抬头纷纷打招呼：“王总好！”王总淡淡地点头，径直走到最前面的那张桌子坐下，食堂师傅把菜给端了过来。管人事的黄经理走了过去，弯下腰跟他小声地说话。王总一边听一边点头，忽然把筷子往桌子上一放，大声说：“不行的啊，不能让刘武这么胡来。你一个做人事的，怎么这点儿小事都搞不定？”黄经理连说是是是，又小声地解释，王总抬头盯着他看，他没敢再说什么。大家陆陆续续地走开，吴晓峰和文涛也匆匆忙忙地吃完，小心翼翼地躲出去。

下午，吴晓峰和文涛都被张姐叫进王总办公室，两人慌慌张张地拿着本子等在门外。王总坐在办公桌后头正在跟分销商打电话，说了十来分钟刚挂，张姐这边又转进一个徐州开发商的电话。大厅里安安静静的，只有打印机吱吱嘎嘎打印跟单数据表，远远地从车间传来轧板机的声响。腿站得有点发麻了，手握着胶皮本子隐隐发汗。偷眼看文涛，他侧脸的胡楂没有剃干净，白色的衣服领子脏兮兮的，可见是几天没换衣服。看王总一时半会儿电话讲不完，有点儿想回去，又不敢。文涛低头打了一个呵欠，一只老鼠从大厅的立柜边上嗖地一下跑走了。好容易讲完电话，张姐叫两人进去。

王总把手机扔到办公桌上便说：“小吴，你要跟移动写个投诉信，信号这么不好，打电话老断线。”吴晓峰连忙打开本子记下。

“另外跟我们律师事务所的信件写得怎么样了？”

“还在写。”

“你快点儿行不行？他们事务所怎么办事的，员工告公司要赔偿，每次都是员工赢，我们公司还要他们干什么？”王总的声音沙哑，头顶上一撮头发竖了起来，吴晓峰很想跟他说一声，又忍住了。

“张律师说现在国家法律就是倾向员工的，官司很不好打。”

“不好打不好打，不好打就换律师事务所！”

吴晓峰的笔在本子上划动，记下王总说的每一个字。窗外的雨小了，三厂的彩钢瓦屋顶上停着两只斑鸠。咕咕。咕咕。斑鸠的叫声是这样吧。张姐的鞋跟在地板上磕托磕托地走动，她递给王总一份产品设计示意图，是文涛的设计，吴晓峰的文案。

“我想要的是简约的风格，不是简单！明白不明白?!”王总戳着设计图纸讲，“小文，麻烦你动点儿脑筋好不好？小张，你把我从美国带回来的那几份宣传图给小文看看，看看人家的设计。”王姐从文件柜里翻出来几份英文杂志拿过来。风从半开的窗子那边吹进来，王总头上那撮竖起的头发簌簌地摆动，他又一次冲动地想说出来。搁在桌上的图纸翘了翘，翩翩然晃到了地上。吴晓峰低头去捡时，发现文涛放在腿上的左手竖了一个中指，再往上看，文涛的脸上表情严肃认真，眼睛随着王总的手指在宣传册上滑动。

要去马路对面的六厂拿样品，文涛拿出烟，分吴晓峰一支，两人速速地抽了起来。厂区里是禁烟的，但今天下雨，抽一支也不碍事。雨细细如粉，两人走得很慢，伞也懒得打。过地下通道时，文涛喊了一嗓子：“操！”回声大得吓人，吴晓峰忍不住看了看身后，幸好无人。“他妈的他要这个要那个，他给涨工资啊！给这么点钱，又没有好的设备，叫我做个毛啊！”文涛把烟头弹到水洼里去，“当初的设计稿给他，他说可以。今天又变卦，要重新搞。一天一个主意。妈的！”吴晓峰笑了起来，“你还没习惯他的风格啊。我写文案不也是如此么？写一稿毙一稿，最后转了一圈还是要了我写的第一稿。”文涛笑了笑：“恐怕连他自己都不太清楚自己想要的究竟是什么吧。”地下通道把他这句话扩得很大，吴晓峰又忍不住看看身后是否有人走过来。通道上面的马路上，有大卡车开过的轰隆声。一道道雨痕滑过墙壁，墙面上满是深绿色苔藓。两人静默地站在阴凉的洞口又各自抽了一支烟，等车子开走后，文涛眯着眼睛说：“我干到年底就辞职。”吴晓峰有些惊讶地问道：“上个月，王总不是还在职工大会表扬过你吗？说你爱岗敬业，为了工作经常加班，还说这种工作精神值得肯定。”文涛嘁地一声：“表扬顶个屁用！你看他给我涨工资了吗？”吴晓峰点点头：“想好去哪儿了吗？”文涛摇摇头：“我也不知道，只是觉得不能再这样下去了。也许去旅旅游，也许什么都不干，就待在家里。反正不能再待在这里了。你怎么打算的？”吴晓峰愣了一下：“我还真没想过这个问题。”文涛笑了笑：“天天写这些东西，你觉得有意思吗？”吴晓峰心里刺痛了一下，没有接话。

穿过地下通道，展眼望去是宽阔的水泥地，再前去是京杭运河，有运货物的轮船哒哒地开过去。阴沉的乌云堆积，看样子雨还要持续几天。从非洲运来的阿尤斯、酸枝、水曲柳都堆在六厂和运河之间，每段木材都有一人多高，有五六个工人在忙活，固定在塔楼下面的大型切割机对木材进行切割，木屑从锋利的刀刃边缘飞出。这些木材在水里浸泡了很久，捞出来后散发出沤烂的腐臭气。黄经理骑着电动车从身边开过去，两人连忙点头打招呼，本来散漫的步伐此时也快了起来。黄经理的脸色看起不大好，脸颊往下垂，神情绷得紧紧，向他打招呼，他勉强笑了笑，算是回应。两人沿着黄经理开去的方向望去，路的终点是工业城的正门口，几位穿着黑蓝色保安服的保安围在一起。等去六厂拿了样品出来，正门口又新增了几个保安在那儿，黄经理的电动车靠在门卫室的墙边。两人走了过去，只见门卫室的一边窗户上玻璃被砸碎了，自动伸缩门也关上了。

一个手打绷带的男人，站在门外叫："老子要告你们的！"吴晓峰和文涛停在稍远处的停车场看。那男人看样子二十岁上下，瘦瘦高高的个子，上身的厂服有斑斑的血迹，灰白的绷带从脖颈处下来，挂着他打了石膏的右手臂。被保安围着的黄经理不理会他，拿着手机说了一会儿话，挂了之后又看了看保安："还愣着干什么？把他撵走啊。"自动伸缩门打开，保安们冲了出去，男人左手拿着砖头往后退："你们别过来啊！再过来我就打了啊！"保安们面面相觑，不敢轻易行动。黄经理扬起手臂："厂里宽宏大量，不追究你的责任，还给你五千块，你还不知足，闹个什么劲儿？"文涛低声说："我知道了，这个是你帮他写感谢信的刘武。"吴晓峰点点头。

刘武光着脚站在马路与人行道之间的绿化带上，砖头飞了过来，大家都急忙躲开，没有砸到任何人。紧接着他的两只球鞋又砸了过来，一个保安的眼角被削了一下，另外一只飞到保安室的屋顶上，一只黄猫喵的一声从屋顶上跳了下面，众人都吓了一跳。“你个龟儿子！”眼角被砸伤的保安拿起刘武的鞋子回砸了过去，刘武没反应过来，额头着了一下，身子往绿化带上倒去。大家哄地一下笑起来。刘武待要从绿化带上起身，绷带被小叶黄杨的枝桠勾住，怎么也扯不下来，再一往下使劲儿，枝桠又弹了回去，打在了石膏上，他喊了一声“操！”一屁股坐在了地上。保安们三三两两地散开，吴晓峰也打算往马路对面去了。

此时叮叮当当自行车车铃响，轮班的人下班了。自动伸缩门大开，工人汇成黄色的河流往马路斜对面的职工宿舍楼拥去。刘武站起来喊道：“黑心工厂！大家莫在这里干！”陆陆续续有人停了下来，黄经理在门口挥手：“赶紧下班回家，不要在这儿停留！”停滞的人流又慢慢地流动开了。刘武抬起受伤的右臂：“黑心工厂！大家看看我的手臂！”保安这边赶着下班的人快走，大家都默默地走开了。刘武斜插进人流中，左手扬起，往右臂指去：“你们看看我的手臂。”大家绕开了他穿过马路。他光着脚，追着避开的人群：“你们看看呐，看看呐。”人群又一次停滞下来，零星地有人抬眼看过来。黄经理的声音又一次过来：“走啦走啦！”人群再一次流动起来，很快就到了马路的彼端。刘武朝着马路吐唾沫：“你妈个 ×，你们个个是脓包！”他又一次看着门口，他的那只鞋子躺在保安室的顶上。他向前走了两步，保安们迎了过来。他咕哝了一声：“我拿我的鞋子。”保安们没有让开，他往侧边走了走，保安们随即挡了过去。他跺着脚，路上的水花溅了起来：“你们欺人太甚。”保安们不理会他。他只好退到绿化带边上。他身后空旷的马路上滚过来一只白色塑料袋，像一只小白兔，停一停蹦两下，79 路公交车碾了过去，塑料袋被车轮带走了。

刘武的眼睛里蓄满了泪水，可是没有滑落下来。吴晓峰迎面走过去时，看得很清楚。他手臂上的绷带被蒙蒙细雨濡湿了。吴晓峰想停下来，好好看看刘武，可是又不敢。黄经理虽然已经走了，可是其他的保安都在看着。刘武垂着头，站在那儿，脚上的尼龙袜子破了个大洞，大脚丫子露了出来。路上的水流从他脚底下淌过去，想必是冰冷的，他的脚背都弓了起来。他一边走，一边偷眼看。走到马路这边，文涛拍拍他的肩头：“你一定要写得情真意切哦。”吴晓峰莫名觉得心烦，小声回了一句：“少损我了！”文涛诧异地瞅了他一眼：“你怎么了？”吴晓峰不耐烦地加快了步伐，像是后面有什么在追着他似的。文涛连连喊了他几声，他也没有停下来。回到办公室，王总办公室传来惯有的训斥声：“你们会不会管人？会不会？会不会？”黄经理、高杰两人低头站在王总办公桌前，王姐这边转来来自香港总部的电话，王总接了过去，说话的半个小时时间，他们一直保持着低头的姿态。大厅里连打印的声音也没有了，大家好像都在小心地呼吸。

窗外是暗下去的夜景，一排昏黄的路灯，偶尔走动的工人，泛着零碎光斑的水洼，从三厂传来的机器轰鸣声，像是饥饿的野兽，在吞吃夜色。吃什么都没有胃口，吴晓峰连晚餐都省掉了。王总的车子开到马路对面的大老板那里，听张姐说大老板让他过去参加宴席。也许他还会回来，也许他还能看到他在这里加班，也许他也会在职工大会上像夸奖文涛敬岗爱业那样夸奖自己。他忽然想起那篇表扬文涛的文件，还是自己为王总写的。到时候，改一下名字就可以了。想到此，他自己忍不住笑了起来。办公室灯没有开，空气清冽湿冷，大厅的人陆陆续续都走光了。吴晓峰待在这份安静之中，仿佛时间之流也停止了。片刻后，办公室的顶灯刷地亮起，吴晓峰眼睛一时间闭了起来。“怎么还不走?”文涛换好了便装，站在门口。“我要加会儿班。”吴晓峰睁开眼睛，“你不加班吗?”文涛走了过来，扔给吴晓峰一支烟：“妈的，加班又没加班工资，小心过劳死！今天说什么我都要回去补一觉了。”文涛坐了一会儿就告辞走人了。从运河那边传来微茫的汽笛声，还有马路上公交车报站台的声音。吴晓峰发了一会儿愣，手指在键盘上敲着，一下午过去了，文档上始终只有一句：“尊敬的领导，您好！我叫刘武。”

新年快乐

大年初一的早上，没有阳光。海阳睡的后房更是被黑夜埋住了。母亲利索地开了灯，炽烈的灯光一下子炸开了海阳沉重的眼皮。海阳恼火地叫了一声妈，立马用被子盖住了头。母亲沾满肥皂泡的手，带着池塘水特有的腥味，急切地摇着海阳裸露的胳膊。“快起来，快起来！出大事了！”海阳极不情愿地从被窝里探出头来：“一大清早干吗啊？”母亲呼呼地喘气：“还睡还睡，海清死了，还睡！”海阳啊的一声坐起来。“救护车快过咱家门口了！”母亲说完就匆匆地走出了门。

海阳内衣都来不及穿，披了件军大衣，裹着光身子就往门口跑去。昨夜一场饱饱的雨将歇，零星的雪花又簌簌地落下来。湿冷的风惹得海阳连打了几个喷嚏，母亲赶上去给他披上了一件羽绒服。

果然，有120救护车开过来。各家各户正门大敞，每家的主人都与海阳一样倚着门柱，默默地看着救护车开过。这是一个喜气的日子，一年之始，谁也不想沾上死亡的晦气。救护车就像一条孤独的白鱼，在乌沉沉的村庄中间游动。车门紧锁，车窗更是紧闭，低沉的哭泣声从车缝里漏了一地。几位站在池塘边的老妇，开始抹着眼泪。小孩刚要跑过来，随即就被大人紧紧钳住。

海清死了？——这个瘦瓢子又玩什么鬼把戏？昨晚，还啤酒、白酒、红酒一齐干，拍着胸脯说老子在外面这点酒算个鸟的海清死了？海阳还嘴角翘翘地笑，又是乡下人的大惊小怪！冷得不行，海阳转身就要去重新钻到被窝里继续睡。这的确看上去像个恶作剧。跟他同了六年的桌子，还不知道这个瘦瓢子的鬼点子多？全班的女生没几个不恨的，一旦从书包里看到大青虫，二话不说赶着就打的人，会老老实实地翘辫子？笑话！

哐当当的一声，海阳的目光被从楼上掉下的棒槌勾了去。母亲从楼梯口赶下来去捡。从东莞特意带回来的酱紫色大衣穿在母亲身上，分外地大。这还是去年特地让妹妹量了尺寸买的，一年的日子又吃掉了母亲一成肉。海阳拎起木桶，几下子就上了楼。“我在塘下洗衣服的时候，听你贵芳娘说的。说是海清喝酒喝太多了，胃都给烧了个大洞，送到医院抢救都来不及了……你们，”母亲赶上去，眼睛直直地看着海阳说，“是不是昨天晚上一起喝酒的？”难道是真的？母亲是从来不说谎的。海阳心里一阵乱，到了阳台，放下木桶，就往楼下赶。

走到离海清家还有几米远的地方，海阳突然走不动了。脚一下子失去了向前走的力气，只得倚在砖墙上喘气。海清家是平房，在周匝双层楼房的围观下，喑哑地低下去。枯瘦的洋槐枝干，把海清家的墙壁切割成了黯黑的碎块。没有人围观，没有人哭泣。暗暗的天空紧扣着村庄，丝毫未有转晴的迹象。零星的雪花掺杂在密密的雨中，纷杂地坠下来。海阳的牙齿磕磕磕地砸着嘴唇。从贴着池塘的南边路上，走来海清的父亲大河爷和夏垸的王道士。没有表情，没有言语，大河爷灰黄的脸浮在薄薄的夜色中。海阳赶紧躲在了砖墙的背面，好半天才敢探过头看，走过去的大河爷的背垮塌在漫漫的水汽中。王道士紧跟其后。

杏黄色的道袍里，传来叮叮的道士铃声，梭梭地穿过来，扎在海阳的耳朵里。海阳茫然地看着水汽缭绕的池塘，远处的田野铺上了一层薄雪。刹那间，一切模糊了。道士的念咒声与低沉的哭泣声缠绕在一起，像是一条冰冷潮湿的舌头，舔着村庄的每个角落。海清真死了！海阳一下子确认了这个事实。真，真他妈的死了！海阳狠命地摇摇了头，一脚踢到砖墙上去。眼泪灼灼地浇了一脸。怎么会？怎么会？昨晚，也就五个小时前，大军、海涛，还有海清，我们不还在一起喝酒抽烟吹牛打扑克的吗？怎么今天一个活人说没了就没了？怎么会？怎么会？×，我准是还在做梦！海阳狂躁地跺着脚，从口袋里摸出半包红金龙和火机，抖抖索索地点上烟。辛辣的烟气从喉咙直撞到肺叶上，马上又被弹出鼻腔。一口气没有提上来，咳嗽猛烈地喷出。鸟烟！这么难抽！海阳把抽了一半的烟扔到泥地上。火机待要扔，一眼扫到了机身上贴着的三点式女人的艳照，这还是昨晚从海清那里薅来的——妈的，这瘦瓢子还真死了！

海清酒喝得太多了，胃烧了个大洞，人们说。海清回家就喊肚子疼，送到医院没有抢救过来，人们说。海清是大河爷的独苗啊，死了就断子绝孙了，人们说。一路上，人们都这样交头接耳地说。海清啊，你有种一口气把这瓶啤酒干了，不干你是乌龟王八！海清啊，你他妈的在温州当了小工头，就神气了，就牛了，就不理我们兄弟几个，罚三杯！海清啊，你是爷们儿，可不敢说不行是不是？海清啊，你跟他们都喝了，就不跟我喝，是不是瞧不起我啊？海清啊，海清啊……海清妈妈秀兰娘一声声叫着，低低的，重重的，从道士的超度声中窜过来，死死地咬着海阳的耳朵。海阳捂着耳朵，往村庄深处逃去。

海清是被我们害死的！我们，我、大军、海涛，在海涛家里把海清给硬硬灌死了！海清最铁最亲的兄弟，从光着屁股蛋一起玩弹子，到一起逃学、一起打架、一起泡游戏厅、一起看录像、一起玩摩托、一起打工的兄弟，在昨晚用啤酒白酒红酒轮番的强灌下，把海清的胃烧了一个大洞，然后海清就这样死掉了！海清啊，海清啊……海清妈妈秀兰娘一声声叫着，低低的，重重的，追得人好凶。简直没个躲处。

海阳，新年好！海阳，出访发财，大吉大利！海阳，今年咋还不拐个外地媳妇回来啊？……簇新的衣着，在漫漫一路拜年人的身上熠熠生辉。这是个喜庆的日子，这是个旧年除尽新年开始的好日子。海阳咧着嘴，一一回应着路人的新年祝福。脚步却越发走得急。真他妈的烦透了！我真是吃了屎，非要死赶活赶地从东莞赶回来！路上的泥泞，万千人践踏，早已是污水四溢。哪里有东莞的半点好？干净的水泥路四通八达，路边起着座座肥厚的厂房。草坪一场修割下，清冽的青草香叫人喜欢地饱吸。家里的厕所，白天都怕去上。满大缸的粪便，都要顶到屁股尖了。恶心透顶。更叫人无聊透顶的是，家里连个网吧商场都没有，连手机充话费的地方都没有。才在家里待了不到一天，海阳就嚷嚷着买初四的票回厂。

要不是海清、大军、海涛几个陆续从各自打工的城市回来，骨子怕是要在家里睡散掉！海清搞装修，大军开大卡车拉货，海涛做服务员，自己在厂里做普工，就好像失散的各部分身体，回家立马好成了一个人。

年年过来，年年如此，四个人觉得这样的日子会永远这样下去，哪怕各自成了家有了娃都一样好下去。大军娶媳妇，要不是他们其他三个人帮衬，还不乱成一团糟？装修、买家具、盖新房，三个人各自掏了三千五千地帮。大军相亲，还是他们一起定的。大军骑着摩托车，拉着他们，一起杀到女方家里去。四个人，八只眼睛毫无羞赧地盯着女孩看，直接把女孩看得浑身像长满了虱子似的，痒。其他三个人都说那女孩除开有点斗鸡眼，条子好，屁股大，奶大，嗨起来肯定爽死了，海清立马做出一脸高潮的兴奋样，众人立马啊啊地尖叫起来。大军狠下心来，就把女孩给娶了，来年就生了带把儿的。四个人见了面，大军就被揪着要他讲床上的事情。大军不肯，被打得叫饶还不行，只得讲了，越讲还越带劲。见了大军媳妇，其他三个人都对着她傻呵呵地笑。大军媳妇算是烦死了大军这帮兄弟了。

大军家结婚用的摩托车，每日吭哧吭哧像匹野马似的在田野上奔驰。谁也不拽大军媳妇的冷脸，骑着摩托车，去市区泡馆子，在网吧玩 CS，完了拥进北方澡堂里去洗澡，哇啦啦地跳进滚烫的澡池子里，比谁的鸡巴长，谁的鸡巴短。闹得一澡堂的人纷纷跑开。他们也不管。玩到天黑，家也懒得回，就凑到四个人某个人家里打麻将，斗地主，直到大军媳妇抱着孩子闯进来，冷冷盯着大军看，大家方散。

自从出去打工，年年回来过年，都是这样疯的。钢灰的流水线，一个又一个电子零件从手中走过，不敢有丝毫马虎的普工生活，那憋屈，那烦闷，全在过年这几天来了个大翻身。这是我们的世界，谁敢跟我们说个不字，花的是自己的钱，谁管得着？

昨天玩得真爽，一行三人陪着海涛到梅川去相亲。一路呼啸而去，从平原闯到莽莽山区，摩托上的音响开到顶，三个人跟着音乐一通狼嚎。我是一匹来自北方的狼，就让秋风带走我的思念，我在遥望月亮之上……一路惹人侧目。到了相亲的人家里去，都收着脚，规规矩矩挤在一条长凳上，眼睛却毫不老实的，像四把犁，在姑娘身上犁了几遍方才收回目光。三人一致对女孩这么胖还不去死表示极大的惊讶，商讨完后全对着海涛坏坏地笑。海涛坐不住，还没一个小时就不管女方挽留，一溜烟跑出来。我 ×，那妞儿真是无处不大！海涛出来说的第一句，就害得海清几个笑得直咳嗽。四人遂返回，一路笑骂那姑娘肥猪。

晚上，就在海涛家吃年饭。海涛妈妈死得早，海涛爸爸不善做饭，四人就自己开火。切菜、炖汤、炸年糕，呼噜呼噜几下，一大桌子菜就色香味俱全地摆上了。都知道海涛心里不爽，都陪着他喝上了。海清尤其闹得欢，谁会知道他会出事？

“不行，我得去找大军和海涛他们。”海阳想道。一个人实在难以面对这样的突变。他转身穿过小巷，拐到大军屋里去。站在门口，海阳叫了几声大军，无人应。只得走到堂屋里，又叫了几声，只听得从左厢房里传来隐隐的哭泣声。海阳走过去，推开绿纱门，大军媳妇窝在沙发里，摇着小睡轿，轿里的小家伙还在睡着。

“鸿雁，大军……”海阳话问到一半，即被卡住。

鸿雁眼泪淌了一脸，眼睛怒冲冲地杀过来：“你还来找他做什么？你们害得他还不够？……”一连串的问话逼得海阳退到堂屋。

“鸿雁，大年初一，怎么说话的？”从楼上下来的大军妈妈喝住了鸿雁。鸿雁哼了一声，砰的一声关上了门。“不懂规矩！”大军妈妈十分不好意思地给海阳让座倒茶递烟，“大军一早就出去了，早饭都没吃，也不知道冲哪里去了。”海阳向大军妈妈客气了几句，就溜出去了。

在海涛家，海阳找到了大军和海涛两个。昨天吃饭的桌子，还没有收拾，一大桌子杯盘狼藉。酒瓶子滚了一地。最右边，是海清坐的位子，吃剩的鸡骨头还垒得老高，酒杯子扣在骨头上。海阳心头一紧，眼睛又是一湿。

谁都不说话。一盒子白沙，几下子都抽完了。一屋子烟气。没了烟抽，就咳嗽吐痰擤鼻涕。大军头发蓬乱，显然是从被窝里直接下来，奔到了海涛家。海涛整个脸都是浮肿的，眼泡子红胀，显然是哭过了。海阳从大军脸上看到海涛脸上。

“妈的 ×，别看了！”大军不耐烦地咕哝了一句。

“怎么办？”海涛问。

“老子不知道！海清是在你家喝的酒。”大军说。

海涛从椅子上跳起来：“大军你把话说清楚！他是在我家喝的酒，但是我、你，还有海阳，哪个喝得比海清少？偏偏就他出事了，这能怪得了谁？”

“他本来就有胃病的，我们不该灌他那么多酒的……”海阳转头看着海清坐的位子，沮丧地说道。

“反正是你们拼命灌他的……”大军冒出了一句。

“妈的，你什么意思？”海涛怒气冲冲盯着大军问，“你的意思是说是我和海阳把海清给害死了，你就一点关系也没有？”

大军偏过头：“反正我没有灌他……”

海涛气得直哆嗦：“你妈的睁眼说瞎话！让海清喝三杯的是谁？让海清白酒啤酒红酒一起喝的人是谁？”

海阳上前拉住海涛：“别吵了，大家都是兄弟！”

大军站起来，往门口走，回头来了一句：“懒得理你们！还是我媳妇说得对，你们就是一坨屎！”

海涛抓起一个酒瓶就砸了过去，大军一闪开，跑走了，酒瓶哐的一声砸到了门上，随即哗哗碎了一地。

雪竟下得越发大了，柴垛上、山墙头、树枝头，全铺上了厚厚一层，好似都戴着孝。早上的年已经拜完了，路上连个人影也无。海阳缩着脖子，身上一点暖气都给江风吃掉了。脚冻得生疼。海阳知道有些东西再也不会回来了，一下子鼻翼酸得厉害。这是怎么了？才一晚上的事情，一觉醒来，什么都变了。每个人的口袋都装满了，唯独自己却一下子被掏空了。沿着长江大堤，海阳对着风奔跑，雪片直往身上飞削而去。浩浩江水，依旧向东流去。曾经，海清、大军、海涛，还有自己，大热天里光着屁股蛋泡在这江水里，大叫大嚷地打水仗，有时候扛着渔网来打鱼，而今浑浊的江水瘦到了河底，对岸灰漠漠的群山迷失在茫茫的风雪之中。海阳一阵子猛烈地呕吐。

父亲和母亲早坐在了房间里等着海阳。海阳刚进屋，父亲就猛地站起，兜头给了他一个耳光。海阳好半天才缓过劲儿来，要是平日里，怕是早就吼起来，跟父亲对着干了，而现在他却是木木地立在门口，望着墙。

“全垸的人都说是你和大军几个把海清给灌死的！你还有脸回来，你这个孽畜！”父亲吼着又要冲上来打，被母亲死死地拉着，“你丢的不是你的脸，你丢的是我这张老脸！人家都在背后戳着我的脊梁骨骂我没管教好你这个败家子，你把老子的脸都丢光了……你妹妹出去，才做了一年裁缝，就给家里寄五千块钱回来，你都出去五年了，一分钱都没见到……我还指望你把屋拆了建新的给你娶亲用，你又给我搞了这一摊子事……”

海阳古怪地笑了笑，母亲刚问了一声怎么，海阳身子一软，就倒在了地上。海阳，这火机不能给你，这是我好不容易在温州买到的，怎么着，喜欢上这上面的妞儿了？海清的脸红得像个烧红的锅底。海阳，我才不要跟你喝，你都不给我在你厂里相一个中看一点的妞儿，不够哥们是不是？海阳，我不能喝了，我肚子有点疼，我出去撒泡尿。海阳，说实话温州哪里有你东莞好，我去你那儿，投靠你去……海清瘦高的身子倾斜过来，脸上两边的颧骨都给烧红了，一杯干净一杯又给倒满，没个完。海阳，我，我不能喝了，我肚子有点疼，我出去撒泡尿。就再也没有回来。都趴在桌子上，一连声地叫海清，没有人答应，都说他是给尿淹死了。海阳，我不能喝了，海阳，我肚子疼，海阳，海阳，海阳……

“海阳，海阳，醒醒啊——”

海阳的眼睛好容易睁开，眼泪随即滑了一脸。母亲叹了口气，拿毛巾要去擦，被海阳抓住了手：“妈妈，我也不希望海清死啊！我也没有想要他死啊！”母亲点点头，说知道。海阳捂着脸，泪水从手指缝间渗出。

好大一会儿，等海阳平静些，母亲才说：“你爸爸到大河家去了。”

“他去干吗？”

“他带了一千块钱过去给你大河爷。”母亲顿了一会儿，“海清今天晚上要给抬去埋掉……”

海阳一句话也没有说。夜色来袭，风雪正紧，是老人家说的瑞雪兆丰年。迎春的鞭炮四处哗啦啦地响起。天色一点点暗下来，暗下来。海阳的手机响起，拿起看去，是同事群发来的一条短信，上面写着——新年快乐。

归去来

她又来了，在我家吃晚饭的当口。显见得是一路跑过来的，鞋丢掉了一只，枯瘪的身子弓着她大儿子初中偌大的校服，腰上横抹一条格子围裙，乳黄色的裙底皱着，且有大大的脚印，一看即是被叔叔打了。她喘着气往我家厨房窜过来，关上门，妈妈立即放下碗迎上去。她身体的颤抖漾到我妈妈环抱过去的手上了。妈妈让爸爸放下碗筷去外面看看叔叔是不是追过来了，又唤我拿双拖鞋给她换上。爸爸乍一开门，她连连往厨房后门挫，妈妈安慰她没事的，叔叔没有追过来。

距离上次她来还不到半个月，那次是因为忘了给叔叔买酒，叔叔一顿拳脚擂过来；这次却是下酒的花生米炒煳了。当时她还在厨房里蹲着刨莴笋，一下子刨子连带整个人飞了出去，撞到了厨房角落的柴堆上，母鸡咯咯咯地从她身上逃出去。她趁着叔叔停歇的片刻，起身往厨房后门逃，叔叔拿起砧板砸过来，正好砸到了左脚，鞋子被绊掉了。她也不顾了，稍一迟疑，没准菜刀都能飞过来。她的大脚丫在讲的时候一直在缩，露出三个脚趾头的白袜子上血迹渐深。妈妈给她包扎的时候，我依旧坐下来吃我的蛋炒饭。可她都看得我简直没法吃下去。“我儿还没吃饭啊，我儿还没吃饭啊。”她起身要走，又被妈妈按下来。妈妈派我出去探探情况，一有叔叔的踪影赶紧回来报信。

天完全黑下来，叔叔并无来的意思。我转身回家，坐在她身边的除开妈妈，还有隔壁的大奶奶。萤萤一点煤油灯光，喷出凛冽的灯油味。众人的身子在微薄的黄光中，折返出一沓沓阴影。爸爸洗好脚，往大门口溜，给妈妈的声音截住。“你要做么事？”“我就去上个厕所。”“你莫一上又是一夜不回，人总是要点脸的。”“你瞎说。”爸爸丢了一句就奔进了夜色中。妈妈恨恨地扭头不看，我即知爸爸又去打牌了。“我不敢说他一句啊，”她突然开腔，“他打牌一天打到黑，地里的草都没锄，长得一人高了。我上个月就是说了一句要他少打一点，他就一巴掌打过来。”大奶奶握着她细瘦的手，对妈妈说：“你屋里的这个是个好脾气，不打人。”“我屋里的年轻时候打我打得要死，关起门来，不出声，随手拿起凳子椅子扫帚就往我身上砸，当时我还怀着老大，他也不会心疼一丁点。现在不也好了，熬个几十年，男人的脾性会软下来的。你看哪个屋里的不打老婆，前头的菊花不就是被打得怄气喝农药死掉了。”“我不能死啊，我还有两个儿啊，我死不得啊。”她连连摇头。

她六岁的小儿子在我们刚睡下的时候寻来，她立马从床上坐起来：“是我兵儿。”我下床开门，兵儿闯进来连连叫妈。她赶忙抓起衣服穿上：“是不是你爸叫我回去啊，我马上就来啊。”妈妈拉着她：“哪里有像你这样的啊？”“肯定是他要我回去，一家人还没吃饭。”她起身下床，摸着黑找鞋子。“爸爸让我告诉你死在外面永远莫回来。”兵儿还要说，被妈妈喝住了。校服在她身子上垮下来，她转头看着我妈。“不回去屋里东西不又要打个稀烂。莫回去！回去不又找打！”妈妈起身把她的手扣住，“不回去就不回去，看有么人给他做饭洗衣服，简直，简直是把人不当人！”“我儿明天要上学啊。我屋里的鸡还不晓得回笼没有啊。阳台上的衣裳还没收啊。”她的身子往门口送。“你回去，你回去，招打是你活该。”妈妈扔掉她的手，钻到被窝里。窸窸窣窣，窸窸窣窣。“拖鞋明天让兵儿还过来。”“莫还莫还，你莫过来，死了活该。”

再次来的时候，是在几年后，叔叔做生意亏了本，一家子为了躲债，搬到了煤矿上。她在我家门口的谷场徘徊了半晌，才迟疑地往我家堂屋探头去看。我并未立即认出她，她一边脸坟起肿泡，嘴角生了冻疮，一头的煤屑子，还有两个高耸的颧骨处的淤青。她叫我名字，问我妈妈在哪里。妈妈在地里捡棉花还未回家，只有我在。她怯怯地缩着头，贴着凳沿坐，细窄的裤腰上纵横着黑印痕——叔叔此次用的是棍子打，打得屁股都不敢沾凳子了。她喝水，眼睛翻上来，露出黄白的底，眼睑下来也是淤青。我在做作业，其实在躲着她身上古怪的臭味。“我儿不上学了，我儿造孽啊，我儿一天到黑在港里吊龙虾回来当菜，屋里没得吃的啊。”她自顾自一个人卷起衣袖，“我去卖血，卖血的人嫌我年纪大，一身病，要都不要。”等了半晌，妈妈还没见回来。她起身说走，我送出去，“我儿也和你一样高了。”走两步，她又转身回来，张开手：“我没有拿你家东西哈。我什么都没拿。”见我点头，她才放心地离开。

这年的年末，她两个儿子，大的十八岁，小的十六岁，从煤矿跑到我家来。一问是把叔叔给打了。叔叔从煤矿回来见饭没做，又见她睡在床上，也不管她是不是发了高烧，随手拿起铲子拍过去。这次，一贯沉默的她尖叫起来。两个儿子在堂屋闻声冲了进去，把叔叔一把推倒在地：“为什么打我妈？为什么打我妈？”一顿拳脚打得叔叔起不来身。打完后，两人觉得后怕。她让两个儿子快跑。他们就跑到我家来了。叔叔随后两个小时撵到，高高瘦瘦的个子还穿着未换洗的工服，上面是凌乱的脚印，额头还在流血，头发纠成一团。“两个畜生在哪里？在哪里？”他们早让妈妈带到另外一个亲戚家去了，此时爸爸上前稳住他。谈话中，隐隐能看到叔叔的工服下藏着一把斧头。正说着，她歪歪斜斜地赶过来，她脸上一括括起着皱纹，整个身子肉都给枯干了，像一只离开水的虾子，进门就摔了一跤。叔叔回头看着她。“你养的好儿子！你养的好儿子！”他过来一脚待要踹过去，爸爸死命拉住。“你打我，莫打我儿。你回去，我给你做饭，莫打我儿。是我错，莫打我儿。莫打我儿。”

两个儿子给叔叔磕头谢罪后的几年，各自成亲。一家人还清了债务，又从煤矿搬回来。她却逐渐下不了床。给叔叔做饭洗衣服的换成了两个儿媳妇。跟着妈妈去探望她时，她像是变成一个浑身散发恶臭的小女孩，身子缩了又缩，才四十几岁的人，脸却是老年人的。妈妈问她好，她看了半天已经不认得了。她怔怔地望着窗外晾晒的衣服，哼哼地说着儿媳妇给老头洗的衣服不干净，老头要骂的。自己又动不得，这儿疼，那儿疼，浑身都疼。妈妈又说着宽慰的话。此时兵儿和媳妇进来，给她送晚上的饭菜。她吃了几口，说菜有点淡。兵儿横眼瞪着媳妇：“我怎么说，叫你多放盐的，你就不听。”媳妇低头咕哝了几句要辩解。只听得拍桌子轰的一声，房间里的人都给吓了一跳。你再犟嘴，我打死你！声音是从她的小儿子嘴里一粒一粒吐出来的。歪靠在枕头上的她，突然慌张地坐起来：“我错了，我错了，你打我，莫打我儿，莫打我儿。”

母亲卖血记

哥哥突然跟我说："你出来一下。"我问他："做么事？"他没有解释，口气更重了："你出来！"那时我正在自己房间看书，见他如此，只好丢掉书跟他出了房门，穿过堂屋，走到前厢房时，我瞥见母亲带着两个侄子躺在床上看电视。走到大门口，母亲问："这么晚咯，你们出去做么事？"哥哥说："有点事儿。"

我从来没有见哥哥这个样子：嘴巴紧闭，脸色沉沉，像是立马要发起怒来。我莫名觉得有些心虚，想自己是不是做错了什么事情，可又不敢多问。他飞快地在我前面走，我紧跟在后。到了长江大堤上，回头看村庄，点点灯光点缀在浓稠的夜色之中。大堤上无人，哥哥转身看我，劈头就是一句："你晓得老娘卖血的事情啵？"我一时有些懵："卖血？俺老娘？"感觉这两样事情一时联系不到一块儿去。哥哥点头："是的，老娘前段时间去卖血。我今天才晓得。"我忙问："你听谁说的？"哥哥点了一支烟，抽了几口："菊芳娘。"

菊芳娘跟母亲最相好，平日里常走动。一到下雨天，两人常聚在一起纳鞋底、织毛衣，说些私房话。今天哥哥去菊芳娘家里找刚哥玩，要走时，菊芳娘把他拉到灶屋里，跟他提起老娘可能去卖血的事情，但哥哥问她具体是什么时候去哪里卖血，她也不太清楚。卖血！这个词在我心里一再响起，同时那些跟卖血有关的负面新闻都涌进脑子里：不干不净的针头，带有各种可怕病菌，通过血液传播……我不敢再联想下去了。同时，一种耻辱感升起：我们居然不知道自己的母亲去卖血？这样危险的事情我们做儿子的竟然毫不知晓！想想真是脸都在发烫。

我说："那我们回去问问老娘。"哥哥说："好，卖血也许有收据，你问老娘，我来找收据。"商量好后，我们又一次返回家里。进了母亲的房间，两个侄子一左一右躺在母亲身边，电视里正放着动画片。母亲本来在打瞌睡，见我们进来，疑惑地问："做么事嘞？"哥哥沉着脸，把两个侄子都抱起来，送到自己的房间。虽然侄子们踢腾抗议，哥哥也不管。我坐在母亲边上，拿起她的手，看看有没有针扎过的痕迹，但目前母亲多年务农，手上皮肤十分粗糙，根本看不出来。母亲有点紧张了："出么事了？"我再看她的脸，跟以往没有任何区别，但病毒会不会已经扎根于她的身体之中了？想到此，我内心一阵惶恐。母亲又问：“你不舒服？”我摇摇头，鼓起勇气问她：“妈，屋里现在又不缺钱，你为么子要去卖血？”母亲顿了一下，把手收回，靠在床沿上：“我没有去卖血。”我又追问：“真没有？”母亲确定地说：“真没有！”哥哥这时也进来了，他把床头的柜子打开翻找。我跟他说：“老娘说她没有嘛。”哥哥回头盯着母亲看：“你真没有？”母亲摇头。哥哥又问：“那为么子菊芳娘说你有？”母亲还是摇头：“她瞎说的。”

哥哥没有找到收据，他又把我叫了出去。我问他要去哪里，他说：“找俺老儿。”沿着垸中的小路走，一路上都是黑漆漆的，偶尔有路旁的灯光，也照不了多远。在建德家的堂屋，我们找到了正在打牌的父亲。哥哥走过去：“爷，你出来。”父亲正拿着一手牌：“做么事？”哥哥不耐烦地把他的牌夺了下来，扔到桌子上。父亲生气地站起来：“我好不容易来两个大王！”哥哥冷冷地说：“你晓得打牌，屋里出了几大的事情，你晓得啵？”父亲一听这话，紧张起来：“出么事？”哥哥不语，往屋外走，父亲和我跟了出去。其他牌友叫起来：“玩的好不得咯，为么子跑？”父亲回头说：“等一会儿，我马上就来！”哥哥回身说：“来么子来？有么子好来的？！”

我们走到豆场上，父亲点烟抽，哥哥说：“你只晓得玩！我们做儿子的，平常时不会说么子，但现在出了这么大事情，你还有心思玩！”说着，他忽然哽咽起来。父亲吃惊地看着哥哥，哥哥转身看着远处，他又回头看我：“出么事咯？”我说：“菊芳娘说老娘去卖血咯。”父亲讶异地问：“么子鬼？卖血?！”哥哥转过来，大声说：“我们做儿子的，都在外地，这些事情我们根本不晓得。你们天天在一起，为么子不劝阻她？”父亲急忙说：“她卖血？我一丁点儿都不晓得?！”哥哥说：“你根本不关心老娘！天天只晓得玩！”父亲生气了，烟还未吸完，他就扔到地上：“你今天是吃了炮弹?！”我忙插在他们中间：“好咯好咯。”父亲气呼呼地走开，一看是往家的方向。我问：“你是回去啊？”父亲说：“我回去问问她。”哥哥还站在那里，夜色太浓，看不清他的神情。我小心翼翼地问他：“我们也回去？”哥哥沉默了一会儿，说：“去找菊芳娘。”

菊芳娘正在自家堂屋里扫地，见我们来，忙让我们坐下喝茶。我们说不用了。哥哥又一次问起卖血的事情：“你看到我老娘跟别人一起去卖血了？”菊芳娘迟疑了一下：“我也不是亲眼所见。最近一段儿时间，俺这边刮起了卖血风。就我晓得的，在俺垸，桂花、芸娘、夏丽都去卖了血。听她们说，卖血卖一袋，几多量是几多钱，具体我不晓得。反正她们卖了血后，一次能拿好几百，如果介绍别人过去，还有抽成。”哥哥点点头说：“这个的确是比种地来钱快。”菊芳娘接着说：“一个星期前，我在湖田锄草，看到你老娘跟那个桂花走在一块儿。我就跟你老娘打招呼，问她做么事，她就说有事，跟桂花走得几快，像鬼赶了似的。我心下就觉得不对劲咯。第二天，去塘下洗衣裳，我看到你老娘在洗带皮，我问她在哪里买的，她说在市区。我又问她为么子劲劲巴巴要去市区，你老娘说你们两个要回来咯。我又多嘴问了一句是不是跟桂花一阵去的，你老娘说自家去的。可是我明明看到她跟桂花一起走的。”

带皮炖肉，我们今天吃的晚餐。一想到这些都有可能是母亲通过卖血所得的钱买的，我胃部生疼，有些想吐。哥哥说：“那我去找桂花娘问问。”菊芳娘说：“你问她的时候，莫说是我说的。”哥哥点头。我们又找到了桂花娘家，桂花娘正在房间里看电视，哥哥隔着窗户玻璃叫她，她忙起身，让我们进去，哥哥说：“不用了，能出来一下啵？有事情想问问。”桂花娘说好，起身出来，哥哥等她一走近，迫不及待地问她：“七八天前你是不是跟我老娘一起上街？”桂花娘点头：“是的嗳！”哥哥又问：“是你带我老娘去卖血的？”桂花娘噎住了，没说话。哥哥再问：“是不是？”桂花娘往后退了一步：“是你老娘自家要去的，不怪我。”我哥哥上前一步：“你不带她，不跟她说七说八，她么会去的？”桂花娘有点儿吓到了，她忙退到门口：“这个卖血的地方儿安全！没得问题！我们经常去，也没得事儿。你莫担心咯。”哥哥的声音在发抖：“你说没得事就没得事啊？出了事，么人负责？！”桂花娘迅速关上了大门。哥哥对着门吼：“我老娘要是有么子三长两短的，我不会放过你的！”

桂花娘那边没有回话。

我们往家里走，谁也没有说话。远远地，能看到家里的灯是亮着的。哥哥停住了脚步，站在柴垛边上。我说：“哥——”他看我一眼，伸手去掏烟，掏了半天没有找到，两只手打着口袋，骂了一声：“娘个 × 的！”他蹲了下来，两只手搓着脸，呼吸又快又急，过一会儿，缓了过来，他说：“明天带老娘去检查。”我“嗯”了一声。他又说：“俺老儿不关心老娘，俺两个又常年在外头，实在是对不住。”说着他声音抖了起来，我一听眼泪一下流了出来，我伸手去抹。他又说：“俺两个，以后要多给屋里钱，要多回来陪老娘。你说要得啵？”我忙点头说：“要得要得。”他“嗯”了一声，深呼吸一下，起身往家里走：“回去，俺都莫激动，好言好语跟老娘说清楚，晓得啵？”我说晓得。

回到家里，母亲房间电视还在放，父亲坐在床边的沙发上仰头睡着了，母亲也在打瞌睡。哥哥站在房门口，看了母亲半晌。母亲像是感知到了，睁开眼睛，迷迷糊糊地看我们：“你们为么子还不睡？”我跟哥哥走了过去，父亲打起呼噜来。哥哥冷冷地看了一眼父亲，又回头跟母亲说：“明天，我们去医院。”母亲问：“我没得病，为么子去？”哥哥坚定地说：“一定要去。”母亲完全醒过神来：“你总得说个理由来。”哥哥拿起母亲的手，激动地说：“还要么子理由？桂花娘都说你去卖血咯！你还说么子？”母亲问：“她真这么说的？”哥哥说：“是她带你去的！”母亲脸色松弛了一下：“我告诉你没得事就没得事。她告诉我地方，但是她自家没去，她去她三女儿屋里去咯。”哥哥说：“那个地方在哪里？”母亲说：“离人民医院不远，一个细弄里，有个细屋，挂了一个医生牌。我一进去，坐了好多人，排起队来，有护士专门看我们的身份证。轮到看我的身份证，就不要我卖血咯，说过了六十岁的，都不要。我说能不能通融一下，我刚过六十岁，那个护士硬是不肯。所以，我又出来咯。”

哥哥兴奋地跳了起来：“我要向那个护士磕头！”父亲惊醒了，他坐了起来，问出什么事了，哥哥没有理他，又坐在床边：“你说的是真的，是啵？”母亲看他：“我么会儿骗过你们？我说没有卖血就没有咯。”父亲这时插话：“我说你真是个老糊涂！屋里缺你那点儿钱？要是卖成功了，得了病么办？”母亲激动地坐起来：“他那里安全得很！那个针头我看了，都消毒的！护士也几好，还端糖水给你喝！要是真有事，那么多人排起队来卖血，不也没得事？”哥哥打断了她的话：“这个千万不要被假象迷惑咯！真要出事了，后悔就来不及咯。”母亲又一次靠在床头：“晓得咯。”

说了一会儿话，母亲说她要睡觉了。我跟哥哥起身准备离开，关灯之前我又忍不住问了母亲一个问题：“俺垸是不是很多人去卖过血？”母亲说：“我晓得的有七八个，都说来钱快，又安全。有人去卖了好多次，一回来就睡一觉，第二天起来去地里，看起来也没得事。你看那个春花，她儿结婚，缺个大彩电，她卖了几次血，彩电就买回来咯。”我插嘴问道：“那她儿晓得啵？”母亲摇摇头：“这个事情，要是她儿晓得，肯定不会让她去的，是她自家愿意的。这个卖血，俺垸的都是女的，男的基本上不晓得。去一起去，回一起回，不会出么事的，相互有个照应。”哥哥说：“这个不行！你告诉我她们都是谁？我去说一下，这个很危险。”母亲说：“别人家的事情，你莫管。”哥哥说：“这个不管么行?！出事就迟咯。”母亲说：“好好，你去。我不管咯。”说着躺下了。

我跟哥哥出门来。哥哥下了台阶，我问他做什么，他说：“去找桂花娘。”我说：“刚才她不是不理你咯。”哥哥“嗯”了一声，又说：“不理我也要找她。这个不敢耽误，都是人命关天的事情。我去问问她，还有哪些人，然后告诉他们这个事情搞不得。你回去困醒咯。”我说：“我不困，跟你一起去吧。”他说好。我们走在垸中的小路上，江风吹过来，有些冷。昨天下过雨，路上到处是泥泞，一晚上来来回回都一脚的泥。我们借着手机的亮光照路。哥哥感慨了一句：“乡下的夜晚真黑！”再一看时间，晚上十二点了。大家都关灯睡觉了，村庄的屋子都沉没在夜色之中。我说：“要不明天再说？”哥哥叉腰站住了，点点头：“好。明天还是要带俺老娘去医院检查一下，哪怕没有卖血，也要全身体检一下。她们都老咯，这个病那个病的，不敢疏忽大意。”我说好。我们两个又往家里走，走到家附近，远远看见堂屋的灯还是亮着的。哥哥忽然笑了起来，说：“老娘嘴上几硬哩，说不管我们。你看，怕我们走路看不见，还留灯咯。”

鱼殇

妈妈今天就要返乡，我决定去超市买条鱼回来。妈妈在我这里的日子，一直是她烧饭做菜。今天我让妈妈在家里收拾收拾行李，而我下楼到街对面的超市去。超市今天买鱼的人很多，鱼铺垒着双层玻璃缸，鲈鱼、鲫鱼、鳊鱼、海蜇、螃蟹各自在喷吐着泡泡的水缸里等待。等待网兜一叉子下去，正好逮着了自己，死神马上就如期降临。死神现在等待着借助我的手。我的手拿着网兜在水缸里划来划去，各色鱼四处游动。而我要挑选其中一条，作为我和妈妈的离别餐。它们都在从左到右，从右到左，鳞片在喑哑的水中闪着微光，尾鳍摆动，等待。我要决定一条鱼的生死了。它们现在是活着的，吐着泡，在我眼皮下沉寂地活着，我边上的人群个个迅即挑好他们的猎物，交送给服务员拍切砍剖。我绕过鱼摊，向前走，我挑选好豆瓣酱、生姜、蒜苗、豆腐，一切齐备，我不得不又回到鱼摊，拿起网兜。

这条选中的鲫鱼，一斤重，正好够两人吃。服务员拿过鲫鱼，扔到砧板上，手按着鲫鱼小小的三角形鱼头，熟练地拿着菜刀哧哧地刮着鱼鳞，一面刮干净，又翻一面刮。鱼尾还在跳着，刀子已经剖开了鱼肚，血从鱼腹里淌了一砧板。它没有死，它的尾巴只是徒劳地翘上来垮下去。它如果能发出声音，像宰杀中的猪一样刀砍进肉里迸出震天的叫喊，我兴许会稍微平定一些。它的声音是肉体拍打在砧板上的啪啪声，连血流的声音都微小得可以忽略。它没死，它的肚子里藏着黄褐色的鱼子和乳白色的鱼泡子，在塑料袋里尾巴间歇刷过胶膜。

妈妈在卫生间清洗我昨天浸泡的衣服，见我回来要接过菜。我摇头，妈妈伸出的手没有缩回，又去翻我没有穿好的衣领。放水清洗鱼身，乍一入水，鱼儿的嘴巴张开又闭上，闭上又张开。我的手去触摸它已经没有鱼鳞的身体，血染红了一个盥洗池。它依旧不死，我掏出它的鱼子和鱼泡，手肚感觉到它内腔微薄的暖意。它的肉很薄，能摸到一排排弓起的刺。它为什么还活着？我把它放在砧板上，它的眼睛像是一枚钉子，向我戳过来。妈妈晾完衣服，走进厨房。见我看着鱼发呆，过来接过我手上的菜刀。鱼又张了一下嘴，妈妈一菜刀往它头上拍了去。我立在那里，眼睛却躲开了。

它还不死，妈妈又要拍下去，我截住了。妈妈看着我，把菜刀递给我。

“小时候杀鸡，我都要晚上趁你睡着了才敢杀。这些年，你怎么还是没改变？”妈妈蹲在门口边清洗蒜苗边说。我摘去了鱼头里的腮，现在要把它切成块，油炸。菜刀卡在鱼坚硬的背脊骨里。“出了社会，要多长个心眼，脑子放活一点，现在人心坏着。”妈妈又剥大蒜。“它到底有没有死？”我拿起它小小的身子，它的脑袋现在对着我，嘴巴张开，没有再合上。“有钱别光省着，我们不缺钱。你自己多买点好吃的。”妈妈拖地上的水渍。我托起它的下嘴唇，让其与上嘴唇合上。又托起又放下，鱼好像在说话。它对着我，眼睛像是两枚黑钉子，它在说话，无声地说。“说话要经过脑子，别由着性子来，莫管的事情莫说，人心隔肚皮。”它的肚皮被我划上三条口子，炖汤的时候方能入味。它不再动弹了，它是什么时候死的？是在我摘去它的腮后吗？是菜刀剁入它的背脊之时吗？它的灵魂在我的手指间悄然地飘散了。“对不起。真对不起。”妈妈从厨房门口伸进头，问我在说什么。我紧紧咬住嘴唇。

吃鱼的时候出了点状况，细细的鱼刺戳在我的喉咙里。妈妈急着让我喝生醋、吞饭团，她欲速却慢的步伐从客厅犁到厨房。它淹没在浑白的汤里，唯有小小的尖头浮出汤面，像是溺水而亡的人最后留给世间的形象，眼珠死白地凸出。妈妈看着我喝下醋。你该找个伴儿。我回家给你留心。你还是这样毛手毛脚怎么能行？我和你爸爸趁着还能动的时候给你带孩子啊。鱼子被油炸得金黄，盛在兰花碗里。它如果现在在湖里，过了多长时间就能产子了？碧绿的水底，一群小鱼苗围着它摆动尾巴。现在它们一个在大碗里，一个在小碗里。妈妈给我舀鱼汤，夹鱼肉，还小心地剔掉小鱼刺，又要我把鱼子吃了，营养丰富。

送走妈妈回来，已经是傍晚了。推开门，房间整洁得过分。妈妈每日不忘拖地、擦玻璃，她做饭时候围着的宝蓝格子围裙被风吹到了地上。又要做饭了，中午的鱼还没有吃完，晚上热热该是好的。弯腰拾起围裙，打开橱柜，它依旧卧在汤里，死白的眼珠凸出。我眼睛跳到橱柜上面的番茄酱上，又扫到被妈妈擦拭得露出木纹的柜壁上，然而那眼珠始终好似紧紧拴住我了。我嗓子涌上一阵细细的疼痛，那刺中午一番折腾依旧没有下去，种在那里了。

明日君再来

每日来的小贼，三四个，从厨房空置的排气孔钻进来。大清早即能听见它们的脚落在餐桌上的啪啪声，短脆的叫唤声，啄食的窸窣声。妈妈刚来的头一天，听到这样的声响，立马要从床上起身。我在被窝里叫住妈妈，让她别动，床板的吱呀声会惊到外面的偷食者的。又听到它们翅膀的扑腾声，它们果然是机警的，这样细小的起床声，它们都粒粒听得真切。妈妈问我是不是米袋放在餐桌上没有收回去，外面不就是麻雀在吃嘛。对，是麻雀。每日我起床的小鸟闹钟。开门的一刹那，麻雀嘭的一下滴溜溜窜出了排烟孔。

妈妈说你平日里在家是个勤快的人，怎么出门在外偏偏连米袋子都不收拾好，岂不是白白让麻雀吃，还拉了一桌子的雀屎。我抬眼看见它们在对面灰白的楼顶上蹦跶、追逐，不知它们可否吃饱。

妈妈拿报纸堵住排气孔，开始了全天候的大扫除，刷锅、洗碗，蹲在地上铲地板上油垢，那是我租这间房的前人留下的。门窗紧闭，整个儿房间宛如是飘荡在噪音之海的破船，附近工厂一夜不止息的机器轰鸣声，马路上大卡车碾压水泥地面的哧哧声，摩托三轮车的轰地击破空气薄膜的冲刺声，从门缝、窗缝、墙缝里小股小股撞起来。才来的第一晚，妈妈左转身，右转身，不敢大翻，怕闹醒我。早上即看到妈妈的眼睑重且沉。

第二天下班回家，以为是走错了住房。扑入眼前的是泛白的光，阳光从窗口泼到墙壁上。桌子归桌子，碗碟归碗碟，一切浮尘杂物，全让妈妈赶走。麻雀在阳台上跳，一溜儿七八个，在枯死的盆栽下又留下了它们的粪便。妈妈起身轰赶。它们又嘭的一下，炸到天上，片刻停在对面的厂房铁皮屋顶上。麻雀逃走，妈妈又回到桌位上，剥大蒜。我洗完澡出来，妈妈手上还拿着剥好的蒜瓣，蒜瓣头顶出了硕壮的绿苗，而妈妈头低下去睡着了。我催着妈妈去床上睡一会儿，然后悄悄从地柜米袋里拿出一把米，洒到阳台上，掩上门接着剥大蒜。麻雀又来，肩羽褐红色为雄鸟，雌鸟则为橄榄褐色，尚有几只刚学会飞的幼崽，它们埋头连连啄食。

妈妈这一觉睡得真好，麻雀怎么闹腾也不见醒。几夜失眠垒砌的疲倦好似厚重的棉被盖着妈妈的身子。家里的夜晚重且黏稠，人浸在里面，早早便沉到睡眠里去。田野浩瀚的风声，土狗汹涌的吠声，柴垛上茅草细细碎碎的摩擦声，清亮地在干净的夜晚飞舞。早晨屋后的槐树，燕子、斑鸠、喜鹊，各色鸟声，和着池塘邦邦捶衣声、哗哗打水声，更兼母鸡扑棱的扇翅声，公鸡喔喔的起床号，蛤蟆在屋后的池塘咕哇咕哇的吸鼓声，密密排闼而来。而今还好，有这样几只麻雀，在无尽头苍灰色的厂房、烟囱中盘桓，每日早上七点左右，必来我的厨房偷食。过不了半个时辰，妈妈又起身了。阳台上的那几位耳朵尖，早逃开了。我开门看去，阳台上的米粒还未啄尽，我趁妈妈穿衣服的当儿赶紧清扫干净，抬眼看尤在天空滑翔的小贼们，心中突然蹦出了一句：明日君再来，明日君再来。